Martin Sowa

MORD IM RINNENTAL

Kriminalroman

Oertel+Spörer

KAPITEL 1

Montag, 5.2.2018, 17.25 Uhr

Langsam verblasste die bis vor Kurzem noch hoch am blauen Himmel stehende Sonne und legte ihre letzten Strahlen über die dicken verschneiten Tannen, die der winterlichen Landschaft das typische Bild der Schwäbischen Alb verliehen. Ein paar vereinzelte Skilangläufer zogen ihre letzten Bahnen und glitten, die einen langsamer, die anderen etwas schneller, dem Ausgangspunkt ihrer Tour entgegen. Ein paar Läufer im Skating-Stil rasten an ihnen in der Mitte vorbei und waren im Nu hinter den ersten Hügeln verschwunden. Doch das Gros der Skifahrer, meistens ab fünfzig Jahren aufwärts, glitt gemütlich dahin, vorsichtig darauf bedacht, nicht auf den letzten Metern noch zu stürzen und sich ein Bein oder den Arm zu brechen.

Den ganzen Tag über war es sonnig und warm hier oben gewesen, und das Bilderbuchwetter hatte Heerscharen von Skiläufern und Wanderern aus dem ganzen Land auf die sonnige Alb ins Rinnental nach Sonnenbühl gezogen. Wahrscheinlich hatte die Gegend ihren Namen daher bezogen, weil die Sonne so viele Stunden am Tag diese herrliche Landschaft in ein bezauberndes Licht tauchte. An den zwei großen Ausgangspunkten für die Langlauftouren waren Autos mit Nummernschildern aus Böblingen, Esslingen, Stuttgart, Tübingen, Heilbronn, Calw, Heidelberg und vielen weiteren Städten geparkt. Ein Indiz dafür, welch magische Anziehungskraft diese Landschaft für die Städter hatte, die ansonsten immer über die Schwäbische Alb schimpften:

»Da ist doch nichts los!«

»Wie kann man nur da oben wohnen?«

»Da wäre es mir viel zu kalt!«

»Da musst du dich immer einen Kittel wärmer anziehen!«

Das alles waren Sprüche, die die Bürger in Undingen, Engstingen, Willmandingen, Engstingen, Trochtelfingen, und wie die Dörfer und Städte alle hießen, nur allzu häufig hörten. Sie waren irgendwie immer gleich.

Aber an Tagen wie diesen stürmten alle dorthin, wo sie meinten, dass man sich einen Kittel wärmer anziehen musste. An diesen Tagen rollte die Blechlawine die Honauer Steige, die Holzelfinger Steige, die Genkinger Steige oder die Stuhlsteige hinauf. Alle vereint in dem Ziel, an den Ort zu kommen, über den man an anderen Tagen nur abfällig munkelte. Dann gab es für die Städter nichts Schöneres, als sich in dieser sonnenüberfluteten Landschaft die Langlaufbretter unterzuschnallen und in gemächlich schlenderndem Tempo durch die stets frisch gespurten Loipen zu gleiten, sich von der Sonne verwöhnen zu lassen und den blassen Teint mit einer Winterbräune zu überziehen.

»Heckenscheißer!« wurden sie bisweilen von den Älblern genannt, denn die Anzahl der öffentlichen Toiletten war auf die einzelnen Gaststätten, das Restaurant »Albsonne« oder die Skihütte in Undingen beschränkt.

Nach und nach verloren sich die letzten Albbesucher und überließen der Natur und den Tieren wieder ihr heimisches Gefilde. Am äußersten Waldrand, dort, wo viele der Skiläufer eine Schleife drehten, um zum Ausgangspunkt zurück zu gelangen, dort, wo vom Golfplatz einer der vielen Wege zur Seitzhütte und zum Waldspielplatz über siebenhundert Meter nach oben abbog, lugte nun ein Reh in seinem braunen Winterfell aus der Tannenschonung heraus und betrat die vom fahlen Abendlicht beleuchtete Landschaft.

Als ob es die Vorhut bildete, blickte es nach links und

rechts, um sodann in anmutigem Galopp über die nun wie leer gefegte Landschaft zu springen. Gefolgt von drei weiteren kleinen Artgenossen schien die Vierergruppe mühelos über die glitzernde Schneedecke zu fliegen, um alsbald in dem nächsten, nur zweihundert Meter entfernten Waldstück wieder zu verschwinden. Momentaufnahme eines typischen Wintertages dieser Alblandschaft.

Am hinteren Ende, dort wo die Tiere gerade noch zwischen den Tannen verschwunden waren, betrat nun eine in winterliche Kleidung gehüllte, männliche Gestalt die Lichtung. Ihre dicken Fellschuhe, die wärmende Hose, der Parka und die Wintermütze, die über beide Ohren gezogen war, verrieten, dass sie bestens mit den nun immer kälter werdenden Temperaturen auf der Alb vertraut war. Mit weit ausgreifenden Schritten marschierte sie auf dem platt gewalzten Schneebelag des Wanderweges Richtung »Albsonne«.

Nach einer kurzen Einkehr machte sie sich wieder auf in die Schneelandschaft. Sie schien sich gut auszukennen. Bisweilen blieb sie stehen, steckte ein kleines Messgerät in den Schnee und markierte sich die so ermittelten Werte in ihr Smartphone. Dann wieder untersuchte sie die unter der Schneedecke verborgenen Tannennadeln oder schob etwas von der weißen Masse an die Seite, um sich anschließend ihre frisch gewonnenen Erkenntnisse peinlich genau aufzuschreiben. So voranschreitend, hatte der Naturforscher Helmut Eberle alsbald in der Abenddämmerung eine der zwei Klimastationen im Rinnental erreicht.

Dabei schien er gar nicht bemerkt zu haben, dass ihn seit geraumer Zeit eine ebenso in winterliche Kleidung gehüllte Person unaufhörlich im Blick hatte, stets darauf bedacht, selbst nicht gesehen zu werden. Auch von rechts unten näherte sich ein Jogger oder eine Joggerin in gleichmäßigem ruhigem Lauftempo den beiden Klimastationen, welche in einem Abstand von fünfzig Metern direkt nebeneinander lagen. Wahrscheinlich wollte er oder sie die Abendstimmung noch genießen und in der untergehenden Sonne einen kleinen Trainingslauf absolvieren, um anschließend zu Hause am wärmenden Kachelofen diesen Traumtag zu beenden. Von rechts oben, dort, wo man zu Fuß durch den Wald zum Parkplatz an der Bärenhöhle abbiegen konnte, schritt eine weitere Person im Schutze der immer mehr aufkommenden Dämmerung den beiden Klimastationen entgegen. Ebenfalls vermummt. Aus Richtung der Undinger Skihütte kommend, waren noch zwei Personen auf ihren Langlaufskiern auszumachen. Aber es sah so aus, als ob sie noch eine geraume Zeit benötigen würden, bis sie die Stationen erreicht hatten, denn ihre Bewegungen verrieten, dass sie mit ihren Kräften sehr haushalten mussten. Es sah mehr nach Skispaziergang denn nach Skilanglauf aus. Ob sie sich verlaufen hatten? Würden sie ihr Auto noch vor dem Einbruch der Nacht erreichen?

So näherten sich mehrere Personen ganz allmählich aus allen Richtungen den beiden Wetterstationen, von wo aus sehr häufig die Temperaturwerte an die Wetterfachleute im Heute-Journal oder der Tagesschau gesendet wurden. Von daher war der Ort Sonnenbühl vielen Menschen in ganz Deutschland ein Begriff, wenn sie auf das unten durchlaufende Band der Temperaturdaten blickten oder Sven Plöger lauschten, wenn dieser verkündete:

»Auf dem Feldberg und der Zugspitze kann es in dieser Nacht zu Temperaturen um minus achtzehn Grad kommen, während in den Mulden der Schwäbischen Alb unter sternenklarem Himmel Werte bis fünfundzwanzig Grad minus zu konstatieren sein werden.«

Ja, das war einer dieser Orte, die häufig als der Kältepol Deutschlands bezeichnet wurden.

»Guten Abend, Rainer«, begrüßte Helmut Eberle den Wetterexperten, der gerade dabei war, die Temperaturen abzulesen und die Daten zu notieren.

Das manuelle Ablesen war an dieser modernen Wetterstation eigentlich nicht mehr nötig, denn mittlerweile wurden alle Daten per Funk und Satellit an die entfernten Wetterstudios weitergeleitet.

»Hallo Helmut!«

»Was machst du denn hier, Rainer?«

»Komme gerade aus Stuttgart. Hatte dort zwei Tage zu tun, und da dachte ich mir, dass ich doch auch mal wieder an der Station im Rinnental vorbeikommen kann; zumal ich in den nächsten Tagen auch noch Termine in Engstingen, Trochtelfingen und Willmandingen habe. Lohnt sowieso nicht mehr, nach Hause zu fahren. Vielleicht quartiere ich mich für die nächsten Tage in Engstingen oder Willmandingen ein. Jetzt sind ja auch keine Touristen mehr da, die einem so auf den Nerv gehen können, wenn die einen alle vom Fernseher erkennen. Und du?

»Schreibe an meinem neuen Buch. Titel habe ich noch nicht endgültig, aber irgendwie ›Naturphänomene der Alb im Sommer und Winter‹! Und da muss ich einen Tag wie diesen doch nutzen. Bist du noch lange hier, Rainer?«

»Nee! Ich muss wieder los. Habe noch einen Termin in Kohlstetten. Und morgen wollte ich noch mal zu den Windrädern in Melchingen. Aber wenn du willst, kannst du noch ein bisschen bleiben. Schließe bitte nachher wieder ab. Nicht, dass noch Fremde hier reinkommen und alles verwüsten. Du weißt ja, wie das ist. Jetzt muss ich aber. Wenn wir uns das nächste Mal sehen, trinken wir noch einen Jagertee oder einen Glühwein. Also dann, bis bald. Und wie gesagt: Abschließen bitte nicht vergessen. Du bist der Einzige, der noch einen Schlüssel hat.«

»Ist ja schon gut! Mache ich!«

Rainer Kunold verließ die Klimastation und machte sich auf, um zu seinem Porsche zu gelangen, den er am unteren Parkplatz der Bärenhöhle stehen hatte.

Er hatte die Wetternachrichten revolutioniert und war durch seine moderierten Vorhersagen deutschlandweit bekannt. Seit er bei den öffentlichen Sendern angefangen hatte, blumenreich die Vorhersagen zu präsentieren, leistete sich nahezu jeder Sender mehrere Wetterexperten, die fachkundig vor einer großen Wand die Windbewegungen, Kälteeinbrüche, drohende Unwetter oder Hitzewellen verkündeten. Im Laufe der Zeit hatte sich die Genauigkeit der Vorhersagen immer mehr präzisiert. Von daher war auch die Unterhaltung vieler Älbler auf diesem Hintergrund zu verstehen, wenn es hieß:

»Was will er denn?«

»Morgen will er Räge, aber erst gegen Nachmittag!«

Das Wort »er« war dabei sowohl auf den Wetterbericht zu beziehen als auch auf den jeweiligen Wetterexperten. Wenn es dort hieß: »Morgen Nachmittag in den südlichen Landesteilen, besonders auf der Schwäbischen Alb, am Bodensee, an der Donau und Richtung Allgäu verstärkte Bewölkung mit schauerartigen Regen«, dann war es für viele Älbler so, dass der jeweilige Wetterexperte eben Regen wollte: »Er will Räge!« Nicht das Wetter würde sich in erster Linie ändern, sondern der Wetterfrosch wollte es so.

Bald war Rainer Kunold in der Dämmerung nur noch als kleiner Punkt zu erkennen.

Nur Helmut Eberle und die sich langsam der Station nähernden Personen schienen sich in dieser nun so ruhig daliegenden Winterlandschaft zu befinden.

Ein weiteres Rudel Rehe huschte in rund dreihundert Metern Entfernung von einem Waldstück in das andere. Während zwei Füchse oben auf dem Abschlagübungsplatz des Golfclubs verloren in der Schneelandschaft umherstreiften, um nach Nahrung zu suchen, hoppelte ein Hase in seinem Winterkleid den Weg Richtung Bärenhöhle. Eine Landschaft, in der sich Fuchs und Hase sprichwörtlich »Gute Nacht« sagten.

Helmut Eberle hatte noch einmal ein paar seiner Messinstrumente hervorgeholt, maß die Schneehöhe, die Temperatur fünf Zentimeter über dem Boden; dann aber auch in einer Höhe von 1,75 Metern. Fein säuberlich notierte er alles in sein Smartphone.

Er blickte zum Himmel und fotografierte das Abendrot sowie die langsam über ihn dahinziehenden Wolken. Mit seinem neuen Entfernungsmessgerät schaute er in alle Richtungen, um festzustellen, wie weit man bei dieser Witterung in dieser Jahreszeit noch sehen und etwas erkennen konnte. So meinte er auch am Waldesrand eine Silhouette wahrzunehmen, schenkte dieser Beobachtung aber keine weitere Bedeutung. Wahrscheinlich nur jemand, der sich in der Zeit vertan hatte und nun seinen Rückweg zum Auto suchte. So bemerkte er nicht, wie eine einzelne Person am Zaun der Station vorbeimarschierte.

Sein Buch stand kurz vor dem Abschluss. Es fehlte ihm nur noch ein Kapitel über die berühmten Strahlungsnächte. Und heute war eine dieser Nächte. Das wollte er jetzt selbst einmal wieder am eigenen Leib erleben. Er hatte zwar den örtlichen Wetterfrosch Horst Rampf deswegen schon mehrfach interviewt und dessen mehr als ausführlichen Erkenntnisse und riesigen Wissensschatz in sein Manuskript eingearbeitet, aber nichts ging über das eigene Erleben und das Festhalten mit der Kamera. So würde er es auch von der emotionalen Seite aus besser beschreiben können. Ein reines Fachbuch mit Fakten sollte es nicht werden. Nein, er wollte die Emotionen seiner Leser wecken. Er wollte ihnen mit allen Sinnen nahebringen, was es heißt, Temperaturunterschiede, Temperaturschwankungen von bis zu dreißig Grad am selben Tag zu erleben. Darüber hinaus war es seine Absicht, das Werk mit typischen Kochrezepten von der Schwäbischen Alb zu bereichern, sodass der Käufer sich mit Leib und Seele in seinem Buch vertiefen konnte. Aus diesem

Grund hatte er auch schon das »Albgold«-Restaurant kurz vor Trochtelfingen besucht, im »Hirschen« in Erpfingen gegessen und vor allen Dingen im »Ochsen« in Trochtelfingen gespeist, als es diesen noch gab. Auch die »Pizzeria Paradiso«, kurz »Toni« genannt, in Engstingen hatte es auf einige Seiten seines neuen Buches gebracht. Warum nur zog diese Pizzeria so viele Menschen an, wo sie doch mitten an einer Durchgangsstraße zwischen Trochtelfingen und Reutlingen lag? Hatte dieses auch etwas mit der Mentalität der Älbler zu tun? Viele reisten in alle Länder der Welt, aber ein großer Teil der Älbler blieb häufig einfach gerne in seinem »Flecke«. Warum in die Ferne schweifen, wenn das Gute liegt so nah?

›Warum soll ich mich denn auf die vollen Autobahnen hocken, um dann vier- oder fünfhundert Kilometer weiter, in einem anderen Dorf, ähnlich wie Engstingen oder Willmandingen, Urlaub zu machen, nur dass man dann eben sagen konnte, dass man in Österreich, der Schweiz oder Italien gewesen war? Warum sollte man sich im Sommer in die Hitze begeben, um dann eng gepfercht Liege an Liege an einem Strand zu liegen? Das ergab doch überhaupt keinen Sinn.‹

Viele Frauen hatten zwar einen solchen oder ähnlichen Wunsch schon ab und an geäußert; aber die Antwort: ›Wo soll ich dann mein Holz machen?‹, hatte sie schnell verstummen lassen. So begnügten sich viele mit dem italienischen Flair in der »Pizzeria Toni« in Großengstingen. Das war Italien genug.

Pizza Meeresfrüchte, Spaghetti Carbonara, Valpolicella, Montepulciano, Chianti und hinterher Espresso. Dann war es von Italien auch nicht mehr so weit nach Hause. Fünfhundert Meter. Höchstens tausend. Letztere konnte man ja auch mit dem Auto zurücklegen.

Helmut Eberle war so vertieft in seine Arbeit und Gedanken, dass er gar nicht hörte, wie die Maschendrahttür der Klimastation hinter ihm leicht geöffnet wurde und eine Person in das Innere der Station trat.

Erst als er ein leichtes Knirschen im Schnee vernahm, drehte er sich um und sah sich einer Person gegenüber, die sich eine schwarze Sturmhaube über den Kopf gezogen hatte. Aus den engen Augenschlitzen fixierten ihn zwei magische Blicke.

»Rainer? Bist du das?« Helmut Eberle vermutete, dass Rainer Kunold noch einmal zurückgekommen war.

»Hast du etwas vergessen?«

Keine Antwort.

»Bitte verlassen Sie die Station. Haben Sie nicht das Schild gelesen: Betreten strengstens verboten? Ich darf Sie also bitten!«

Helmut Eberle wies mit seiner Rechten auf die offenstehende Tür, als sein Gegenüber zu einer Frage anhob:

»Entschuldigen Sie. Ich bin fremd hier und habe mich verlaufen. Könnten Sie mir den Weg zum unteren Parkplatz an der Bärenhöhle erklären? Möchte nicht hier in der Saukälte die Nacht verbringen und womöglich erfrieren, um dann morgen früh als vereiste Leiche gefunden zu werden.«

Der in der Luft gefrierende Atem des Fremdlings stand wie eine weiße Dunstglocke vor dem Mund des Fragenden, der ebenfalls durch einen leichten Schlitz in der Sturmhaube schemenhaft zu sehen war.

»Also gut!«

Helmut Eberle kam ein paar Schritte auf die fragende Person zu.

»Sehen Sie da vorne an der anderen Klimastation. Da geht ein Weg in den Wald hinein. Gehen Sie den hinauf, und nach circa fünfhundert Metern können Sie rechts abbiegen und dann immer geradeaus dem Weg entlang folgen. Dann kommen Sie linker Hand direkt beim Parkplatz raus. Aber jetzt darf ich Sie bitten. Ich habe zu arbeiten und möchte heute auch noch fertig werden.«

Mit diesen Worten deutete er erneut auf die Tür und

schob den Fremden leicht Richtung Ausgang, um sich dann aber sofort wieder seinen Untersuchungen am Boden zu widmen.

Komisch! Irgendwie kam ihm die Stimme bekannt vor. Unter der Sturmhaube war sie natürlich nicht so genau zu vernehmen gewesen. Aber er kannte auch zu viele Leute hier in der Umgebung. Er kam ja selbst aus der Albgemeinde Engstingen.

Gefangen in seinen Beobachtungen sah und hörte er nicht, wie der gerade Fortgeschickte hinter ihn trat und ihm mit immenser Wucht zweimal von hinten in den Rücken stach. Er zuckte zusammen, drehte sich um; wollte den Angreifer abwehren. Seine Hände versuchten, den Hals des Angreifers zu erreichen. Vergeblich. Sie stießen ins Leere und machten den Anschein abgerissener Zweige eines Baumes im Sturm. Mit weit aufgerissenem Mund und großen Augen blickte er durch die Sehschlitze der Sturmhaube in die hasserfüllten Augen seines Gegenübers, als ihn ein dritter Stoß in die Brust traf. Voller Aggression drehte der Vermummte die Tatwaffe beim Herausziehen noch in der todbringenden Wunde.

»Du machst uns hier nicht alles kaputt!«, war der letzte Satz, den Helmut Eberle in seinem Leben noch vernahm.

Dann stürzte er in den Schnee, und seine vom Tod gezeichneten Augen konnten nicht mehr sehen, wie sich zwei schwarze Raben von ihren zwanzig Meter weit entfernt stehenden Pfählen in die Luft schwangen, um dann auf den Gipfeln einer schneebedeckten Tanne zu verschwinden. In pulsierenden Schwallstößen schoss ihm das Blut aus dem Mund, und ein roter blubbernder Blasenschaumteppich quoll zwischen seinen Lippen hervor und lief über seine linke Wange. Totenstille hatte sich über die gesamte Landschaft gelegt.

KAPITEL 2

Mit einem missmutigen Blick aus dem Fenster schob Robert Becker seinen Schreibtischstuhl ein paar Zentimeter weiter in Richtung Heizung. Er hasste den Winter, diese Kälte, wenn sie sich durch alle Ritzen und Nischen in sein kleines kahles Büro im Kommissariat drängte, um sich schließlich seines auch etwas in die Jahre gekommenen 56-jährigen Körpers zu bemächtigen.

Wenigstens gab der weiße schlichte Heizkörper an der schmucklosen Wand seines Raumes etwas Wärme ab, ohne allerdings seine Laune wesentlich aufhellen zu können. Eine Stunde noch, dann hatte er Feierabend. Sein Blick wanderte durch das Fenster auf die Straße, auf der sich die Passanten dick vermummt im Eiltempo bewegten, um schnell an ihr Ziel, in ein Geschäft, ihre Wohnung zu kommen, um wieder in der Wärme zu sein. Nicht mehr lange, dann würde auch er wieder zu Hause sein. Sein Blick ging noch einmal zur Wanduhr gegenüber. Mit seiner Rechten fuhr er sich durch das schütter gewordene Haar.

»Also dann noch einen Bericht«, murmelte er vor sich hin und wandte sich gelangweilt zu dem rechts von ihm liegenden Aktenstapel.

Er griff den oben aufliegenden roten Hefter: Elvira Meier. Der Fall war abgeschlossen. Elvira Meier war Opfer eines Eifersuchtsdramas geworden. Ihr Lebensabschnittsgefährte, Axel Mittenwald, ein Gelegenheitsarbeiter bei einer Zeitarbeitsfirma, hatte sie in flagranti mit ihrem Exfreund erwischt. Nachdem er diesen nackt aus der Wohnung geprügelt hatte, hatte er sich in blinder Wut und Raserei auf seine Freundin gestürzt und sie zusammengeschlagen, als sie schreiend aus der Wohnung zu fliehen versuchte. Ihre Schreie hatten sein Nervenkostüm beinahe zerrissen, sodass er ihr ihren Slip mit brachialer Gewalt in den Mund stopfte, damit er die markerschütternden, todesängstlichen Schreie nicht mehr länger hören musste. Ohne zu überlegen, hatte er die Schere auf dem Tisch gegriffen und Elvira mit drei Stichen in Brust und Bauch getötet. Das auf das vergilbte und verdreckte Bettlaken fließende Blut hatte ihn in einen Rausch versetzt, sodass er wie ein Irrsinniger auf sie eingestochen hatte, bis er selbst vor Erschöpfung am Ende seiner Kraft angelangt war. Heftig nach Atem ringend, die Augen aufgerissen, hatte er reglos vor der Leiche verharrt. Die Polizeisirenen vor dem Haus waren nur wie durch dicke Wattebäusche in das Innere seines Gehirns gedrungen. So hatte er es zumindest im Verhör zu Protokoll gegeben. Widerstandslos hatte er sich festnehmen lassen, scheinbar vollkommen emotionslos alles gestanden. Der Fall war klar. Robert Becker konnte aus seiner Sicht den vorläufigen Abschlussbericht seiner Ermittlungen schreiben.

›Wenigstens keine lange Recherche‹, dachte er. Den Täter unmittelbar nach der Tat gestellt. Ein Geständnis: Mord aus Eifersucht. Den Rest sollten die Richter übernehmen.

»Jetzt reicht es mir für …« Mitten in seinem noch nicht zu Ende gesprochenen Satz riss ihn das Klingeln des Telefons aus seinen schon feierabendlichen Gedanken »Kachelofen und Rotwein.«

Er starrte auf den Hörer.

›Ich nehme nicht ab.‹

›Bin gerade nicht da.‹

›Habe eine Besprechung.‹

Den Anrufer am anderen Ende schien das nicht im Mindesten zu interessieren.

Roberts Blick fiel auf das Display: Sein Chef. Dann musste er wohl. Er verdrehte seine Augen und ließ einen langen

Luftstrom durch seine Zähne über seinen vollen Schreibtisch raus: »Ja, Becker!«.

»Warum nehmen Sie nicht ab? Egal, Becker. Auf der Alb, bei der Klimastation in Sonnenbühl, ist gerade eine Leiche gefunden worden. So wie es aussieht: Mord. Becker, das ist Ihr Fall. Nehmen Sie die Schmidt mit. Angaben zum Fundort holen Sie bitte bei mir im Büro ab. Jetzt auf, Becker! Die Kriminaltechnik unter der Leitung von Lukas Behringer ist schon mit drei Leuten unterwegs auf die Alb um Spuren zu sichern. Hoffentlich ist da noch nicht alles zertrampelt. Becker jetzt beeilen Sie sich. Sie werden schließlich gut bezahlt für ihren Job.«

Robert Becker schloss die Augen und zog den Kopf zwischen die Schultern.

Der Conrads ging ihm auf die Nerven. Immer dieser Befehlston. Warum hatte der nicht bei der Bundeswehr angefangen? Auf dem schnellsten Weg nach oben wollen.

Alb! Heute Abend und bei dieser Eiseskälte! Himmelarsch und Zwirn! Konnten diese Blödmänner sich nicht tagsüber umbringen, wenn wenigstens etwas die Sonne schien?

»Hoffentlich geht alles so schnell wie bei Elvira Meier«, dachte er, während er die Tür zum Nachbarbüro öffnete.

»Marion! Jetzt hast du mal Gelegenheit deinen Pelz auszuführen. Los auf! Mord auf der Alb. Wir müssen noch eben beim Chef rein, oder kennst du die Klimastation da oben in Sonnenbühl?«

»Natürlich kenne ich die. Da war ich doch erst letzte Woche zum Langlaufen.«

Marion schnappte sich ihren Mantel vom Kleiderhaken und lief Becker voraus.

»Nun komm schon, Robert. Je eher wir oben sind, desto früher kommen wir nach Hause. Und du willst doch zu Kachelofen und Rotwein, oder?«, fragte ihn seine junge Kollegin.

»Das weißt du genau so gut wie ich«, grummelte der Hauptkommissar. »Ich sag' kurz dem Chef Bescheid.«

Im Vorbeigehen öffnete er die Tür zum Büro seines Vorgesetzten.

»Chef, die Kollegin kennt den Weg.«

»Sie nehmen die Beschreibung trotzdem mit, Becker. Man kann nie wissen was passiert.«

Keinen Widerspruch duldend, drückte er ihm ein mit einigen Zeilen beschriebenes DIN-A4-Blatt in die Hand.

»Becker, Sie werden das schon machen. Ist ja nicht Ihr erster Mord.«

»Aber der erste in einer so verfluchten Kälte.«

Die Antwort schien sein Chef, Benno Conrads gar nicht mehr mitzubekommen, denn er hatte sich schon wieder in seine Akten vertieft, sodass er nicht sah, wie Robert Becker verächtlich die Augen verdrehte und ein lautloses ›Arschloch‹ murmelte, bevor er die Tür zuzog und hinter seiner Kollegin hereilte.

Hoffentlich wird der bald woandershin befördert.

KAPITEL 3

Dunkelheit hatte sich über die Stadt gelegt. Nur oben auf der Alb, wohin ihr Weg sie jetzt führte, war noch ein heller Schimmer am wolkenlosen Himmel zu sehen.

»Wenn es jetzt dort nicht bewölkt ist, dann können wir uns auf etwas gefasst machen«, grollte Robert. »Das heißt noch mal um einiges kälter als hier.«

»Jetzt hab' dich nicht so. Du Weichei. Du hängst doch sonst immer so den harten Capo raus.«

»Jetzt sag bloß, du hast Bock, Montagabend in die Eiseskälte zu fahren. Dir dort vielleicht ein paar Stunden um die Ohren zu hauen?«

»Ich hatte auch was anderes vor.«

»Herrgott noch mal! Warum geht das denn nicht vorwärts?«

Sie quälten sich stadtauswärts durch den abendlichen Feierabendverkehr gen Unterhausen. Tempo 30. Das Nadelöhr. Bereits im Tunnel bei Pfullingen hatte sich eine lange Schlange gebildet.

»Setz' das Martinshorn oben aufs Dach«, wies er seine Kollegin an. »Das dauert ja sonst ewig.«

Sobald die ersten Töne das ständige Rauschen des langsam dahin kriechenden Verkehrs durchdrangen, setzte er links zum Überholen an und preschte gen Unterhausen.

Marion Schmidt erhaschte die Lippenbewegung mancher Wagenlenker neben sich und konnte Worte ablesen wie:

›Die haben jetzt bestimmt schon Feierabend!‹

›Und können nicht schnell genug nach Hause kommen!‹

›Scheiß Bullen!‹

Marion wandte den Blick geradeaus. Plötzlich riss sie die Augen auf. Die gelben Blitze der Radaranlage hatten sie voll erwischt.

»Habe ich wenigstens Beweise für zu Hause, dass ich dienstlich unterwegs war«, murmelte Robert und setzte seine rasante Fahrt links der Kolonne mit unverminderter Geschwindigkeit fort.

Keine fünfhundert Meter weiter traf es sie zum zweiten Mal.

»Hast du vor, dein Fotoalbum zu füllen?«, fragte ihn Marion von der Seite.

»Ich will es einfach nur hinter mich bringen und nach Hause.«

Fünf Minuten später durchkreuzten sie Engstingen und ließen sich ein drittes Mal verewigen.

»Aller guten Dinge sind drei!«, raunzte Robert.

»Hoffentlich haben sie auf dem Rückweg nicht alle umgedreht.«

Auf der Haid bogen sie rechts ab Richtung Erpfingen und erreichten bald das Golfplatzgelände.

»Da vorne musst du rechts rein, Robert. Dahinten sind die Kollegen. Ich sehe schon die Blaulichter. Aber bitte langsam! Das ist sauglatt auf dem Schnee und Eis hier.«

Wenige Augenblicke später erreichten sie den Tatort.

Grelle Strahler leuchteten das 10 x 10 Meter große Maschendrahtrechteck der Klimastation aus. Das kleine Tor stand sperrangelweit offen und bewegte sich leise in dem bitterkalten Ostwind. *Klimastation Rinnental-Sonnenbühl/735 Meter NN* las Robert. In einem großen Abstand hatten die Kollegen des örtlichen Polizeipostens und die Kriminaltechniker das Gelände abgesperrt.

Auch die Umgebung war in das grelle Licht der Lampen eingetaucht. Eine solche Helligkeit kannte man sonst nur bei abendlichen Flutlichtfußballspielen.

Überall musste nach Spuren gesucht werden, nicht nur am unmittelbaren Tatort. Irgendwie musste der Mörder oder die Mörderin hierhergekommen und dann auch wieder verschwunden sein.

Der Mond, der sich über dem Riesenrad der Bärenhöhle erhob, hatte fast seine volle Kreisform erreicht und beschien mit seinem gespenstischen Licht die bizarre, ungewöhnliche Szene.

Hier, wo sich um diese Uhrzeit höchstens noch Fuchs und Hase ein abendliches Tête-à-Tête lieferten, wimmelte es von frierenden Menschen. Männer und Frauen in weißen Schutzanzügen setzten kleine Täfelchen in das Maschendrahtrechteck der Klimastation. Ein Unbeteiligter hätte sie für wandelnde oder elektronisch gesteuerte Schneemänner halten können. Dabei waren es nur die Beamten der Kriminaltechnik.

Ein Rot-Kreuz- und ein Notarztwagen parkten in unmittelbarer Nähe des Tores im Schnee.

Eine Ärztin war über eine verkrampfte, an einem fünf Meter hohen Masten liegende Person gebeugt.

Robert schaute auf das Display seines Armaturenbretts.

»Minus neunzehn Grad. Verdammter Mist. Ich hab's gewusst. Arschkalt!«

Sein Blick wanderte zu seinen Füßen. Er verdrehte die Augen.

»Verflucht Marion, ich habe meine Stiefel vergessen.«

Die dünnen Lederschuhe, die er immer im Büro trug, konnten ihm hier selbst den Tod bringen.

Hoffentlich war es ein Elvira-Meier-Fall. Starr blickten seine Augen noch einmal auf die Temperaturanzeige: minus 20 Grad Celsius. Das Thermometer fiel.

Marion gab ihm einen Stoß.

»Raus jetzt!«

Robert setzte seine Füße nach draußen und versank bis

zu den Waden in der an dieser Stelle unberührten weißen Schneemasse.

Er fühlte, wie sich das Nass seinen Weg durch seine Socken in das Innere seiner Schuhe bahnte.

»Ich hab's geahnt! Dies wird echt nicht mein Abend«, fluchte er vor sich hin.

Sie zückten ihre Ausweise und gingen den eigens für die ermittelnden Beamten abtrassierten Pfad zum Tatort, um nicht Spuren, die noch nicht gesichert waren, zu vernichten.

»Becker, Kripo Reutlingen, und das ist meine Kollegin Schmidt, Marion Schmidt. Habt ihr schon was?«, richtete er seine Frage an die Ärztin.

»Gewaltsamer Tod. Die Todesursache ist aber noch unklar. Stichverletzungen in Rücken, Schulter und Brust.«

Robert war lange genug bei der Polizei und der Mordkommission. Ein Mord geschah nicht einfach so. Ein Mord stand in der Regel nur ganz am Ende von vielen zuvor geschehenen Ereignissen. Sie würden diese ganzen Ereignisse aufrollen müssen. Sie mussten an den Anfang der Kette, dann würden sie den Fall lösen können.

»Messer oder Schere?«, beugte sich Marion Schmidt nun fragend über den Toten.

»Weder noch! Muss sich eher um einen spitzen Gegenstand gehandelt haben, der nach hinten immer breiter wird. Könnte irgendetwas wie ein Eispickel gewesen sein. Was die Todesursache war, können wir hier aber momentan nicht sagen. Dazu müssen wir noch genauer untersuchen. Ergebnisse haben wir frühestens morgen. Rufen Sie dann bitte in der Gerichtsmedizin an. Sie kennen sich ja aus.«

›Gott sei Dank‹, dachte Robert, ›dann kann ich hier endlich bald weg.‹

Er kniete sich nieder, um das Thermometer in Augenschein zu nehmen, das sich waagerecht mit einer Länge von circa zwanzig Zentimetern in fünf Zentimetern Höhe über dem Boden befand: minus 21 Grad Celsius.

»Ich wusste es doch. Es ist das kälteste Loch Deutschlands.«

Seine Füße waren zu Eis gefroren. Vielleicht könnte er gleich die Ärztin fragen, ob sie ihm nicht schon mal vorsichtshalber zwei oder drei Zehen amputieren könnte.

»Sonst noch etwas?«

»Ja. Es muss höchstens ein kurzer oder gar kein Kampf stattgefunden haben. Alles deutet darauf hin, dass der Ermordete von hinten überfallen wurde und von dem Angriff ganz überrascht war«, gab der Chef des Engstinger Polizeipostens, Manfred Huber, zu Protokoll.

Er war mit seinem Kollegen Hinrichsen als einer der Ersten am Tatort gewesen und auch penibel darauf bedacht, keine Spuren zu zerstören. Es würde sowieso schon schwierig genug sein, in dieser Schneelandschaft etwas Verwertbares zu finden.

Einer der »Schneemänner«, Lukas Behringer näherte sich dem Ermittlerduo.

»Guten Abend Marion! Hallo Robert! Wir haben hier ein paar Fußspuren festmachen können. Wir werden sie zeitnah genauer untersuchen. Sie wiesen eindeutig auf an den Außensohlen abgelaufene Schuhe hin. Links mehr als rechts. Aber es gibt auch noch einige andere.«

»Wie habt ihr denn das gemacht? Könnt ihr einfach Gips in den Schnee gießen?«, fragte Marion.

Lukas Behringer schaute sie mit einem Lächeln an.

»Natürlich nicht. Durch das Einbringen von Gips entsteht Wärme und dann würde alles verlaufen. Das heißt, wir würden uns selbst ausbooten. Wir haben extra Streiflicht dabei. Damit können wir Spuren, die mit bloßem Auge kaum oder gar nicht zu erkennen sind, sichtbar machen. Entsprechend weit haben wir das Gelände abtrassiert, damit niemand wild hier herum stolpert. Zum Glück haben die Kollegen aus dem

Engstinger Polizeiposten aufgepasst und sind auf dem trassierten Weg gegangen.«

»Ja und wie macht ihr das dann, wenn ihr was ausfindig gemacht habt? Gips, hast du gesagt, kann man ja nicht einfach in die Spuren gießen?«

Lukas holte eine Dose hervor und deutete darauf: »Snow Wachs – Spray. Damit können wir den Abdruck im Schnee für die Abformung vorbereiten. Zuerst muss man zwei Schichten aus circa fünfundzwanzig bis dreißig Zentimetern aufsprühen, dann anschließend sechs weitere aus einer Entfernung von circa fünfzehn Zentimetern. Jede Schicht sollte dann ein bis zwei Minuten trocknen, bevor die Abdruckmasse rein gegeben wird.«

Marion schaute ihn an und blickte dann auf die große abgesperrte Fläche.

»Ja mein Gott! Wie lange habt ihr dann hier noch zu tun? Das muss ja ewig dauern!«

»So, wie es aussieht, werden wir hier wohl noch bis nach Mitternacht arbeiten müssen.«

»Ach oh Gott! In dieser Kälte!« Marion bedauerte den Kollegen von der Kriminaltechnik.

»Wenn wir Schwefelblüte hätten, ging es natürlich schneller, aber so hilft uns das Snow-Wachs schon erheblich.«

»Dann hoffe ich, dass ihr schnell vorankommt«, versuchte Marion ihn etwas aufzuheitern.

Lukas nickte ihr zu.

»Danke Marion. Das hoffen wir auch. Aber wir werden mit Sicherheit morgen noch außerhalb der Station hier zu tun haben.«

Robert blickte ihn entsetzt an. Er hatte jetzt schon genug von der eisigen Kälte hier oben auf der Alb. »Wisst ihr, wer der Tote ist?«, richtete Robert seine Frage an die Umstehenden, wobei er glaubte, mit seinen Füßen in seinen eisigen Schuhen auf dem Untergrund festgefroren zu sein.

»Den kennen Sie auch! Helmut Eberle, der Naturforscher. Helmut Eberle war in der letzten Zeit gerade in der Landesschau des Öfteren zu sehen. Die Frauen liebten ihn, weil er die Naturphänomene so charmant erklären konnte«, antwortete Manfred Huber.

»Auch das noch!«

Robert und Marion starrten sich an. Ihnen war klar, was das nach sich zog:

Reporteraufläufe! Fernsehteams aus der ganzen Republik! Ein verbissener Chef, der schnelle Erfolge wollte! Hektik! Stress! Berichte! Recherche! Puzzlearbeit unter den Augen der Öffentlichkeit! Nichts mit Kachelofen und Rotwein.

»Zeugen?«, wollte Marion wissen.

»Bis jetzt nicht. Ein älteres Ehepaar, das sich beim Langlauf in der Zeit vertan hatte und als letztes auf dem Weg aus der Dunkelheit kam, hat ihn gefunden. Sie sitzen drüben im Restaurant ›Albsonne‹.«

›Wenigstens ein kleiner Lichtblick‹, schoss es Robert durch den Kopf. ›Wärme! Wärme!‹ Ein letzter Blick auf das am Boden befindliche Thermometer zeigte ihm: minus 23 Grad Celsius.

»Marion, wir fahren zum Restaurant«, sagte er. Und, zur Ärztin gewandt: »Den Bericht hätte ich gerne morgen bei mir auf dem Schreibtisch.«

»Rufen Sie bitte in der Gerichtsmedizin an, Herr Becker«, gab die Rotblonde zur Antwort. »Aber zunächst einmal wird die Leiche, wenn wir hier fertig sind, in die örtliche Leichenhalle nach Undingen gebracht. Und dort wird sie auch über Nacht bleiben. Wenn Ihr Staatsanwalt die Obduktion angeordnet hat, dann kann sie nach Reutlingen in die Gerichtsmedizin gebracht werden. Also stehen Sie noch nicht morgen früh um sieben auf der Matte.«

»Bis dahin bin ich auch noch nicht wieder aufgetaut«,

murmelte Robert Becker vor sich hin, sodass nur Marion ihn verstehen konnte.

Jetzt bloß weg aus dieser Eiseskälte. Robert Becker hatte die Sitzheizung auf Stufe 5 gestellt und auch die Wagenheizung lief auf 29 Grad Celsius. Er war froh dieser Kältekammer entflohen zu sein und jetzt im warmen Inneren seines Wagens zu sitzen. Aber bis in sein Inneres würde die Wärme wohl nicht reichen und die Füße würde er so auf keinen Fall mehr trocken bekommen. Warum hatte er bloß seine Stiefel nicht mitgenommen? Doch wer konnte auch ahnen, dass heute noch ein Mord in diesem Loch passieren würde. Langsam und vorsichtig fuhren sie durch die weiße Schneelandschaft, welche unter dem sternenklaren Himmel und dem hoch am Firmament thronenden Mond lag.

KAPITEL 4

Fünf Minuten später betraten Becker und seine Kollegin die »Albsonne«. Sofort beschlug seine Brille, als ihm die Heizungswärme entgegen waberte. Becker nahm die Augengläser ab und versuchte sie mit einem Taschentuch wieder klar zu reiben. Marion Schmidts Blicke suchten den Raum ab und blieben bei einem älteren Ehepaar hängen, das am Stammtisch nahe der Heizung saß. Auf circa siebzig taxierte sie das Paar. Er hatte seinen linken Arm beruhigend um ihre Schultern gelegt. Doch sie, etwas jünger als er, zwei bis drei Jahre vielleicht, hatte ihr Gesicht in ihren Händen vergraben und schüttelte unter leisem Schluchzen immer wieder ihren grau gelockten Kopf.

Vor ihnen dampften zwei große Tassen Tee. Marion und Robert wollten gerade auf sie zu gehen, als sich ihnen von rechts ein circa 1,90 Meter großer Hüne mit kurzem Bürstenhaarschnitt entgegenstellte.

»Wir haben geschlossen!«, baute er sich vor den beiden Kommissaren auf.

»Wissen wir«, entgegnete Marion. »Hauptkommissarin Schmidt. Dies ist mein Kollege Becker, Hauptkommissar, Kripo Reutlingen. Sie haben wohl mitbekommen, weswegen wir hier sind?«

»Ja natürlich! Das Ehepaar hat ihn gefunden. Sind komplett durcheinander. Kein Wunder. Wer will schon abends in der Dunkelheit eine Leiche finden? Ich auf jeden Fall nicht. Ihr Engstinger Kollege hat die beiden hergebracht, damit sie zunächst einmal aus dem ganzen Trubel und der Kälte rauskommen.«

»Und wo ist er jetzt?«, versuchte Becker mit einem freundlichen Ton zu fragen, was ihm allerdings nur ansatzweise gelang. Marion Schmidt verzog die Mundwinkel, atmete tief ein und fuhr sich mit ihrem rechten Zeigefinger über die Lippen.

»Robert«, raunzte sie ihm zu, um seine schlechte Laune zu beschwichtigen.

»Kurz aufs Klo. Wird sicherlich sofort wieder da sein«, antwortete der Wirt Martin Klotz.

Langsam schritt Marion Schmidt auf das Ehepaar zu.

»Guten Abend! Mein Name ist Schmidt. Marion Schmidt von der Reutlinger Kriminalpolizei, und das ist Robert Becker, mein Kollege, Kriminalhauptkommissar.«

Sie zeigte ihren Ausweis und wies rückwärts mit dem Zeigefinger zu Robert, der sich aber gerade nach dem eintretenden Engstinger Kollegen umdrehte. Robert Becker wandte sich an ihn.

»Halten Sie sich bitte zur Verfügung. Wir reden gleich miteinander. Wie war noch mal Ihr Name?«

»Hinrichsen, Knut. Polizeihauptmeister. Polizeiposten Engstingen.«

»Hinrichsen? Sie kommen nicht von hier? Hört sich eher norddeutsch an, oder?«

»Ja. Insel Juist. Wir sind jetzt aber schon dreiunddreißig Jahre im Schwabenland! Mein Vater ist gebürtiger Ostfriese, aber meine Mutter kommt aus Willmandingen und die wollte unbedingt wieder zurück auf die Alb, nachdem wir acht Jahre auf der Insel gewohnt haben. Von daher bin ich viel mehr Schwabe als Ossi.«

»Stimmt. Lässt sich nicht überhören. Okay. Da oben war ich auch schon mal. Eigentlich eine ganz nette Insel. Aber wenn man die Preise ansieht, dann sind das doch alles Piraten. Früher haben sie wenigstens noch Schiffe überfallen, um an ihre Beute zu kommen. Heute bekommen sie ihren

Reichtum ja von den Touristen auf dem Tablett serviert. Wie gesagt. Wir unterhalten uns später noch.«

Sein Blick fiel aus dem Fenster, an dem sich kristallene Eisblumen gebildet hatten. Selbst die Wärme des Ofens hatte diese nicht zum Schmelzen bringen können. Ihm graute davor, nachher nochmals nach draußen zu müssen. Schließlich setzte er sich den beiden älteren Herrschaften gegenüber an den Tisch.

»Könnten Sie uns Ihre Namen nennen?«, wandte er sich an das Ehepaar.

»Lowinski, Edeltraud, und Hermann Lowinski. Aber ihr Kollege hat schon alles aufgeschrieben.«

Robert Becker blickte zum Engstinger Uniformierten und zog fragend die rechte Augenbraue hoch.

»Ist alles notiert«, gab dieser zur Antwort und verwies mit seinem Zeigefinger auf sein kleines Notizbuch in der rechten äußeren Brusttasche. Robert Becker drehte sich wieder um und hörte Herrn Lowinski gerade sagen:

»Wissen Sie, es war ein Riesenschock für uns. Wir hatten uns anscheinend überschätzt. Wir wollten nur eine kleine Runde mit den Langlaufskiern machen. Aber dann hat heute Nachmittag so schön die Sonne hier oben geschienen, sodass wir uns doch weiter vorgewagt haben.«

Becker traute seinen Ohren nicht. Sonne geschienen! Irgendwie musste er sich verhört haben. Draußen war es arschkalt.

»Tja wissen Sie«, schaltete sich der Wirt ein, »das haben wir häufig hier oben. Tagsüber strahlend blauer, wolkenloser Himmel, Sonne, Wärme und dann geht es ganz schnell ins Kalte. So wie heute. Dann verflüchtigt sich die Wärme am späten Nachmittag und Abend ganz schnell nach oben, weil hier keine Wolken sind. Nachmittags hatten wir in der Sonne plus einundzwanzig Grad und jetzt …«, er blickte auf das Thermometer, »… minus zwanzig Grad.«

Becker schaute auf seine nassen Füße: Warum konnte so ein Mord nicht einfach während seiner Dienstzeit geschehen? ›Bei plus einundzwanzig Grad‹, schoss es ihm durch den Kopf.

»Ja und wie fühlt man sich dann hier so, wenn es so kalt ist?«, blickte er den Wirt an, ohne dessen Antwort eigentlich abzuwarten.

»Das ist hier teilweise der kälteste Ort Deutschlands.«

Becker hatte jetzt genug davon und wollte eigentlich nur nach Hause, weswegen er sich gleich wieder dem Ehepaar zuwandte.

»Ja dann erzählen Sie mal weiter.«

»Irgendwie wurde es uns dann ganz unheimlich, als wir sahen, dass wir die Letzten in der Dunkelheit waren und so langsam der Mond schon aufzog«, setzte Hermann Lowinski seinen Bericht fort, ohne seinen Arm von den Schultern seiner Frau zu nehmen, die ihren Kopf in den Händen auf dem Tisch verborgen hatte. »Als wir an der großen Station vorbeikamen, da hat meine Frau ihn gesehen.«

Marion Schmidt fasste mit ihrer linken Hand Edeltraud Lowinski leicht an der Schulter an.

»Frau Lowinski, es muss ja schlimm für Sie gewesen sein, aber können Sie uns einmal berichten, was genau Sie gesehen haben?«

Langsam richtete sie ihren Kopf auf und blickte die beiden Kommissare mit ihren tränenüberströmten Augen an. Die roten Ränder hatten sich immer mehr ausgeweitet und das ganze Gesicht war aufgequollen. Wollte jemand den Begriff »Elend« personifizieren, so hätte Edeltraud Lowinski in diesem Moment dafür perfekt Modell stehen können.

Robert Becker konnte kaum hinsehen, weswegen er seiner Kollegin die weitere Befragung überließ.

»Ja«, schluchzte sie. »Wir sind da an der Klimastation vorbeigegangen. Gerade wollten wir nach rechts abbiegen, da habe ich ihn gesehen.«

Sie schnäuzte in ein weiteres Taschentuch und legte es zu den anderen bereits gebrauchten, die sich so langsam zu einem Papierberg vor ihr türmten.

Robert Becker schaute Martin Klotz an und deutete mit dem Zeigefinger auf den Taschentuchhaufen.

»Könnten Sie mal?« Mit dem Daumen zeigte er in Richtung Papierkorb.

Fragend und ungläubig blickte dieser zurück, holte dann aber doch eine Plastiktüte und entsorgte die tränennasse Masse.

»Nun, Frau Lowinski. Wie ging es weiter?«

»Ich habe dann zu meinem Mann gesagt: Hermann! Hermann guck' doch mal, da liegt doch jemand. Geh doch mal schnell nachschauen!«

»Ja, ich bin dann da reingegangen in die Klimastation. Habe mir die Skier abgeschnallt und bin dann zu ihm hin. Herzinfarkt oder Schlaganfall, habe ich mir gedacht. Da muss man unbedingt sofort helfen. Das weiß man doch, dass da jede Minute wichtig ist. Also bin ich zu ihm hin, habe ihn an den Schultern gepackt, geschüttelt und gerufen: ›Kann ich Ihnen helfen? Was ist passiert?‹ Aber in dem Moment habe ich auch schon das Blut gesehen, das ihm den Rücken hinunterlief. Und aus dem Mund ist es ihm auch in den Schnee gelaufen. Das sah aus wie bei den Tatortfilmen am Sonntag im Fernsehen. Und sich bewegt oder geatmet hat er auch nicht mehr. Da habe ich gewusst, dass da nichts mehr zu machen ist. Bin dann wieder raus zu meiner Frau und habe die Polizei angerufen: 110. Eine Viertelstunde später waren sie auch da. Ihr Kollege, der Herr Hinrichsen, da vorne der, der hat dann schon alles aufgeschrieben. Mehr kann ich Ihnen leider nicht sagen. Wir haben doch hoffentlich nichts falsch gemacht, Frau Kommissarin?«

Marion Schmidt versuchte ihn mit einem Lächeln zu beruhigen.

»Nein, ganz im Gegenteil, Herr Lowinski. Wenn wir immer so präzise Aussagen bekommen würden, dann wäre vieles in unserer Arbeit leichter. Sie haben sich vorbildlich verhalten.«

Sie schaute Robert Becker fragend an.

»Können Sie?«

»Von mir aus dürfen Sie nach Hause. Kollege Hinrichsen, Sie haben ja alles notiert, oder?«

Dieser blickte ihn dienstbeflissen an.

»Ja.«

»Danke, Herr Hinrichsen. Können Sie dann bitte das Ehepaar Lowinski zu ihrem Wagen bringen?«

»Kein Problem, Herr Becker, mache ich!«

»Herr Lowinski«, mischte sich Marion Schmidt wieder ein, »können Sie denn noch fahren, nach all dem, was passiert ist?«

»Wenn vielleicht jemand mitfahren könnte? Bei Dunkelheit sehe ich äußerst schlecht.«

»Herr Hinrichsen, könnten Sie das vielleicht veranlassen, dass Sie das Ehepaar Lowinski begleiten? Sie waren doch zu zweit an der Klimastation. Sie bekommen das schon hin. Die Lowinskis wohnen ja in Pfullingen, das ist ja nicht so weit.«

»Aber unsere Skier, die sind noch an der Klimastation«, meldete sich jetzt Edeltraud Lowinski zu Wort.

Polizeihauptmeister Hinrichsen blickte das Ehepaar beruhigend an.

»Jetzt kommen Sie mal. Das erledigen wir auf dem Weg. Kein Problem.«

Edeltraud und Hermann Lowinski zogen sich ihre Mäntel an.

»Herzlichen Dank, und wir kommen wieder auf Sie zu, wenn wir weitere Fragen haben«, verabschiedete sich Marion Schmidt von den Senioren. »Sie haben uns sehr geholfen.«

Becker schaute den Dreien nach, und als er hörte, wie draußen der Motor ansprang, wandte er sich an den Wirt.

»Nun zu Ihnen, Herr Klotz. Könnten Sie auch etwas zur Klärung beitragen?«

»Ich fürchte, dass ich Ihnen da nicht sehr behilflich sein kann. Wie gesagt, ich wollte gerade zu machen, als die beiden gebracht wurden.«

»Also Sie haben nichts gesehen, oder? Ist nicht allzu weit weg von Ihnen, diese Klimastation.«

»Nein! Das nicht, aber ich war die ganze Zeit hier.«

»Und waren heute viele Leute bei Ihnen hier oben als Gäste?«

»Heute Nachmittag, so um die Mittagszeit, da war es voll. Aber es wurde im Laufe der Zeit immer weniger. Je später es wurde.«

»Lohnt sich das Geschäft eigentlich für Sie?«, wollte Becker von dem Wirt wissen.

»Es könnte besser sein. Aber Sie wissen ja, die Medien.«

»Nein, wissen wir nicht«, warf Marion Schmidt ein. »Was ist mit den Medien?«

»Es hält natürlich viele Leute ab, hier hochzukommen, wenn man immer hört, dass das Rinnental einer der kältesten Orte in Deutschland ist. Der Kältepol. Und wenn man in der warmen Stube sitzt, warum sollte man sich freiwillig in die Kälte begeben? Wenn die Sonne so scheint wie heute, dann strömen sie allerdings in Massen. Die allgemeine Meinung ist jedoch, dass es auf der Alb nur kalt ist. Häufig werden hier ja die niedrigsten Temperaturen in ganz Deutschland gemessen, wobei das nur an ganz bestimmten Punkten der Fall ist.«

Robert Becker nickte ihm zu.

»Das kann ich gut verstehen«, pflichtete er ihm bei. »Sehr gut sogar.«

Dabei sah er zu seinen nassen Füßen und dachte an den Abend, den er mit seiner Frau hatte verbringen wollen.

»Sie sind nicht so gut auf diese Meteorologen zu sprechen? Oder was höre ich da raus?«, wollte Marion Schmidt wissen.

»Die Klimastation wird doch von einem gewissen Rainer Kunold betrieben. Kennen Sie den eventuell näher? Können Sie uns etwas über ihn sagen?«, wandte sich Robert weiter an den Wirt.

»Ist er es, den man tot aufgefunden hat? Dann hätten die Aussagen …« Klotz stockte. Er bemerkte, dass er gerade dabei war, sich in den Kreis der Verdächtigen zu hieven.

»Was wollten Sie sagen? Sie haben Ihren Satz nicht zu Ende gesprochen. Fahren Sie ruhig fort«, ermunterte Robert Becker den Wirt.

»Ich – ich meine ja nur, dass das mit den Wettermeldungen, besonders der Kälte, nicht so jedermanns Sache ist.«

»Da haben Sie recht. Ich bin auch kein Freund der kalten Winter.«

Klotz blickte an die Decke. »Ist er es nun oder ist er es nicht?«

»Wir befinden uns mitten in den Ermittlungen. Aber eins kann ich Ihnen sagen. Ihr heiß verehrter Herr Kunold ist es nicht. Kennen Sie den eigentlich näher?«

»Ja, schon!«, antwortete Klotz. »Aber den kennt hier jeder. Ist ständig in der Presse und im Fernsehen. Und mit seinen Wettermeldungen hat er schon genug für Schlagzeilen gesorgt.«

»War er auch als Gast bei Ihnen im Lokal?«

»Natürlich! Hat sich dann einen Glühwein oder einen Jagertee bestellt, um sich aufzuwärmen.«

»Und war er heute auch da?«

»Ja, ganz kurz. Hat von seinen tollen Strahlungsnächten erzählt und dass es heute Temperaturunterschiede von bis zu dreißig Grad geben soll. Was ja wohl auch stimmt.«

Beckers Blick suchte Marion.

»Ich glaube, dann können wir für heute hier Schluss machen, oder?«

Marion nickte ihm zu.

»Herr Klotz, wenn Ihnen noch etwas einfällt, dann rufen Sie uns doch bitte an.«

Sie reichte ihm eine Visitenkarte.

Robert Becker und Marion Schmidt verabschiedeten sich und Becker war froh, bald aus seinen nassen Schuhen herauszukommen.

Die Rückfahrt verlief ohne Staus. Das Nadelöhr Unterhausen lag jetzt etwas entspannter da. Allerdings mussten die vielen Lastwagen für die an der Durchgangsstraße Wohnenden ein Graus darstellen. Kein Wunder, dass diese so vehement einen Albaufstieg forderten. Der Ursulabergtunnel hatte zwar für Pfullingen Entspannung gebracht, aber Unterhausen und Honau erstickten fast im Verkehrschaos.

Robert Becker war froh, dass er bald in seinem schönen Einfamilienhäuschen in der Burgholzsiedlung am Fuße der Achalm sein würde. Sein Blick wanderte zu seiner Kollegin.

»Und, Marion? Was steht bei dir heute Abend auf dem Programm?«

Sie zuckte mit den Schultern und ein dunkler Schatten schien sich über ihre Augen zu legen. War da irgendetwas aus dem Lot geraten? Aber Robert Becker wollte sich jetzt nicht mehr damit beschäftigen. Nicht heute Abend. Das würde er sie in den nächsten Tagen mal fragen.

KAPITEL 5

Robert steckte den Schlüssel in die Eingangstür des schmucken Einfamilienhauses in der Reutlinger Burgholzsiedlung und öffnete hastig das Schloss, um endlich aus den nassen Schuhen herauszukommen.

»Wo bleibst du denn? Seit drei Stunden habe ich das Essen fertig!«

Robert verdrehte die Augen und blies seine Backen auf. ›Jetzt nicht auch noch das‹, schoss es ihm durch den Kopf. ›Bloß das jetzt nicht!‹

»Hättest wenigstens anrufen oder schreiben können!«

»Mord auf der Alb«, gab er zurück. »Aber lass mich erst mal aus den nassen Klamotten raus. Da oben war es eiskalt.«

Als er sich zehn Minuten später zu ihr an den Tisch setzte, wartete sie schon ungeduldig auf seinen Bericht.

»Jetzt erzähl schon. Wer ist es denn? Darf ich dir dein Essen noch einmal warm machen? Ich hoffe, es schmeckt. Jetzt lass dir doch nicht alles so aus der Nase ziehen.«

»Helmut Eberle, der Naturfreak. Du kannst dir vorstellen, was das für einen Medienrummel geben wird.«

Er schnitt sich ein Stück vom Cordon bleu ab, und als er das noch heiße Stück Fleisch mit dem zerschmelzenden Käse in seinem Mund spürte, fing er auch langsam an, innerlich wieder warm zu werden.

»Jetzt sag nicht der bekannte Wetterexperte. Der hat doch den Wetterbericht revolutioniert. Früher kam im Fernsehen nur eine Wetterkarte, aber jetzt sind immer ein Experte oder eine Expertin vor so einer großen Wand und wischen mit der Hand über das Bild und erklären einem dann, wie und woher das Wetter kommt. Ich glaube, der ist dafür verantwortlich. Jetzt habe ich ihn allerdings schon lange nicht mehr gesehen.«

Seine Frau, die eine Schwäche im Behalten von Namen hatte und sich kaum einen merken konnte, nannte dann meistens irgendeinen, der ihr gerade in den Sinn kam, um somit von ihrem kleinen Defizit abzulenken.

»Nein, der Rainer Kunold ist es nicht. Der ist zwar auch immer wieder an der Station und ihm gehört sie auch. Aber der Tote ist Helmut Eberle. Ein ebenfalls bekannter Naturforscher. Weiß gar nicht, wie der in die Station reingekommen ist. Wahrscheinlich sind die beiden miteinander bekannt.«

»Eberle! Eberle! Von dem habe ich schon gehört. Natürlich! Jetzt fällt es mir wieder ein. Ich war vor drei Tagen noch unten im Osiander, und da habe ich noch ein, zwei Bücher von ihm gesehen: Meine Heimat die Schwäbische Alb. Oder so ähnlich. Und im SWR-Fernsehen war der schon ein paar Mal. Natürlich! Landesschau! Da haben sie gezeigt, wie er über die Alb wandert und seine Forschungen macht. Ach, so ein netter Mensch. Und so berühmt. Und jetzt bist du mit dem Fall beschäftigt. Tja Robert. Jetzt sag doch mal, wer bringt denn so einen netten Menschen um? Der hat doch niemandem etwas zuleide getan. Und so schön angezogen war der immer. Das war noch so richtig einer vom alten Schlag. So eine schöne Wanderjacke hat der immer angehabt. So richtig fesch sah er immer aus. Und so eine Kniebundhose sollten wir für dich auch einmal kaufen. Die würde dir bestimmt gut stehen.«

Robert schickte schnell ein Stoßgebet zum Himmel, dass dieser Kelch bitte an ihm vorüberginge.

»Hoffentlich bekommst du raus, wer so etwas getan hat. Ja, und was ist jetzt mit dem Rainer Kunold? Hat der auch was damit zu tun?«

»Das weiß ich noch nicht! Das werden die Ermittlungen ergeben. Wir sind erst ganz am Anfang. Wir haben erst mal alles aufgenommen. Die ersten Befragungen laufen. Der Eberle ist nun mal gerade vier, fünf Stunden tot. Aber du wirst dir ja denken können, was das für einen Presse- und Medienrummel nach sich ziehen wird. Ich habe nicht gewusst, dass der Eberle so bekannt und berühmt ist.«

»Natürlich, Robert! Natürlich! Das sind zwei Größen, die man hier kennt.«

In Roberts Hirn wirbelten die Gedanken hin und her.

»Mensch Robert! Und jetzt bist du mit dem Fall befasst. Das wird bestimmt ein ganz großes Ding.«

»Ich wäre froh, wenn ich es schon hinter mir hätte. Jetzt im Winter so oft auf die Alb. Ich darf gar nicht daran denken. Kommt eigentlich noch was im Fernsehen?«

»Nein, jetzt ist es schon zu spät, da kommt man ja nirgendwo mehr mit. Aber wir haben den Tatort vom Sonntag aufgenommen und noch nicht angeschaut.«

»Bloß keinen Tatort mehr. Davon hatte ich die ganze Woche schon genug. Schau doch noch mal, ob wir nicht etwas anderes haben.«

Robert öffnete die Rotweinflasche und schenkte ihnen zwei Gläser ein. Fünfzehn Minuten später war er, in eine warme Decke eingehüllt, eingeschlafen und nur sein leises Schnarchen untermalte die seichte bayerische Liebeskomödie.

KAPITEL 6

»Na Robert, wieder aufgetaut?«, begrüßte ihn Marion Schmidt am nächsten Morgen.

»Geht so. Hoffe, dass wir heute nicht wieder da rauf müssen. Haben wir schon etwas vorliegen?«

»Ich denke nicht, dass wir drum rumkommen werden. Du wirst dich jetzt schon auf ein paar schöne Albtage einstellen müssen. Die Kriminaltechnik hat den Bericht schon abgegeben. Habe mal reingeschaut. Es wurden mehrere Fußspuren am Tatort entdeckt. Vom Opfer selbst, von Herrn Lowinski, Winterstiefel, aber kleine Größe, so circa 39, könnten Damenschuhe sein. Dann noch zwei weitere Abdrücke von Winterstiefeln. Der Größe nach zu urteilen eindeutig von männlichen Personen.«

Robert horchte auf: »Und sonst noch was?«

»Ja, das Profil von Lauf- oder Joggingschuhen, an den Außenrändern schon ziemlich abgelaufen. Aber das hat Lukas ja gestern Abend schon gesagt. Wir sollen gleich mal rüberkommen, dann können sie mehr erzählen.«

»Dann lass uns doch gleich rüber …«

Das Läuten des Telefons schnitt seinen Satz ab.

»Ja, Becker! … Hervorragend … Ja sehr gut. Das ging ja mal schnell … Okay, dann sind wir in etwa einer Stunde bei Ihnen. Wir gehen jetzt bei der Kriminaltechnik vorbei und kommen dann direkt zu Ihnen in die Gerichtsmedizin. Dankeschön. Bis nachher!«

Robert Becker legte auf.

»Also dann auf zur KT.«

»Hast du übrigens gewusst, dass der Betreiber der Wetterstation, Rainer Kunold, ein ganz berühmter Mann ist? Wenn du heute den Wetterbericht im Fernsehen siehst, dann geht das Format in seiner heutigen Form auf Rainer Kunold zurück.«

»Meine Frau und ich haben gestern Abend noch darüber gesprochen.«

»Mensch Robert, da haben wir ja jetzt mal einen ganz dicken Fall, auch wenn der Kunold nicht der Tote ist. Aber der Eberle ist ja zumindest hier im Südwesten nicht weniger bekannt und oben auf der Alb kennt ihn ja jeder. Wir sollten uns heute noch mal näher in seinem Umfeld umsehen, das heißt, Robert: Albausflug. Na, dann mal auf, Herr Hauptkommissar. Man wächst mit seinen Aufgaben.«

Robert Becker wusste, dass er da nicht drum herumkommen würde. Leicht missmutig zog er die Stirn in Falten und folgte seiner Kollegin zu den Fachleuten von der Kriminaltechnik.

Fünf Minuten später waren sie in deren Büro.

Von den Fußspuren hatte er schon im Bericht gelesen.

»Da muss ich mich ja nicht unbedingt wiederholen«, eröffnete Lukas Behringer seine Rede. »Die Abdrücke waren alle in der Nähe der Leiche. Wobei keine echten Kampfspuren auszumachen sind. Bei den Laufschuhen tippe ich auf einen Mann mit leichten O-Beinen. Schuhgröße circa 44 bis 45. Die kleineren gehören wohl einer Frau oder einem Mann mit sehr kleinen Füßen.«

»Oh. Die könnten also sowohl einem Mann als auch einer Frau gehören«, sinnierte Marion. »Und dann haben wir noch zwei Paar Winterstiefel, die müssen wohl männlichen Personen zugeordnet werden.«

»Und hier ein weiteres Puzzlestück. Wir suchen also noch einen größeren Jogger, eine Frau und zwei weitere Unbekannte. Haben wir sonst noch was?«, wollte Robert wissen.

»Im Moment sind noch zwei Kollegen von uns oben an

der Station, um eventuelle Spuren außerhalb der Station zu sichern. Das Handy, das der Tote bei sich führte, untersuchen wir momentan. Der Tote wohnt in Großengstingen.«

»Da fahren wir später hoch. Vielleicht scheint dann in Engstingen sogar die Sonne. Nicht wahr, Robert?« Sie schaute ihren Kollegen aufmunternd an.

»Aber vorher fragen wir doch mal, was die Gerichtsmedizin Neues weiß. Der Staatsanwalt hat die Leiche heute Morgen früh freigegeben und sie ist vom örtlichen Leichenbestatter nach Reutlingen transportiert worden. Ich habe gerade einen Anruf von der leitenden Gerichtsmedizinerin erhalten. Musst du nicht auch dazu kommen?«, wollte Robert wissen.

»War schon mit einem Kollegen oben am Steinenberg. Wir haben die Kleidung sichergestellt und müssen sie heute noch zum Landeskriminalamt nach Stuttgart schicken. Das KTI, das Kriminaltechnische Institut wird sie auswerten und dann denke ich, dass wir morgen oder übermorgen die Ergebnisse haben. Vielleicht kommt da ja noch was raus. Aber jetzt fahrt ihr beiden erst mal hoch zur Klinik. Die Gerichtsmedizinerin ist sehr kompetent.«

KAPITEL 7

Das schien jetzt doch einigermaßen voranzugehen. Die Laune von Robert Becker besserte sich. Wenn sie jetzt in der Pathologie noch mehr Einzelheiten über die Todesursache, den Zeitpunkt und andere Details des Mordes erfahren konnten, dann würde das ja ein ganz guter Tag werden.

Im Polizeipräsidium in der Burgstraße nahmen sie die Treppe nach unten, gingen über die Rollstuhlfahrerrampe weiter zu ihrem Auto und steuerten die Klinik am Steinenberg an.

»Oh nein! Schau dir das da vorne an!«, hörte er plötzlich Marion Schmidt neben sich ausrufen. »Wir fahren voll in den Stau! Der ganze Ledergraben scheint verstopft. Wahrscheinlich ist da wieder so ein Idiot bei Rot über die Ampel gebrettert und dann hat es gekracht.«

»Der Ledergraben ist aber auch so eine, entschuldige bitte: Scheißstraße. Da kannst du ja nur drin stecken bleiben. Ist schon ohne Unfall schlimm genug. Frag doch mal die Kollegen, wie lange es noch dauert, oder ob es besser ist, den Umweg über Pfullingen zu nehmen?«

Marion erkundigte sich sofort.

»Wir sollen drauf bleiben, alle anderen Zufahrtsstraßen sind ebenfalls überlastet. Wenn wir vorne ankommen, winkt uns ein Kollege vom Verkehr aber durch.«

»Warum sollen wir auch hetzen«, erwiderte Robert. »Wir hatten gestern genug zu tun. Unser Toter wird auch nicht wieder lebendig. Egal, ob wir fünfzehn Minuten früher oder später ankommen. Aber die Reutlinger Verkehrsplanung ist und bleibt eine Katastrophe«, echauffierte sich Becker.

»Hier kannst du nur zwischen Mitternacht und vier Uhr morgens einigermaßen störungsfrei durchkommen. Wer das in der Verkehrsplanung der Stadt zu verantworten hat, sollte jeden Morgen vor Dienstantritt zum Rapport. Habe jetzt in der Zeitung eine Stellenanzeige gelesen, dass die Stadt Reutlingen einen Verkehrsplaner sucht. Nur gut, dass ich hier morgens von der Burgholzsiedlung aus nicht durch muss.«

Im langsamen Schritttempo näherten sie sich der großen Ampelkreuzung. Das Fitnessstudio mit vierundzwanzig Stunden Trainingsbetrieb auf der anderen Seite kam ihnen zentimeterweise näher. Zu Fuß wären sie bestimmt schon am Klinikum gewesen.

»Jetzt habe ich gedacht, dass mit der Fertigstellung des Scheibengipfeltunnels alles besser werden würde, aber dann kommt es doch immer wieder zu solchen Staus hier in Reutlingen, weil überall Baustellen sind oder die Ampelschaltung so verrückt ist, dass man aus der Haut fahren könnte«, murmelte Becker. »War vor vierzehn Tagen in München. Da läuft der Verkehr wie geschnitten Brot. Aber Reutlingen ist eine einzige Zumutung!«

Nach einer halben Stunde Fahrt für den knappen Kilometer hatten sie die ehemalige Silberbar, ein Relikt längst vergangenen Reutlinger Nachtlebens, hinter sich gelassen. Jetzt noch zweimal links abbiegen, dann würden sie das Krankenhaus erreicht haben.

KAPITEL 8

Sie fuhren die Hauptauffahrt zum Haupteingang hoch. Becker erkannte sofort, dass der Behindertenparkplatz und die zwei Kurzzeitparkplätze belegt waren. Egal! Sie waren im Dienst. Marion Schmidt öffnete das Handschuhfach und holte das Hinweisschild mit der Aufschrift: *Polizei im Einsatz!* hervor. Vorsichtig platzierte sie es vor sich auf der Innenseite der Windschutzscheibe. Becker parkte den Mercedes vor den drei anderen bereits vor ihnen stehenden Autos. Sie registrierten ein ständiges Kommen und Gehen. Die weißen Verbände und Gipsmanschetten an den oberen und unteren Gliedmaßen dominierten das Bild des Eingangsbereiches.

Gerade als Marion die Wagentür öffnen wollte, näherte sich von hinten eine männliche Person: Ende fünfzig, Anfang sechzig. Gekleidet in einen schmutzigen blau-weißen Trainingsanzug, auf dem vorne links auf der Brust ein Schalke-04-Emblem Marion ins Auge sprang. Das Kleidungsstück hatte wahrlich schon bessere Tage erlebt. Der Vorbeischleichende hatte sein wollenes Kleidungsstück wahrscheinlich gewohnheitsmäßig übergezogen, wie in all den vergangenen Jahren. Die Trommel einer Waschmaschine hatte dieses Etwas vermutlich im letzten Jahrhundert zuletzt gesehen. Mit der Rechten schob er einen Infusionsständer neben sich her, während er mit seiner Linken in steter Regelmäßigkeit eine Zigarette zwischen seine braun-gelben Zähne führte und wie ein um den letzten Atemzug Ringender immer wieder daran zog. Der jeweils kurz danach ausgestoßene Qualm hüllte seinen Kopf, von dem das fettige Haar in langen Strähnen herunterfiel, in eine graue Wolke, aus der eine Schalke-04-Kappe wie eine Krone herausragte.

Marion stand der Mund vor Staunen offen.

Sie blickte Becker an und deutete mit ihrem Kopf nach rechts. Aber auch er hatte die skurrile Szene längst wahrgenommen.

»Lass uns noch ein bisschen sitzen bleiben, so etwas bekommen wir so schnell wahrscheinlich nicht mehr zu sehen«, flüsterte sie Robert Becker zu.

Von Minute zu Minute füllte sich das Rondell des Raucherbereichs: ein Rollstuhlfahrer, der es nur schwer schaffte, seinen fahrbaren Untersatz zu bewegen, zumal die Zigarette in der Hand ihm bei der Anschiebbewegung mehr als hinderte, fuhr in den Kreis der Rauchenden. Ein Emblem von Borussia Mönchengladbach auf der Rückseite seiner Sitzfläche deutete darauf hin, dass er, wie der den Infusionsständer Schiebende, wohl eher aus dem Westen der Republik stammte.

Die Besatzungen von zwei Notarztwagen, die Minuten vorher noch Patienten in das Innere des Spitals gefahren hatten, kamen nun in ihrer rot-weißen Bekleidung aus der Ausfahrt; griffen zu ihren Zigaretten, überholten die sich mit Krücken Bewegenden und sicherten sich noch einen der letzten Sitzplätze im bald prall gefüllten Raucherrondell. Hier waren sie alle vereint: Patienten, Rot-Kreuz-Fahrer, Rollstuhlfahrer, Gehbehinderte an Krücken, Besucher, Monteure …

»Das da vorne rechts ist Inklusion pur«, sagte Marion zu Robert. »Alle vereint am gemeinsamen Interesse: dem Glimmstängel. Hier werden tatsächlich keine Unterschiede gemacht.«

Robert blickte sie erstaunt an. Auf einen solchen Vergleich war er nicht gefasst. Er schürzte die Lippen.

»Stimmt. Das Rauchen, Keuchen und Husten vereint sie

alle. Besser kann man es nicht ausdrücken. Jetzt lass uns mal reingehen«, forderte er seine Kollegin auf. »Die hinter uns haben die Parkzeit auch schon mindestens zwanzig Minuten überschritten«, fügte er mit einem Blick in den Rückspiegel hinzu und deutete auf das Schild auf der rechten Seite: *Höchstparkdauer 15 Minuten.* Gerade wollte er die Fahrertür öffnen, als von hinten ein Endfünfziger in Jeans und grauer Jacke, einen Trolly hinter sich herziehend, an ihrem Wagen vorbeikam. Becker schloss die Augen: »Möge dieser Kelch an mir vorübergehen, dass ich mich jemals in ein solch mausgraues Seniorenjäckchen zwängen muss.«

Hoffentlich kam seine Frau nie auf den Gedanken, ihm jemals so etwas zu kaufen. Der Blick auf die Vorbeischleichenden ließ allerdings Zweifel in ihm aufkommen, ob es überhaupt noch andere Jackenfarben für über 50-Jährige gab. Marion schaute ihn an und verstand, ohne dass er ein Wort gesprochen hatte.

Marions Kopf machte eine leichte Bewegung nach rechts. Sie forderte ihren Kollegen auf, mit auszusteigen.

»Also dann mal da durch.«

Ohne den Blick weiter nach rechts oder links zu wenden, durchquerten sie die Eingangshalle und fuhren mit dem Aufzug in das zweite Untergeschoss, wo die Gerichtsmedizin untergebracht war. 2P: Pathologie.

Becker klopfte an die Tür und konnte ein freundliches »Herein« vernehmen.

Einen Augenblick später standen sie einer attraktiven, blonden Mittdreißigerin gegenüber, die sie beide aus strahlend blauen Augen unter ihrer Langhaarfrisur anlächelte.

»Christina Bauknecht. Ich leite hier die Gerichtsmedizin.«

»Marion Schmidt! Robert Becker!«, stellte sich das Kommissar-Duo vor. »Freut uns, dass Sie so schnell Zeit für uns hatten.«

»Wir kennen uns noch gar nicht«, ergänzte Robert Becker

in seinem charmantesten Tonfall und konnte seine Augen nicht von dem Lächeln abwenden, das ihm entgegen strahlte.

»Ja, ich bin erst einen Monat hier und in der Zeit hatten wir hier noch keinen Mord. Mein erster Mordfall also!«

»Und können Sie uns schon was sagen?«

»Denke schon! Gehen wir doch mal rüber.«

Hoffnungsvoll folgten die beiden Kriminaler der blonden Schönheit zur Kühlkammer.

»So, da vorn haben wir ihn«, setzte Christina Bauknecht nun an. Sie öffnete die dritte Kühlkammer von rechts und zog Helmut Eberle auf seiner Rollbahre aus der Box.

»Dann fangen Sie mal an. Wir sind gespannt«, hob Marion Schmidt an.

»Also, der Tod ist gestern zwischen siebzehn und achtzehn Uhr eingetreten.«

»Das stimmt so etwa mit der Aussage unseres Ehepaars Lowinski überein«, pflichtete ihr Becker bei.

»Getötet hat ihn letztendlich der massive Einstich in die Brust. Wenn man die Wunden betrachtet, könnten es ein dicker Schraubenzieher oder Vorbohrer einer riesigen Schraube oder ein Eispickel gewesen sein. Wir konnten genau drei Einstiche festmachen. Zweimal in den Rücken. Einer in die Brust. In die Lunge. Von daher kam auch der Blutschaumteppich, der dem Toten aus dem Mund gequollen ist. Die Hiebe müssen mit einer massiven Kraft ausgeführt worden sein. Wenn man die Wundränder betrachtet, von rechts oben nach links unten, durch die Kleidung durch. Dann bei diesem, schauen Sie hier. Mehrmals gedreht und wieder rausgezogen. Er hatte keine Chance.«

»Lässt das auf einen Mann als Täter schließen?«, fragte Marion Schmidt.

»Auf den ersten Blick natürlich schon. Aber Sie als Hauptkommissarin wissen nur zu gut, zu welcher Rage Frauen fähig sind. Dann haben sie nicht weniger Kraft als ein Mann.«

Marion und Robert nickten der jungen Schönheit zu.

»Dann haben wir aber noch etwas anderes festgestellt. Der Ermordete muss stark drogenabhängig gewesen sein. Das haben zumindest unsere toxikologischen Untersuchungen und die damit verbundenen ersten Blutanalysen ergeben. Das muss ich allerdings noch etwas genauer untersuchen und verschiedenste Analysen vornehmen lassen. Bitte geben Sie mir noch etwas Zeit.«

»Ja natürlich, Frau Bauknecht. Mord im Drogenmilieu. Das wird wahrscheinlich eine vielfältige Geschichte werden. Reutlingen, Tübingen und Stuttgart sind nicht so ganz unbeleckt, was die Thematik angeht«, antwortete Robert. »Natürlich geben wir Ihnen die Zeit.«

»Herzlichen Dank, Frau Bauknecht«, verabschiedete sich Marion Schmidt.

»Sie haben uns sehr weitergeholfen, Frau Bauknecht.«

Als Robert Becker ihr zum Abschied die Hand reichte, hielt er diese länger, als er das normalerweise tat, und über sein Gesicht zog ein strahlendes Lächeln.

»Wir kommen wieder!«

Marion schaute ihn von der Seite an und zupfte ihn leicht am Ärmel, um ihn zum Gehen aufzufordern.

»Robert, du bist verheiratet. Das ist nicht mehr deine Liga. Verstanden!?«, sagte sie, als sie sich entfernt hatten.

»Mhm! Mhm!«, äußerte sich der Angesprochene mehr als widerwillig.

An der Eingangspforte durchquerten sie wieder die skurrile Szenerie, die ungeschnitten in einer Comedy-Sendung Einzug hätte halten können.

KAPITEL 9

Zurück im Büro ließ Robert Becker zwei Tassen Kaffee aus der Maschine und stellte sie auf den Schreibtisch.

»Jetzt lass uns noch mal zusammenfassen, was wir bisher haben«, eröffnete Marion das Gespräch. »Höchstwahrscheinlich Drogenabhängigkeit des Opfers. Der Mord muss kurz nach 17.30 Uhr passiert sein. Tödlich war der äußerst tiefe Einstich in die Brust und Lunge; mehrere Personen, die sich innerhalb der Klimastation aufgehalten haben. Schließen wir die vom Opfer und von Herrn Lowinski mal aus, dann müssen sich noch vier weitere Personen dort aufgehalten haben!«

»Ganz schön reges Treiben um diese Uhrzeit da oben. Wer geht denn schon freiwillig bei diesen Temperaturen und um diese Uhrzeit dort oben spazieren? Das ist doch mehr als ungewöhnlich«, entgegnete Robert.

»Wenn man sich in der Zeit vertut, so wie die Lowinskis, kann das durchaus vorkommen«, warf Marion ein.

»Das scheint mir nicht sehr wahrscheinlich. Gut! Möglich wäre es. Aber trampeln die dann alle in der Station herum? Die Lowinskis wären doch auch nicht reingegangen, wenn ihnen der Tote nicht aufgefallen wäre. Ich tippe eher darauf, dass die Spuren von Personen sind, die sich ganz bewusst dorthin aufgemacht haben«, schlussfolgerte Robert.

»Das heißt, es wäre doch möglich, dass gleich mehrere Personen dem Eberle nach dem Leben getrachtet haben. Das wiederum heißt, dass im Umfeld des Ermordeten mehrere Leute in Betracht kommen, welche ein Motiv gehabt haben könnten, um den bekannten Forscher platt zu machen. Von daher denke ich, dass wir uns als Nächstes einmal im Umfeld des Opfers ein wenig umsehen sollten. Da muss sich doch was finden lassen«, fasste Marion das Gespräch zusammen.

»Kannst ganz schön logisch und strukturiert denken!« Robert blickte seine Kollegin anerkennend an und nahm einen tiefen Schluck aus seiner Kaffeetasse. Marion gab ein wenig Zucker in das dampfende Getränk, rührte es um und erwiderte:

»Tja, ein bisschen was, muss ja hängen geblieben sein von der Polizeischule. Und auch Frauen können logisch und strukturiert denken und arbeiten. Oder hast du daran bisher gezweifelt?«

»Nein! Nein!«, antwortete ihr Kollege sofort. »Sollte einfach nur ein Lob sein.«

»Dann lass uns doch jetzt den nächsten Schritt tun und nach Engstingen fahren! Routinearbeit. Haus durchsuchen. Nachbarn befragen. Auf so einem Dorf weiß doch jeder alles von jedem. Da kannst du nicht irgendetwas verheimlichen. Wenn man da ein Techtelmechtel mit irgendjemand anderem hat, dann ist das doch spätestens am nächsten Tag durch. Das ist anders als in der Stadt, wo du ja einigermaßen anonym leben kannst. Jetzt ist es Tag und nicht so kalt wie gestern Abend! Ich habe in der Akte schon nachgeschaut. Es wäre vielleicht besser, wenn wir den Kollegen von gestern Abend hinzuziehen würden. Wie hieß er noch? Das war doch kein Schwabe, oder?«

»Nein, der kam doch von oben aus dem Norden: Juist. Wohnt aber schon lange auf der Alb.«

Marion griff sich die noch dünne Akte und warf einen kurzen Blick hinein: »Hinrichsen! Knut Hinrichsen!«

»Ich rufe mal auf der Station in Kleinengstingen an, dass er doch bitte rüberkommen soll. Er kann uns bestimmt weiterhelfen. Ich denke, dass wir in einer guten halben Stunde oben sein müssten!«

Marion wählte die Nummer des Reviers in Kleinengstingen, einem der drei Teilorte, aus denen die Albgemeinde bestand: Großengstingen, Kleinengstingen und Kohlstetten. Zusammen hatten sie etwa 5500 Einwohner, wobei Großengstingen den Hauptort darstellte. Besonders in der Fasnetszeit zeichneten sich die Orte Groß- und Kleinengstingen durch ihre großen Gegensätze aus. Während Großengstingen als Fasnetshochburg galt und hier zum Umzug am Samstag rund 10 000 Personen im Ort verweilten, war Kleinengstingen genau das Gegenteil. Ruhig und vollkommen narrenfrei. Hinrichsen nahm sofort ab und erklärte ihr kurz den Weg in die obere Kirchstraße.

»Gut, dann treffen wir uns gegen halb zwölf«, hörte Robert Becker seine Kollegin das Gespräch beenden.

Robert nahm einen letzten Schluck aus seiner Henkeltasse, holte seine mit Lammfell gefütterten Winterstiefel aus dem Schrank und schritt in Richtung Ausgang.

Marion Schmidt hatte sich derweil in ihren Parka gehüllt und wartete auf ihren Kollegen an der Bürotür. Robert Becker griff mit der Linken zu seinem dicken Mantel an der Garderobe, vergewisserte sich, dass Handschuhe, Schal und Fellmütze mit Ohrenschützern in den Taschen steckten, und folgte seiner Kollegin in den Hof, wo sie auf ihren Dienstwagen zugingen. Becker marschierte demonstrativ zur Beifahrerseite.

»Fährst du heute mal?«

Marion nickte.

Gleich drehte Becker die Sitzheizung auf fünf, während ihn Marion stirnrunzelnd von der Seite aus anblickte.

»Du weißt doch, dass es da oben immer zwei Grad kälter ist.«

Marion lenkte den Wagen aus dem Hof und fuhr über die langgezogene Kaiserstraße stadtauswärts Richtung Pfullingen. Als sie sich dem Ursulabergtunnel näherten, blickten beide kurz nach links.

»Jetzt hat man den Scheibengipfeltunnel schon eröffnet, aber für die Situation in Pfullingen und Unterhausen hat das nicht viel gebracht«, antwortete ihm Marion.

Kaum hatten die beiden das Ortsschild von Unterhausen passiert und waren dieses Mal vorschriftsmäßig durch die 30er-Zone gefahren, ohne geblitzt zu werden, sahen sie am rechten Straßenrand schon eine Ansammlung von etwa zwanzig bis fünfundzwanzig Menschen, vom Kind bis zum Rentner, die mit großen Schildern gegen die enorme Verkehrsbelastung in Lichtenstein und Engstingen protestierte.

Wir sind Lichtenstein! war auf jedem der Plakate oben in einem gelben Schriftzug zu lesen. Darunter befanden sich individuelle Aufschriften. Marion und Robert konnten aufgrund der Tempo-30-Zone und des langsam dahinziehenden Verkehrs nahezu jedes der Plakate lesen, deren Aufrufe wie folgt lauteten:

Zu viel Verkehr in Lichtenstein!

Planung Albaufstieg sofort!

Tunnel fertig und jetzt?

Wo bleibt die Verkehrsentlastung für Lichtenstein und Engstingen?

»Ich kann die Leute hier verstehen.« Marion schaute Robert an. »Stell dir mal vor, jeden Tag diese Blechlawine und dann die vielen Lkws. Tag und Nacht. Du hast es gut in deiner ruhigen Burgholzsiedlung. Aber stell dir mal vor, du müsstest hier wohnen!«

»Nein danke.« Robert zuckte mit den Schultern. »Aber selbst wenn sie jetzt anfangen zu planen, bis zur Fertigstellung dauert es dann mindestens fünfzehn Jahre. Manche der Demonstranten werden bis dahin bestimmt schon nicht mehr leben«, warf er ein.

Marion und Robert sahen, wie andere Autofahrer den am Straßenrand patrouillierenden Demonstranten die Daumen als Zustimmung hochhielten oder ihnen mit Lichtsignalen zu verstehen gaben, dass sie deren Anliegen unterstützten.

Kurz darauf hatten sie die 30er-Zone durchfahren und befanden sich auf dem Streckenabschnitt Richtung Honau. Die Burg Lichtenstein thronte wie ein Märchenschloss rechts über ihnen und gab mit ihren schneebedeckten Zinnen ein imposantes und malerisches Bild ab, das Robert bei der Fahrt über die Serpentinen der Honauer Steige bewunderte.

»Ja, Robert, das gefällt dir. Oder?«

Robert nickte zustimmend und schürzte etwas die Lippen.

»Guck, Robert, das liegt auf etwas mehr als 800 Metern. Von innen gibt es auch einen Fluchtweg durch das Schloss nach unten. Dann konnte man nach draußen fliehen, ohne, dass es bemerkt wurde. Bei einer Sonderführung von einem Engstinger Schlossführer bekommt man das genau erklärt und gezeigt. Es soll sogar Ludwig II. von Bayern als Modell für Neuschwanstein gedient haben. Da warst du doch bestimmt schon mal mit deiner Frau?«

»Weiß ja, dass es die Attraktion hier in der Gegend ist. Aber so genau habe ich das bisher auch nicht gewusst. Woher weißt du das denn alles?«

»Ich interessiere mich einfach für das, was sich so in meiner unmittelbaren Umgebung befindet«, antwortete ihm Marion. »Sieht schon klasse aus! Oder? Warte nur ab Robert, in diesem Mordfall wirst du noch zu einem Albliebhaber werden.«

Robert blickte sie skeptisch an, ersparte sich aber eine Antwort.

Kurz, nachdem sie das Plateau erreicht hatten, konnten sie rechter Hand, etwa achthundert Meter nach dem Kreisverkehr, schon die Großengstinger Kirche erkennen.

Die Felder waren in ein dickes Weiß gehüllt und ein strahlend blauer Himmel, an dem die Sonne herrlich leuchtete, bescherte dem Ermittler-Duo ein Bilderbuchpanorama.

Fünf Minuten später hatten sie das Ende der Straße erreicht, in der Eberle gewohnt hatte, und parkten auf dem kleinen Parkplatz neben dem alten Sportheim. Eine Journalisten-Meute mit Kameras hatte das Haus umlagert. Aber Robert und Marion schritten ohne einen Kommentar durch die Menge und verwiesen nur darauf, dass sie noch in laufenden Ermittlungen steckten.

Hinrichsen wartete schon auf sie vor dem Haus.

»Morgen Kollegen«, begrüßte Hinrichsen die beiden Ankommenden. »Na, glauben Sie jetzt, dass es hier auf der Alb auch im Winter sonnig und warm sein kann?«

»Echt schön haben Sie es hier«, pflichtete ihm Marion bei, während Becker ihm schweigend die Hand gab und dann einen Schlüsselbund aus seiner Manteltasche zog.

»Der gehörte dem Opfer, wird ja einer von passen.«

Robert Becker schaute mit einem prüfenden Blick auf die Tür, das Schloss und die einzelnen Schlüssel. Schon der Zweite passte. Sie betraten das Haus durch einen engen, kleinen, dunklen Windfang, der auch durch das Einschalten des Lichts nicht allzu viel von seiner düsteren Atmosphäre verlor. Links traten sie in eine kleine Küche ein, auf deren rechter Seite sich ein alter Kachelofen befand, vor dem eine Holzkiste mit Anzündholz stand. Der Geruch von Bohnerwachs hing schwer in der Luft und setzte sich in den Nasen der drei Polizeibeamten fest.

Knut Hinrichsen zog die Rollläden nach oben und öffnete die Fenster, um die abgestandene Luft aus den Räumen zu lassen.

»Sauber ist es ja, aber so klein«, bemerkte Marion Schmidt. »Lasst uns doch mal ein wenig umschauen.«

Nacheinander betraten sie das Wohnzimmer und blickten auf eine Bücherwand, in der sich in erster Linie Exemplare befanden, die diese Gegend beschrieben und verherrlichten:

Vergessene Pfade Schwäbische Alb!

111 Orte auf der Schwäbischen Alb, die man gesehen haben muss!

Steiniges Paradies!

Traumland Schwäbische Alb!

Auch zwei Exemplare von Büchern des Ermordeten konnte Robert erkennen: *Traumhafte Jahreszeiten der Alb!* und *Naturwunder Alb!*

»Muss ja schon eine Größe gewesen sein, dieser Herr Eberle.« Becker schaute den Kleinengstinger Polizeiobermeister an.

»Ja, den kannte hier schon jeder, und im ›Albboten‹ und im ›Reutlinger General-Anzeiger‹ hat er immer wieder mal etwas geschrieben!«

»Und wissen Sie etwas über Bekanntschaften, Beziehungen? Frauengeschichten? Das Übliche also?«

»Also verheiratet war er auf jeden Fall nicht. Nicht mehr. Geschieden. Und in einer festen Beziehung hat er, glaube ich, auch nicht gelebt. Das wüsste man im Dorf. Vielleicht kann Ihnen darüber aber auch Frau Hölscher etwas mehr erzählen. Die ist einmal die Woche zu ihm ins Haus gekommen, um zu putzen. Die wohnt im Nachbarort. Gut, so ganz solo hat er wohl nicht gelebt. Aber mit wem und wann – das weiß ich auch nicht. Anerkannt und hochgeschätzt, das war der Herr Eberle. Ist ja auch schon was, wenn man einen so berühmten Forscher in Ortsnähe wohnen hat.«

Robert Becker schaute aus dem Fenster und blickte nach links am Sportheim vorbei.

»Wo kommt man da eigentlich raus, wenn man den Weg weiterläuft?«, wandte er sich an Hinrichsen.

»Immer geradeaus am Waldspielplatz und dann an der Seitzhütte vorbei, kommen Sie direkt zum Golfplatz, dort wo die Klimastationen sind, wo er gestern aufgefunden wurde.«

»Dann ist der vielleicht von hier aus …« Becker beendete seinen Satz nicht, denn gerade hatte er das zweite Buch von

Eberle – *Naturwunder Alb!* – aus dem Regal genommen und förderte dahinter nun fünf Ampullen hervor.

»Schau mal hier, Marion. Ich nehme nicht an, dass das Vitaminspritzen sind. Was hat deine nette Frau Bauknecht gesagt? Herr Eberle muss drogensüchtig gewesen sein, und zwar schon längere Zeit.«

»Da tut sich ja ein Abgrund auf. Komm, lass uns das Regal ausräumen!«

Gemeinsam räumten sie die nach Themen geordneten Bücher aus der Schrankwand.

»Hier Robert, da habe ich noch drei Tüten und hier noch ein Röhrchen mit Tabletten. Ecstasy.«

»Lass uns das mal ins Drogendezernat bringen, damit wir wissen, was das überhaupt ist. Und die Kriminaltechnik sollte mal das Haus hier auf den Kopf stellen. Ich rufe gleich unten an, dass sie raufkommen sollen. Und dann sollen sie sich ebenfalls den Wagen vom Eberle vornehmen. Bin mir sicher, dass sie da auch noch fündig werden.«

Robert griff zum Handy und wählte die Kriminaltechnik an.

»Herr Hinrichsen«, wandte sich Marion an den Kleinengstinger Hauptwachtmeister, »ist Ihnen irgendetwas von einer Engstinger Drogenszene bekannt?«

»Momentan ist es relativ ruhig bei uns im Flecken; aber vor ein paar Jahren, da hat man draußen auf der Haid so einen ganzen Umschlagplatz ausgehoben. Das hat damals richtig für Aufsehen gesorgt. Ging bundesweit durch die Presse, und auch die Landesschau hat viel darüber berichtet.«

»Ich erinnere mich«, gab Robert Becker zurück. »Marion, du warst damals noch nicht bei uns. Das muss so um 2011, 2012 gewesen sein. Wenn ich es richtig im Kopf habe, hat man weit mehr als hundert Kilogramm Kokain auf dem alten Kasernengelände sichergestellt.«

Marion hatte in der Zwischenzeit ihr Smartphone hervorgeholt und den Fall gegoogelt.

»Hundertdreißig Kilo Kokain müssen es genau gewesen sein, mit einem Marktwert von über vier Millionen Euro. Es war der größte Drogenfund seit 1989 im Land Baden-Württemberg. Acht Kolumbianer waren daran beteiligt. Der Älteste sechsundsiebzig, die Jüngste vierundzwanzig. Das war schon ein kleines Familienunternehmen.«

Robert schaute sie an.

»Taucht der Name Eberle da auch auf?«

»Das kann ich dir jetzt so schnell nicht sagen, das Netz ist voll mit der Zerschlagung des Ringes. Wir sollten das aber auf jeden Fall mit im Auge behalten.«

»Herr Hinrichsen«, wandte sich Robert nun wieder an den Kleinengstinger Kollegen, »da kommt man hier oben auf die Alb und ist der Meinung, dass die Welt noch in Ordnung ist, und dann wird hier einer der größten Drogenumschlagplätze auseinandergenommen. Ein paar Jahre später läuft die Biogasanlage über und sorgt bundesweit für Schlagzeilen. Dazu kommen Ihre Wetterexperten mit ihren Kälterekorden in Deutschland. Und jetzt bekommen Sie als Sahnehäubchen obendrauf noch so einen schönen Mord in der Winterlandschaft. Das rote Blut im weißen Schnee. Rot und weiß, das sind doch die Farben vom VfB Stuttgart, oder? Aber das hat damit ja jetzt nichts zu tun.«

Hinrichsen trat von einem Bein auf das andere.

»Ich kann nichts dafür. Habe weder mit Drogen gedealt, noch die Anlage überlaufen lassen und schon gar nicht Herrn Eberle ermordet.«

»Habe ich auch nicht gesagt.« Robert schmunzelte ein wenig abschätzig, dass Hinrichsen sich so aufregte. »Haben Sie so etwas auf Juist auch gehabt, oder hat man sich da eher der Piraterie verschrieben?«

»Robert! Jetzt reicht es. Herr Hinrichsen ist uns hier eine

große Unterstützung und Hilfe. Da solltest du ihn nicht so verunglimpfen.«

Hinrichsen schaute Marion dankbar an.

»War nicht so gemeint, Herr Hinrichsen. Entschuldigung. Ich schätze Ihre Hilfe sehr. Aber es ist schon eine Menge, was hier oben so alles passiert. Liefert schon genug Stoff für einen umfangreichen Kriminalroman. Aber wir sind momentan selbst Mittelpunkt eines Mordfalles. *Mord im Rinnental* wäre doch vielleicht ein schöner Titel. Wir fangen ja gerade erst an. Mal sehen, was da noch alles zutage kommt. Wundern würde mich hier jetzt nichts mehr.«

KAPITEL 10

Vier Wochen zuvor
Dienstag, 9.1.2018, 12.30 Uhr

Helmut Eberle bestieg seinen SUV und lenkte den Geländewagen in Richtung Pfullingen. Auf der Holzelfinger Steige, die er für die Fahrt ins Tal gewählt hatte, musste er immer wieder hinter einem Wagen des Bauhofs anhalten. Drei Männer, in Warnwesten gekleidet, gingen neben dem Laster her, hoben Geschwindigkeitsbegrenzungsschilder von der Ladefläche und platzierten sie auf beiden Seiten des Albaufstiegs. Hinter ihm hatte sich bereits eine lange Schlange gebildet.

Helmut Eberle blickte auf die Uhr an seinem Armaturenbrett: 12.40 Uhr.

»Verdammter Mist! Wäre ich doch bloß über Honau gefahren. Könnte man das nicht anders regeln? Hoffentlich wartet Jared im Park auf mich. Sind nur noch zwanzig Minuten«, murmelte er lautlos vor sich hin.

Seine Finger trommelten nervös auf dem Lenkrad. 12.45 Uhr. »Das schaffe ich nicht mehr. Müssen die das ausgerechnet heute machen? Man sieht aber auch nichts. Dran vorbeifahren ist zwecklos.«

Die Minuten verstrichen. Eberle biss sich auf die Unterlippe. Hoffentlich wartete er.

Dann setzte der Lkw endlich seine Fahrt fort und bog auf den kleinen Parkplatz links unten an der Steige ein.

Wurde aber auch Zeit.

In Unterhausen nahm Eberle die Abzweigung durch die Moltkestraße, in der Hoffnung, hier etwas schneller voranzukommen.

Um 13.06 Uhr bog er in das Parkhaus am Ledergraben ein und fand zu seinem Glück gleich einen Platz auf der unteren Ebene. Auf den Parkschein verzichtete er. Er hastete durch die Unterführung Richtung Oskar-Kalbfell-Halle, strebte am Matthäus-Alber-Haus, der Stadtbibliothek und dem Rathaus vorbei. Vier Minuten später hatte er den ZOB, den Zentralen Omnibusbahnhof, erreicht.

Über einen kleinen Steg, der über die Echaz führte, bog er auf den Platz vor der Stadthalle ein. Seine Blicke schweiften flackernd umher, blieben an der Wasseranlage hängen. In regelmäßigen Abständen schossen die kleinen Wasserfontänen in die Höhe und wurden immer wieder in ein anderes Licht getaucht.

Nichts! Er war nicht zu sehen.

Helmut Eberle blickte auf seine Armbanduhr. 13.15 Uhr.

›Wird doch nicht schon wieder weg sein, der Mistkerl!‹

Er rannte zur Skateranlage und umrundete sie einmal. Seine Blicke hasteten umher. Er zog seine Unterlippe unter die obere Zahnreihe und biss sich drauf.

»Ich brauche dringend wieder neuen Stoff. Ich bin komplett blank.«

Er versuchte, das Zittern seiner Hände zu unterdrücken, indem er sie beide in den Jackentaschen verschwinden ließ. Da sah er von der gegenüberliegenden Seite einen dürren, hageren jungen Mann auf sich zulaufen.

»Endlich! Da kommt er ja.«

Jared winkte ihm kaum merklich zu.

Eberle verlangsamte seine hektischen Schritte, die er auch nicht mehr lange hätte durchhalten können, denn er rang schwer nach Atem.

Jareds mehr als magere Gestalt, die sich auf eine Körperlänge von 1,80 Meter verteilte, zeigte eindeutig Zeichen von Untergewicht. Höchstens noch sechzig Kilogramm. Die speckige und verdreckte schwarz-rote Jacke, die er anhatte, wies Flecken von Mayonnaise und Ketchup auf. Wahrscheinlich waren Pommes Rot-Weiß seine Hauptnahrungsquelle. Das lange fettige Haar, das auch schon über eine Woche nicht mehr mit Shampoo in Berührung gekommen war, flatterte um das eingefallene Gesicht, das auf der rechten Seite von einer tiefen, rot gezackten Narbe gekennzeichnet war. Das Resultat einer Auseinandersetzung mit Messern vor drei Jahren.

Helmut Eberle schüttelte sich innerlich.

›Verdammter Scheiß. Ganz schön im Dreck gelandet, dieser Junkie. Gott sei Dank kann mir das nicht passieren. Habe ja alles im Griff.‹

Eberle ging, als hätte er Jared nicht gesehen, näher zur Wasseranlage.

Als wolle er sich nur zum Ausruhen in der Mittagspause setzen, ließ er sich scheinbar gemütlich auf einer der Bänke nieder. Aus seiner Umhängetasche, die über seiner rechten Schulter hing, kramte er eine Bäckertüte mit einer Brezel heraus und biss hinein.

Etwa dreißig Sekunden nach ihm kam Jared und fragte höflich, ob auf der Bank noch Platz sei.

Eberle nickte und wies mit der rechten Hand auf die freie Fläche neben sich.

Der 25-Jährige setzte sich neben ihn und holte ebenfalls eine gleich aussehende Tüte hervor. Er zog eine kleine Laugenstange halb heraus und nahm einen Bissen. Seine Augenlider zuckten und seine Blicke suchten das ganze Gelände ab.

»Wie immer?«, flüsterte Eberle Jared fragend zu. Dieser nickte, nahm noch einen Bissen von seiner Laugenstange und legte anschließend das angebissene Gebäckstück in der Tüte neben sich auf die Bank.

»Wie immer!«, erwiderte Jared nun.

Jetzt nickte Eberle, ließ seine Brezel in die Tüte rutschen und platzierte sie ebenfalls neben sich und neben der anderen Tüte auf der Bank. Nun griff Jared das neben ihm platzierte schwäbische Nationalgebäck und verschwand Richtung Skateranlage.

Helmut Eberle ließ die Tüte mit der Laugenstange in seiner Umhängetasche verschwinden.

›Nächstes Mal muss ich mich woanders mit Jared treffen. Bin schließlich kein ganz Unbekannter in der Gegend‹, schoss es ihm durch den Kopf. Er legte beide Arme seitlich auf die Rückenlehne der Bank und erweckte den Anschein, als wolle er die seltenen und letzten Sonnenstrahlen dieses Wintertages noch einmal genießen. Dann reckte er sich und verließ den Platz wieder über den ZOB. Zügigen Schrittes macht er sich auf den Weg Richtung Parkhaus Ledergraben. Nur aus den Augenwinkeln nahm er die vielen Fast-Food-Geschäfte wahr. Eine türkische Kebab-Bude, einen afrikanischen Imbisstand, italienische und griechische Anbieter, ein indonesisches Restaurant und dann eine deutsche Bäckerei. ›Ist eine richtig internationale Mischung hier‹, dachte er sich. Auf der Treppe zum »Joli« drehten sich vier Jugendliche im Alter von etwa sechzehn Jahren gerade eine Zigarette. Aber er beachtete sie nicht weiter, sondern schwamm im Strom einiger Schüler mit, deren Mittagspause wohl jetzt beendet war, und die zurück in ihre Schule mussten.

Sorgfältig legte er seine Umhängetasche auf dem Beifahrersitz ab und begab sich wieder auf den Rückweg nach Engstingen.

Als er sein kleines Häuschen betreten hatte, holte er sofort die Drogen und einige kleine transparente Plastiktütchen aus der Papiertüte mit der halb angebissenen Laugenstange. Er entnahm dem Röhrchen zwei Ecstasy-Tabletten und bettete sie wie einen zerbrechlichen Gegenstand auf den Wohnzimmertisch. Dann ging er in die Küche und ließ ein großes Glas Wasser einlaufen. Auf seinem Sofa sitzend, nahm er die farbigen Tabletten und trank einen kräftigen Schluck. Nach circa zwanzig Minuten setzte die Wirkung der Droge ein. Ein wohliges Gefühl der Entspannung machte sich bei ihm bemerkbar, durchfloss seinen Körper. Gleichzeitig fühlte er sich wohler und aktiver, wofür das Amphetamin zuständig war.

Er wusste, dass er jetzt vier bis fünf Stunden dieses enorme Glücksgefühl haben würde. Wie hatte er sich danach gesehnt. Er schloss die Augen und genoss die Euphorie, die durch seinen Körper strömte.

KAPITEL 11

Dienstag, 6. 2. 2018, 12.30 Uhr

Robert und Marion schauten sich an. Sie standen am Wohnzimmerfenster von Eberles Haus und schauten auf den gegenüberliegenden Bauernhof.

»Ich glaube, Marion, wir werden hier oben länger zu tun haben als uns lieb ist. Lass uns mal wieder zusammenfassen, was wir neu haben und wie wir jetzt als Nächstes weitergehen müssen.«

Hinrichsen schaute den beiden ungläubig zu. Was mochte hier in diesem Albdorf nur alles noch zutage kommen?

»Hinrichsen, sehen Sie doch mal nach, ob Sie hier irgendwo ein Notizbuch oder ein selbst geschriebenes Telefonverzeichnis finden«, wandte sich Robert an den Kleinengstinger Polizeiobermeister.

Hinrichsen begab sich sofort auf die Suche, froh, dass er endlich wieder etwas zur Aufklärung des Falles beitragen konnte.

»Die KT müssen wir wegen des Handys noch einmal kontaktieren. Eventuell finden wir in dem dortigen Adressbuch beziehungsweise in der Anrufliste weitere Hinweise. Dann, Marion, sollten wir dringend Frau Hölscher aufsuchen, um herauszubekommen, ob sie etwas über Bekanntschaften weiß. Auch der Betreiber und Besitzer der Klimastation, wie heißt der noch? Kunold?« Robert blickte seine Kollegin fragend an.

Marion nickte zustimmend.

»Ja, Kunold«, setzte er seine Gedankengänge fort. »Dem sollten wir ebenfalls möglichst schnell einen Besuch abstatten. Vielleicht war er am Mordtag ebenfalls an der Station. Der Wirt von der ›Albsonne‹ hat doch gesagt, dass er bei ihm im Lokal war. Dann gibt es da zusätzlich eine zweite Klimastation. Sie gehört dem hiesigen Wetterfrosch.«

Marion blätterte in ihrem Notizbuch: »Horst Rampf! Der ist doch bestimmt auch dauernd da draußen.«

»In diesem kalten Loch«, warf Robert ein.

»Robert, heute ist es warm! Jetzt, wo wir gerade hier oben sind, sollten wir aber vielleicht als Erstes Frau Hölscher kontaktieren.«

»Herr Hinrichsen!«, rief Robert dem Engstinger Beamten zu. »Haben Sie etwas gefunden?«

»Ja, hier, das ist ein handgeschriebenes Telefonregister mit sehr vielen Nummern drin. Vielleicht ist da etwas dabei.«

»Okay«, antwortete ihm Robert. »Das nehmen wir auf jeden Fall mit. Ich bin sicher, dass wir darin etwas finden werden, das uns weiterhilft.«

»Gut, Herr Hinrichsen, dass wir Sie mit hinzugezogen haben. Sie sind uns eine große Hilfe«, lobte Marion den Kleinengstinger Polizeiobermeister, der sich wertgeschätzt fühlte.

»Herr Hinrichsen, kennen Sie Horst Rampf?«

»Ja, das ist der hiesige Wetterexperte, aber der ist im Augenblick nicht im Lande. Ein Kollege von ihm aus Sonnenbühl schaut während seiner Abwesenheit ab und zu nach der Station.«

»Und wie heißt der?«

»Joachim Müller.«

Robert schaute im Telefonregister nach.

»Genau. Da haben wir ihn. Um den kümmern wir uns dann später.«

»Herr Hinrichsen, könnten Sie uns dann eventuell mal zu dieser Frau Hölscher führen oder sie anrufen, dass wir noch bei ihr vorbeikommen würden? Lieber wäre es uns, wenn sie allerdings selbst hier erscheinen könnte«, lächelte Marion ihn einnehmend an.

Zehn Minuten später klingelte es bereits an der Haustür und eine Frau Anfang fünfzig stand im Eingang.

»Sie sind bestimmt Frau Hölscher?«, empfing Marion sie. »Schmidt mein Name, und das ist mein Kollege Robert Becker.« Sie deutete auf Robert. »Herrn Hinrichsen kennen Sie ja schon.«

»Nadierlich. Des isch ja furchtbar, was do mit onserem guada Herr Eberle bassierd isch. Wer duad au so ebbes?«

Robert Becker bat sie mit einer Handbewegung, einzutreten.

»Frau Hölscher, dazu sind wir da, um das herauszufinden. Jetzt erzählen Sie uns doch mal, was Sie über Herrn Eberle wissen«, forderte er sie auf.

Ungefragt nahm Frau Hölscher auf einem der Wohnzimmersessel Platz.

»Ja wissed Se, der Herr Eberle, des isch so an ganz uffrechder Maa. Emmer drussa em Freia. Droba em Wald. Beim Golfplatz ond em Greuthau. Biacher gschrieba hot er au.«

»Frau Hölscher. Nun kommen wir mal zu Ihnen und Ihrer Arbeit hier im Haus. Sie putzen also für Herrn Eberle?«, richtete Robert seine Frage an sie. Er neigte sich leicht zu ihr vor und zog seine Augenbrauen fragend nach oben.

»Jo! Jeda Donnerschdag Morga. Do isch er emmer bei ra Beschbrechung beim Naturschutzbund. Ond no ka i mi hier en dr Wohnung frei bewega.«

»Und gibt es da etwas Besonderes hier im Haus? Ist Ihnen irgendetwas aufgefallen, was Ihnen vielleicht nicht ganz so bekannt vorkommt?«, wollte Marion von ihr wissen. Frau Hölscher blickte sich im Raum um. Ihr Blick blieb auf der Heizung an der Wand hängen.

»Ja no. I bin ja sehr gewissenhaft, wissed Se, ond darum butz i ja scho en jedra Eck von dera Wohnung. Mit meim

Schdaubwedel gang i ja au no zusätzlich hender älle Heizungsrippa, weil der Dregg sich do so schnell feschdsedzd ond ma sonschd ed rechd dranakommt. Ond dr Müll sordier i au emmer. Do han i em Reschdmüll dann au emmer wieder so Schbritza gfonda. Des hod mr ja scho ghert, dass manche Leid sich selber schbritza kennet. Also wenn mr Diabedes hod. Aber i woiß ed, ob dr Herr Eberle des ghet hot. Glaub i aber edd. Der hod doch emmer so gsond ausgsea. Deswega han i denkt, dass des beschdimmd Vitaminspritza send. So fir Vitamin B 12.«

»Sie kennen sich aber gut aus, Frau Hölscher«, insistierte Marion und schaute die Reinemachefrau aufmunternd an.

»Ah wa. I han blos en dr ledschda Woch onda en dr Alb-Apotheke an Konda gheart. Der hod Vitamin B12 kaufa wella ond da hod d'Apothekere gfrogt, ob er des zom Schbritza oder zom Schlugga han will. Er hots aber ed gwisst, weil's edd für ihn war, ond deswega hodd er nix gnomma. Von doher woiß i des.«

»Gut, Frau Hölscher. Sie scheinen ja stets mit offenen Augen und Ohren unterwegs zu sein. Wäre doch schön, wenn es noch mehr Menschen von Ihrer Sorte gäbe.« Marion lobte sie, weil sie wusste, dass sie so wahrscheinlich noch gesprächiger werden würde.

Frau Hölscher lächelte, doch dann verfinsterte sich ihr Gesicht wieder.

»Wer duad denn dem Herr Eberle so ebbes a? Der hod doch koira Mugg ebbas z'loed doa kenna!«

»Frau Hölscher, das werden wir schon herausbekommen. Verlassen Sie sich da mal auf uns. Wir sind nicht erst seit gestern bei der Polizei«, erwiderte Marion.

»Gut, Frau Hölscher! Sie gehen ja hier quasi ein und aus. Da können Sie uns doch bestimmt sagen, ob Herr Eberle auch eine Freundin gehabt hat oder häufig Besuch?« Robert schaute sie fragend an.

»Jo! Zwoimol, do ben i zbald komma. Morgens. Do isch mir so a blonde Frau an dr Tür endgegakomma. Dia hod ganz fraindlich griaßt ond isch dann aber weggfahra. Gschwädzd han i mit dera aber eigendlich nia!«

»Könnten Sie mir denn die Dame mal beschreiben?«

»Dia war so ogfähr 1,65 Meder groß, blonde Hoor, guad azoga ond se hod so a klois Audo gfahra. So a blaus.«

»Wissen Sie auch, was das für eine Marke war?«

»Noe, do kenn i mi gar ed aus! Friar, do hods eba VW gebba ond vielleicht mol an Opel. Aber heid, bei dene viele Audos, wia soll mr denn des no ällas wissa? Also so a klois. Nix Bsonders.«

»Und die Autonummer?«

»Irgendebbes von do onda: Böblinge oder Calw. Jo Calw, glaub i. Noe, warded se. BL. Des isch doch Balinge.«

»Sehr gut, Frau Hölscher. Und war das der einzige Besuch, den Herr Eberle hier gehabt hat?«

»Also ab ond zua isch dann au mol a andres Audo mit Schduergerter Nommer do gschdanda. Aber des war dann ebbes Greßeres ond Bsonders. Mehr so an Rennwaga. Wenn Se wissad, was i moen?«

»Und war's ein Porsche? Jaguar? Mercedes?«

»I kenn blos Mercedes. Jo! An Mercedes war des. Weil der hodd do vorna so an Schdern druf ghet.«

»Das Kennzeichen, haben Sie das auch gesehen oder gelesen?«, wollte Robert wissen.

»Des war uff älle Fäll aus Schduergert. Des woiß i genau, aber dia andere Zahla ond Buachschdaba han i mir edd gmerkt. Han jo ed gwisst, dass des vielleichd nommal wichdig wird.«

»Vielen Dank, Frau Hölscher. Das wäre es erst mal. Und wenn Ihnen noch etwas einfällt, dann melden Sie sich einfach bei uns. Hier haben Sie mein Kärtchen. Oder …« Marion wendete sich dem ostfriesischen und jetzigen schwäbischen Polizisten Hinrichsen zu, »... oder bei Herrn Hinrichsen, wenn Sie ihn gerade sehen.«

»Ka i no jetzt wieder ganga?« Frau Hölscher hievte sich aus dem Sessel.

»Natürlich, Frau Hölscher. Sie haben uns sehr geholfen. Herzlichen Dank«, wandte sich Marion an die freundliche Frau. Sie verabschiedeten sich.

»Die gute Frau Hölscher spricht aber schon einen breiten Dialekt«, äußerte sich Robert, als Frau Hölscher die Wohnung verlassen hatte.

»Ja schon, aber verstehen konnte man doch alles, oder Herr Hinrichsen?«, erwiderte Marion und wandte sich an den Engstinger Kollegen.

»Ich wohne jetzt schon so lange hier in Engstingen und von daher macht mir das Schwäbische überhaupt keine Probleme. Und so breit war es nun auch nicht. Da gibt es ganz andere.«

»Herr Hinrichsen, Sie können uns bestimmt sagen, wo wir Herrn Kunold und Herrn Müller finden?«, wandte sich Robert nun wieder an den Kleinengstinger Polizisten.

»Herr Müller wohnt irgendwo in Gönningen oder Genkingen, aber die Telefonnummer stand doch in dem Buch. Aber Kunold, das weiß ich auch nicht. Der wohnt nicht hier. Ist aber immer mal wieder hier und übernachtet dann im ›Engstinger Hof‹. Vielleicht fragen Sie da mal nach!«

»Sehr gut, Hinrichsen. Sie sind ja jetzt schon mittendrin in dem Fall. Vielen Dank für Ihre Hilfe. Wir rufen Sie wieder an, wenn wir Sie brauchen. Kann man hier oben vielleicht auch etwas Kleines essen oder einen Kaffee trinken?«, wollte Robert wissen.

»Zum Kaffeetrinken und um was Kleines zu essen, könnte ich Ihnen jetzt um diese Uhrzeit den ›Marquardt‹ empfehlen. Da sitzt man sehr gemütlich, oder den ›Engstinger Hof‹, dort können Sie gleich ein ganzes Mittagessen haben.«

Marion und Robert verabschiedeten sich von dem fleißigen Knut Hinrichsen.

»›Marquardt‹ oder ›Engstinger Hof‹?«, fragte Marion ihren Kollegen.

»Lass uns doch mal anrufen, ob der Kunold da ist«, insistierte Robert und griff zum Smartphone. Bald darauf berichtete Robert Marion das Ergebnis seines Gesprächs mit dem »Engstinger Hof«.

»Momentan ist er in Melchingen bei den Windrädern, sagt die Wirtin. Aber heute Nachmittag ab sechzehn Uhr ist er wieder da. Übernachtet noch ein, zwei Nächte hier in Engstingen. Ich habe hier seine Handynummer. Ich rufe ihn gleich mal an und dann machen wir etwas mit ihm für heute Nachmittag aus.«

Zehn Minuten später hatten sie einen Termin mit dem berühmten Wetterexperten vereinbart. Um 16 Uhr im »Engstinger Hof«.

»Also dann, auf zum ›Marquardt‹. Da müssen wir nur wieder in den Ort fahren.«

Wenige Augenblicke später saßen sie schon in der wohlig warmen Sitzecke der Bäckerei, direkt an der Trochtelfinger Straße.

KAPITEL 12

Jeder von ihnen hatte einen großen Cappuccino vor sich stehen, der angenehm duftend sein Aroma in der Sitzecke verbreitete.

Marion betrachtete die großformatigen Bilder an den Wänden: Kleinkinder, die mit Brot in einer schön angerichteten Holzschale abgebildet waren, oder Babys, süß schlummernd mit einem Brot im Arm. Auf der anderen Seite wiederum Fotografien, die die Teigherstellung dokumentierten.

»Sieht ja sehr gemütlich aus hier«, eröffnete Marion das Gespräch. »Und die Backwaren scheinen ja auch sehr gut zu sein«, lobte sie das belegte Brötchen, nachdem sie einen ersten Bissen davon gegessen hatte.

»Ja! Ja! Der Leberkäswecken ist ebenfalls nicht schlecht«, pflichtete ihr Becker bei. »Geht bestimmt richtig gut, der Laden hier, so direkt an einer Durchgangsstraße. Wenn man von Sigmaringen, Gammertingen oder Trochtelfingen nach Reutlingen beziehungsweise Stuttgart will, dann muss man zwangsläufig hier durch. Und für einen kleinen Zwischenstopp eignet sich das doch allemal.«

Eine der zwei Bedienungen, die gerade den Tisch neben ihnen abwischte und säuberte, wandte sich ihnen zu: »Da haben Sie schon Recht. Wir haben viel Kundschaft, die hier haltmacht. Sogar hochrangige Politiker kommen bei uns vorbei. Der Ministerpräsident Kretschmann ist sogar Stammkunde bei uns!«

Robert und Marion schauten sich erstaunt an.

»Ehrlich?«, entfuhr es Marion.

»Ja sicher, wenn der morgens zur Arbeit fährt, beziehungsweise gefahren wird, dann schaut er öfters bei uns rein. Trinkt einen Kaffee und isst etwas Kleines dazu. Ist ja auch ungefähr die Hälfte seiner Strecke bis in den Landtag.«

»Wohnt der nicht irgendwo in Sigmaringen oder in der Umgebung? Der war doch da mal Lehrer am Gymnasium, oder?«, wollte Robert wissen.

»Ja, ein Dorf weiter! Hat dort ein altes gemütliches Haus. Habe ihn da schon mal in Turnhose und Gummistiefeln im Garten arbeiten gesehen. Ist ein ganz Bodenständiger. Wirklich ein netter Mensch und immer sehr freundlich.«

Marion nickte der Verkäuferin anerkennend zu.

»In Engstingen scheint sich ja die Prominenz nur so die Türklinke in die Hand zu geben. Wetter-Fernsehmoderator, berühmter Naturforscher, Ministerpräsident.«

Sie war gespannt, was sich da noch so alles entwickeln würde.

»Jetzt muss ich aber wieder rüber«, fuhr die Verkäuferin fort. »Jetzt kommen doch viele Schüler und solche, die sich für die Mittagspause etwas holen. Dann müssen wir schon zu zweit sein.«

Robert nickte ihr wohlwollend zu und wandte sich dann wieder an Marion.

»Marion, jetzt würde ich doch gerne etwas von dir wissen, wo wir gerade noch Zeit haben. Hast du eigentlich schon mal irgendwelche Erfahrungen mit Drogen gehabt? Ich meine außerhalb des Jobs?«

»Warum willst du das denn jetzt wissen? Ich denke, das geht jetzt doch zu sehr ins Private, oder nicht?«

»Also ich habe mir in meiner Jugend einmal eine Haschischtüte reingezogen. Aber ich habe nur gespuckt. War ganz eklig. Da habe ich es auch gleich wieder gelassen.«

»Ja, so ähnlich war es bei mir auch. Mir haben die Typen nur leidgetan, die dann immer weiter abgesackt sind, immer härtere Drogen gebraucht haben. Von meinem damaligen

Freundeskreis waren auch zwei dabei. Ich habe alles versucht, sie davon abzuhalten, aber ich habe es nicht geschafft.«

Marion schaute angestrengt aus dem Fenster und betrachtete die Autoschlange, die sich jetzt wieder vor der Ampel bildete. Ihre obere Zahnreihe grub sich in die Unterlippe. Sie verschränkte beide Hände in ihrem Schoß. Sie starrte auf das Bild, das hinter Robert an der Wand hing.

»Wenn du nicht darüber reden willst, dann musst du es auch nicht«, wollte Robert einen kleinen Rückzieher machen.

Marion griff zu ihrem Cappuccino und nahm mit zitternder Hand einen weiteren Schluck.

»Marion, was ist denn jetzt mit dir los? Du verschüttest ja den halben Kaffee. Ich wollte dich nicht verletzen oder dir zu nahe treten. Wir können auch das Thema wechseln.«

»Ach, Robert! Ich, ich …«, ihre Stimme brach ab.

»Du musst nicht!«

In der Zwischenzeit hatte sich der Laden gefüllt und Robert sah ein, dass es notwendig war, dass es hier zwei Bedienungen gab.

»Also, Robert! Ich habe mit Mike letzte Woche Schluss gemacht. Das ging einfach nicht mehr. Ich konnte das alles nicht mehr ertragen, nicht mehr mitmachen.«

»Das tut mir aber leid. Ich dachte, du hättest jetzt den Mann fürs Leben gefunden. Gut aussehend! Schlank! Jurist. Toller Beruf! Keiner, der am Zwanzigsten eines Monats bei der Sparkasse noch um fünfzig Euro betteln muss, weil der Monat zu lang für das eigene Gehalt ist. Das war doch der große Fang, habe ich immer gedacht. Wie lange seid ihr denn, ich meine, wie lange wart ihr denn jetzt zusammen?«

»Vier Monate! Ja! Ja, ich habe ja auch gedacht, der ist es jetzt, nachdem ich in den Jahren zuvor immer an die Falschen geraten bin.«

»Ihr habt euch doch gut verstanden!«

Marion schaute sich um, um sich zu vergewissern, dass niemand ihr Gespräch mithörte. Sie blickte auf ihre Schuhspitzen.

Robert bemerkte, wie ein leichtes Zittern durch ihren Körper lief.

»Du musst nicht! Aber vielleicht hilft es. Und jetzt haben wir ja auch noch Zeit, bis wir den Kunold treffen.«

»Er hat mich zu Anfang auf Händen getragen und ich habe mich wie im siebten Himmel gefühlt. War doch alles ziemlich neu für mich. Die Einladungen bei der Juristenversammlung, die niveauvollen Gesprächsabende mit wichtigen Persönlichkeiten und so weiter.«

»Ist mir auch aufgefallen.«

»Ja, da war ja auch alles gut. Aber dann habe ich mitbekommen, dass er Drogen nimmt. Wir haben uns ja meistens nur abends gesehen oder an den Wochenenden. Und dann hatte er immer so Stimmungsschwankungen. Richtig depressiv, dann wieder ganz euphorisch. Ich habe mir das zunächst gar nicht erklären können. Ein ungutes Gefühl hatte ich schon im Bauch.«

Robert schaute seine Kollegin an. Er ahnte, was jetzt in den nächsten Minuten kommen würde.

»Ja, Robert und dann habe ich es gesehen. Wir waren gerade in Wannweil zum Essen. Ich musste mal eben auf die Toilette. Und als ich wiederkam, habe ich gesehen, wie er sich im Eingangsbereich, wo er wohl glaubte, nicht gesehen zu werden, mit der Nase ein weißes Pulver von seinem Handrücken reingezogen hat.«

»Du hast ihn dann darauf angesprochen?«

»Na klar, musste ich ja! Er hat natürlich zunächst alles abgestritten. Ich habe aber natürlich nicht nachgelassen. Zum Schluss hat er dann zugegeben, dass er kokst. Er stand in seinem Beruf wahnsinnig unter Druck. So ist das eben bei

Rechtsanwälten. Wahrscheinlich hat er sich den Druck auch selbst gemacht. Er wollte auf der Karriereleiter sehr schnell nach oben und die Kokserei hat ihm einen richtigen Drive gegeben. So hat er sich mir gegenüber ausgedrückt und geäußert.«

Ihre Hände zitterten noch immer.

»Da ist für dich wohl eine Welt zusammengebrochen.«

»Das kannst du dir denken.« Marion nippte an ihrem Cappuccino, der längst kalt geworden war. Dann trank sie ihn aus und Robert schob sich das letzte Stück seines Brötchens mit Fleischkäse in den Mund.

In der Zwischenzeit hatte der ganz große Strom der Menschen die Bäckerei wieder verlassen, aber es waren immer wieder Einzelne oder Durchreisende, die den Laden betraten und so für einen regen Betrieb sorgten.

Marion schaute sich noch einmal um.

»Hast du dann an dem Abend sofort den Schlussstrich gezogen oder nicht?«

»Ach was. Wir haben immer wieder geredet. Ich habe ihn gebeten, doch auf das Zeug zu verzichten. Aber er wollte oder konnte nicht aufhören. Und ich will doch nur ein ganz normales Leben. Eine Familie, zwei Kinder, vielleicht ein kleines Häuschen. Vielleicht sogar hier in Engstingen, dieser herrlichen Landschaft.«

»Marion, du willst doch nicht etwa Älblerin werden? Hier ist doch nichts los und kalt ist es doch auch immer.«

»Ach, Robert, du immer mit deinen Vorurteilen. Ich habe hier oben Freunde wohnen, die waren auch zuerst in Reutlingen und jetzt sind sie schon über zwanzig Jahre hier. Die fühlen sich so etwas von pudelwohl, sind vollkommen in das Dorfleben integriert, haben zig Bekannte und Freunde. Die Luft ist sauber und klar. Die Hektik der Stadt ist weg, wenn man oben ist. Einfach nur ruhig, und wenn du mal einen Handwerker, Arzt, Elektroartikel oder sonst etwas brauchst, ist alles vor Ort. Zum Arbeiten gehen kann ich auch nach Reutlingen.«

»Mensch, Marion, das war ja jetzt eine wahre Lobrede auf Engstingen und die Alb.«

»Ja, wenn du es so sehen willst. Aber ich stehe dazu. Auch wenn du anderer Meinung bist; auch wenn jetzt hier ein Mord passiert ist.«

»Ja, und wie ging es jetzt mit Mike weiter?«

»Ich bin jetzt Anfang dreißig. Da sollte man sich so langsam mal einen Plan für sein weiteres Leben machen. Ich bin keine zwanzig mehr und in unserem Job habe ich schon so viel erlebt. Ich sah keine Chance mehr für unsere gemeinsame Zukunft. Ich will keinen Mann in der Drogenklinik oder Drogentherapie. Dazu fehlt mir schlicht und ergreifend die Kraft. Ich habe ihn so sehr geliebt, wahrscheinlich liebe ich ihn immer noch. Aber ich kann auch nicht kopflos oder nur dem Gefühl folgend in eine hoffnungslose Zukunft rennen.«

Marion liefen die ersten Tränen aus den Augen.

Robert reichte ihr ein Taschentuch und nickte ihr zu. Seine Kollegin tat ihm leid. Immer wieder war sie an den Falschen geraten. Ihr Beruf, die vielen Überstunden. Nie hatte sie eine langfristige Beziehung aufbauen können. Immer wieder war es nach kurzer Zeit gescheitert. Jetzt mit Mike, dem Juristen, das schien mal etwas Aussichtsreiches zu sein. Was hatte sie für Hoffnungen in ihn gesetzt! Er hatte es ihr so gewünscht. Langsam wanderte seine Hand über den Tisch und legte sich auf ihre Rechte, um sie zu trösten.

»Komm, dann erzähle es zu Ende, dann ist es raus!«

»Ich habe noch einmal versucht, auf ihn einzureden, aber es war zwecklos. Er will und kann nicht anders. Letzte Woche hat er seine Sachen bei mir abgeholt. Und das war es dann. Wieder mal nichts mit fester Bindung, Ehe, Familie.«

Robert sah, dass ihr erneut Tränen in den Augen standen, und streichelte fürsorglich ihre Hand.

»Marion! Du bist eine so wundervolle, tolle Frau. Das klappt bestimmt noch. Da mache ich mir keinen Kopf. Wenn ich nicht schon verheiratet wäre, würde ich dich auf der Stelle nehmen, wenn du mich überhaupt wolltest.« Und aufmunternd fügte er hinzu: »Und ich wäre mir da auch sicher, dass du mir nie so ein mausgraues Jäckchen schenken würdest, wie wir es am Raucherrondell beim Krankenhaus so massenhaft gesehen haben.«

Marion verzog die Mundwinkel zu einem Lächeln und in ihre Augen trat ein kleiner Glanz. Doch wenige Sekunden später ging die positive Reaktion schon wieder in ein Schluchzen über.

Er legte seinen Zeigefinger unter ihr Kinn und hob ihren Kopf leicht an, sodass er ihr in die Augen sehen konnte. Mit seinem charmantesten Lächeln versuchte er sie anzustrahlen, um sie wieder etwas aufzuheitern, was ihm in diesem Moment aber nur ansatzweise gelang.

»Ist ja schon gut. Ich sehe ja, dass du es ehrlich und gut meinst. Es wird hoffentlich wieder. Jetzt weiß ich endlich genau, was ich will und was ich auf gar keinen Fall will.«

Der Schmerz auf Marions Seite war zumindest ein ganz klein wenig abgeebbt.

»Sollen wir es erst einmal dabei belassen?«, fragte Robert.

»Okay, aber danke, dass du mir zugehört hast. Tat echt gut! Da ich aber nun schon mal in der Szene drin bin, beziehungsweise dran geschnuppert habe, hilft uns das im aktuellen Fall vielleicht etwas weiter. Ein wenig Ahnung habe ich ja jetzt.«

»Marion, was weißt du denn sonst noch?«

»Ja, ich weiß zum Beispiel, dass in Reutlingen im neuen Bürgerpark immer wieder mit Drogen gedealt wird. Oder in Stuttgart beim Cannstatter Bahnhof. Vom Hauptbahnhof in Stuttgart hat es sich schon ein wenig wegverlagert Richtung dem neuen riesigen Einkaufszentrum ›Milaneo‹.«

»Ja. Das ist mir auch bekannt. Die Kollegen vom Drogendezernat haben mir schon häufig darüber berichtet, und Karl von der Abteilung hat mir neulich beim Essen erzählt, dass sie jetzt wieder sechs Dealer festgenommen hätten. Und im Bürgerpark bei der Stadthalle haben sie vor Kurzem einen festgenommen. Einen weiteren haben sie in Betzingen dingfest gemacht. Über ein Kilo Marihuana, dreihundert Gramm Haschisch, über zweitausend Ecstasy-Tabletten sowie mehrere Tausend Euro Bargeld. Reutlingen ist eben auch kein unbeschriebenes Blatt.«

»Weiß ich, Robert. Jetzt natürlich noch besser.«

»Und woher hat Mike seinen Stoff bezogen?«

»Das hat er mir nicht verraten. ›Das geht dich nichts an‹, hat er mir gesagt. Sein Geld reiche aus, um uns beiden eine gute Zukunft zu sichern. Andere rauchen oder leisten sich teure Autos und Uhren. Und ich wollte ja eh nichts mehr mit ihm zu tun haben. Aber ich kann mir auch nicht vorstellen, dass er im feinen Anzug bei der Skaterbahn auf der Bank sitzt oder an einem dieser Schnurbäume lehnend auf seinen Dealer wartet. Da gibt es andere Orte. Aber er hat es mir nicht gesagt. Wir sollten uns wohl doch besser noch einmal intensiver mit der Drogenszene auseinandersetzen und die Kollegen befragen.«

»Irgendwoher muss der Eberle seinen Stoff bezogen haben. Vielleicht doch Bürgerpark oder Stuttgart. Wir fragen mal nach, was die momentan bevorzugten Plätze sind«, gab Robert zur Antwort.

Sie sah ihn eifrig an.

»Jetzt hat sich der Ausflug nach Engstingen doch schon gelohnt. Jetzt wollen wir mal noch hören, was der Kunold uns zu berichten hat. Den treffen wir ja nachher«, schob er nach.

»Robert! Schau mal, die Nachmittagssonne ist so schön rausgekommen. Sollten wir nicht noch einen kleinen dienstlichen Spaziergang machen? Vielleicht kommen uns dann noch weitere Ideen. Herr Hinrichsen hat doch gesagt, dass man, wenn man den Weg am Haus weiterläuft, am Waldspielplatz vorbeikommt und dann zum Tatort gelangt. Lass uns doch da mal hochgehen. Nur solange die Sonne scheint. Dann drehen wir wieder um. Müssen ja noch in den ›Engstinger Hof‹.«

Robert nickte ihr aufmunternd zu. Sein einfühlsames Zuhören schien ihr gut getan zu haben. Sie gingen zum Auto zurück.

Langsam fuhren sie die Kirchstraße wieder hinauf; parkten vor dem Sportheim und schlenderten den Weg weiter Richtung Waldspielplatz, den sie nach knapp zwei Kilometern erreichten.

Hier fanden sie einige geparkte Autos. Manche Passanten schlenkerten ihre Walkingstöcke; wieder andere gingen einfach nur so spazieren. Die meisten waren offenbar Rentner oder Personen, die hier in der Gegend ihren Urlaub verbrachten.

»Hier muss der Eberle vorbeigekommen sein, wenn er auf dem Weg zum Golfplatz war, Robert.«

Marion und Robert blieben vor dem Waldspielplatz stehen, als ein weiteres Auto angefahren kam, das direkt neben ihnen parkte. Ein sportlich aussehender Mann Anfang sechzig entstieg dem silbergrauen Alfa, zog sich seine Laufhandschuhe an und rückte die Mütze auf dem Kopf zurecht. Gerade als er loslaufen wollte und auf seine Stoppuhr drückte, hielt Robert Becker ihn an.

»Entschuldigen Sie bitte! Kann ich Sie mal einen Moment sprechen?«

»Ja! Wenn es nicht zu lange dauert!«

»Nein! Nur eine kleine Auskunft. Laufen Sie immer hier? Kennen Sie sich gut aus?«

»Eigentlich schon. Hier oben gibt es so viele Wege, das kann sehr abwechslungsreich sein.«

»Laufen Sie jeden Tag hier?«

»Nein, nicht jeden. Wer sind Sie überhaupt?«

»Entschuldigung! Hatte vergessen, mich vorzustellen. Robert Becker, und das ist meine Kollegin Marion Schmidt, Kriminalhauptkommissare aus Reutlingen.«

»Sind Sie hier wegen dem Mord von gestern Abend?«

»Ja, unter anderem. Wo laufen Sie denn dann hin, wenn Sie hier oben Ihrem Sport nachgehen?«

»Meistens Richtung Bärenhöhle, Golfplatz, manchmal auch nach Trochtelfingen. Je nachdem, wie viele Kilometer ich gerade machen will oder auf was für einen Wettkampf ich mich vorbereite.«

»Da gibt es dann bestimmt ganz exakte Trainingspläne, oder?«, schaltete sich Marion in die Unterhaltung ein.

»Sicherlich, aber das zu erklären würde jetzt einfach zu weit gehen und zu ausführlich werden.«

»Wann sind Sie denn das letzte Mal hier gelaufen?«

»Die letzten zwei Tage hatte ich keine Zeit, aber vor drei Tagen, da habe ich eine große Runde gemacht. Hinten am ›Dreher-Hof‹ vorbei. Das waren so ungefähr zwanzig Kilometer.«

Robert plusterte die Backen auf. »Das würde ich nie schaffen!«

»Müssen Sie auch nicht«, erwiderte der Jogger.

»Und gibt es noch andere Läufer hier oben?«

»Jede Menge! Sonntagmorgens um neun Uhr trifft sich hier immer der Lauftreff. Aber wer dafür verantwortlich ist, das weiß ich nicht. Lässt sich aber bestimmt leicht in Erfahrung bringen.«

»Sicherlich! Sicherlich! Könnten Sie mir noch kurz Ihren Namen nennen?«

»Heiko Gerland!«

»Dann mal einen guten Lauf!«

»Siehst du Robert, hat sich doch schon wieder gelohnt.

Wie wäre es denn am Sonntagmorgen mit einer kleinen Laufrunde?«

»Kannst du gerne machen. Du bist ja noch richtig fit.«

Da klingelte Roberts Telefon. Er drückte die Taste.

»Becker!«

»Rainer Kunold hier.«

Eine Minute später wendete Becker sich an seine Kollegin.

»Der Kunold ist jetzt im Engstinger Hof.«

Marion nickte ihm zu. »Okay.«

KAPITEL 13

Die beiden Reutlinger Beamten schlenderten noch eine Weile in der Sonne, setzten sich anschließend wieder in ihren Wagen und fuhren nun schon zum zweiten Mal an diesem Tag die Engstinger Kirchstraße hinunter. Die Reportermeute vor dem Haus, die heute Morgen bei ihrer Ankunft noch hier gestanden hatte, war verschwunden. Und alles machte wieder einen ruhigen, gepflegten, aber auch etwas biederen Eindruck. Langsam fing es an zu dämmern.

»Marion! Ich sollte für Renate noch etwas Kleines mitnehmen. Wenn dir irgendwo etwas auffällt, halt bitte einfach an!«

Als sie unten an der Post vorbeikamen und vor der Kreissparkasse an der Ampelkreuzung standen, erblickte Robert auf der rechten Seite neben der Bäckerei Marquardt eine Buchhandlung.

»Lass uns doch einmal da vorne nachschauen. Vielleicht haben die neben Büchern ein paar andere Kleinigkeiten. Meistens gibt es in solchen Läden etwas Schönes. Ich sollte Renate unbedingt etwas mitbringen.«

»Machen wir. Guck mal! Davor wird gerade ein Parkplatz frei.«

Marion betrat als Erste den Laden und ging gleich auf ein Regal mit feinen Steinen zu.

»Willst du vielleicht mal schauen? Das scheint dem Stil von Renate zu entsprechen.«

Robert folgte seiner Kollegin und hatte sich schnell für fünf der Steine entschieden, die er samt Beschreibungen über die heilenden Kräfte, die sie entwickeln könnten, kaufen wollte.

Vor der Kasse hatte sich eine kleine Warteschlange gebildet, bei der sich Robert nun hinten anstellte. Natürlich war auch hier der Mord an Eberle das Thema Nummer eins.

Ein älterer Herr, etwa achtzig Jahre alt, in einen dicken Wintermantel gehüllt, unterhielt sich mit einer etwa fünfzigjährigen Frau.

»Mensch, der Äberle. Vor acht Dag ben i no mid ihm oba Richtung Schloss Lichtestein ganga. Mir hend ons über d'Alb onderhalda ond er hodd a paar Lesunge zo seim neia Buach plant, was demnägschd rauskomma soll. Dr Ufftakt hod er em Gemeindezentrum hier en Graußengschdenga macha wella.«

Er schüttelte vor Fassungslosigkeit den Kopf.

»Jetzat liegt er wahrscheinlich en so ra Kühlbox wia mr's emmer em Tatort sieht.«

»Ja! Ja!«, pflichtete ihm die Frau bei. Sie war vor etwa fünfzehn Jahren aus Hannover mit ihrer Familie in die Albgemeinde gezogen.

»Ich kannte ihn ja nicht so gut wie Sie, aber ich frage mich, wieso jemand umgebracht wird. Dafür muss es doch einen Grund geben: Hass, Eifersucht, Streit, Rache, Geld, irgendwas. Man wird ja nicht einfach so umgebracht. Und ein terroristischer Anschlag war es bestimmt nicht.«

»Ah wa! Terror uf dr Alb. Des isch ja wohl des Allerledschde«, entgegnete der ältere Herr. »Irgendebbes muss do gwesa sei, wo mir nix drvo wissed. Aber i ka mir des ed vorschdella. Doch edd der Äberle.«

Robert hörte den beiden zu.

Marion stöberte in den ausgelegten Büchern auf der linken Seite.

»Komm doch mal her, Robert!«

Robert blickte noch einmal zur Kasse, wo die Ladenbesitzerin die Kundschaft freundlich bediente.

»Schau dir das an, Robert, eine ganze Reihe Albkrimis:

›Mord im Outlet‹, ›Tatort Lichtenstein‹, ›Quadratisch Käuflich Tot‹, ›Der Tote vom Seeburger Tal‹. Was es nicht alles gibt. Man könnte ja meinen, dass die Gegend hier so manchen Schreiberling zu Mord- und Raubfantasien nur so inspiriert. Wenn das alles wahr wäre, dann hätte der Eberle auch Bücher schreiben können wie: ›Wunderschöne Mordlandschaft Schwäbische Alb‹! Oder so.«

Robert Beckers Blicke wanderten über die Auslagen.

»Wahrscheinlich. Aber jetzt ist es ja Realität. Jetzt haben sie ihren Mord. Wer so etwas wohl liest?«

»Scheint ja einen Markt dafür zu geben. Aber jetzt komm – da vorne. Die Kasse ist frei. Und gleich wollen wir uns mit dem Kunold treffen.«

Robert bezahlte und ließ sich die Steine als Geschenk einpacken.

Höchstens drei Minuten brauchten sie, um die paar Meter zum »Engstinger Hof« zu Fuß zurückzulegen.

Als sie die Gaststätte betraten, sahen sie rechter Hand, hinter einer Glasscheibe, in einem eigens abgetrennten Raum ein paar Raucher, die sich ihrer Nikotinsucht hingaben und auf den oben an der Wand hängenden Fernseher schauten, wo gerade ein um diese Uhrzeit unbedeutendes Fußballspiel übertragen wurde.

Rechts hinten, am Stammtisch, saßen zwei männliche Gäste und eine Frau vor ihrem Weizenbierglas. Wahrscheinlich kamen sie regelmäßig hierhin.

Auch hier war die Ermordung von Eberle das beherrschende Thema. Robert und Marion schnappten nur einige Gesprächsfetzen auf.

»Wer woiß, was der ällas am Schdegga ghed hod. I han dem jo no nia traut.«

»Verzehl doch koen Mischd! Du drausch doch koem. Abr abgsea davo. Dir draud jo au koiner. Vor deinra planta Trauung, wann isch des nommal gwesa? Vor vierzig Johr odr so?

Hodd dai damalige Braud edd au no kurz vorher an Rickzieher gmacht? Nix wars sellamol mid dera Trauung.«

Das Gespräch plätscherte so dahin. Stammtischgespräche, wie man sie auch von anderen Orten kannte. Marion wollte gerade die Wirtin nach Rainer Kunold fragen, als ein Gast ihr zuwinkte.

»Schon gut«, wandte sich Marion an die Wirtin. »Bringen Sie mir doch bitte eine große Johannisbeersaftschorle.«

»Und ich nehme ein alkoholfreies Weizenbier«, orderte Robert sein Getränk, bevor sie sich beide nach links in die hintere Ecke des Gastraumes begaben.

Rainer Kunold, der vor einer Apfelsaftschorle an einem der Tische saß, stand auf und begrüßte sie freundlich.

»Da haben Sie aber Glück gehabt, dass Sie mich hier noch antreffen. Morgen früh muss ich nämlich schon wieder abreisen. Habe noch geschäftlich in Österreich und der Schweiz zu tun.«

Rainer Kunold wirkte in seinem gepflegten und eleganten Outfit, schwarze Hose und weißer Pulli, auf Marion wie ein Mann, der sich häufiger in höheren Kreisen aufzuhalten schien.

»Ja! Wir sind Ihnen auch sehr dankbar, dass Sie sich so schnell Zeit für uns genommen haben. Wir sind nämlich jetzt schon seit heute Vormittag hier oben. Ihnen gehört also die Klimastation, wo Herr Eberle ermordet wurde?«

»Ja, genau. Der Helmut… Ich bin entsetzt.« Seine Stimme brach und seine Augen wanderten im Raum umher. »Das kann doch gar nicht sein. Dann muss er ja ermordet worden sein, kurz, nachdem ich bei ihm war. Oder?«

»Wann waren Sie denn genau da?«

»Also, das muss zwischen Viertel vor fünf und Viertel nach fünf gewesen sein. So ungefähr!«

»Das können Sie so genau sagen?«

»Ja, ziemlich! Da fing es schon an zu dämmern, und um

kurz nach halb sechs war ich schon wieder bei meinem Auto, dort unten an dem Parkplatz.«

»Und Herrn Eberle, haben Sie den auch gesehen?«

»Natürlich! Er kam so gegen fünf. Wir hatten uns schon ein paar Wochen nicht mehr gesehen. Wir kennen uns beide schon sehr lange. Er hat ebenfalls einen Schlüssel zur Station. Er hat gerade an einem neuen Buch geschrieben. Hat sich sehr interessant angehört.«

»Und ist Ihnen irgendetwas an ihm aufgefallen?«

»Nein, überhaupt nicht. Wir haben ein bisschen geplaudert und ich habe ihn gebeten, hinterher abzuschließen, damit niemand reinkommt und randaliert. Heute ist man vor nichts mehr sicher. Die Zerstörungswut hat immens um sich gegriffen. Wir haben dann ausgemacht, dass wir beim nächsten Treffen zusammen einen Glühwein oder Jagertee trinken. Das hätten wir vielleicht besser gleich gemacht, dann wäre er vielleicht noch am Leben.«

»Vielleicht«, pflichtete ihm Robert bei.

»Sie waren also befreundet mit Herrn Eberle?«, wollte Marion wissen.

»Das nicht gerade, aber ich habe mich sehr gut mit ihm verstanden. War ein intelligenter und netter Kerl. Es tut mir sehr leid um ihn. Der hatte schon was auf dem Kasten.« Kunold strich sich über den Magen. Seine Augen weiteten sich und ein leichtes Zittern war auf seinen Mundwinkeln festzustellen. »Und wenn der Anschlag mir gegolten hat. Könnte das auch sein?« Er schaute die beiden Hauptkommissare an.

Robert zuckte mit den Schultern: »Möglich.«

In diesem Moment kam die Bedienung und brachte die Getränke für Robert und Marion. Die beiden bedankten sich mit einem kurzen Kopfnicken.

»Und als Sie gegangen sind, ist Ihnen da irgendetwas aufgefallen? Haben Sie noch jemanden gesehen?« Robert setzte die Befragung fort und machte sich Notizen in seinem Block.

»Lassen Sie mich mal überlegen! Ja, doch! Noch ziemlich weit weg, so Richtung Undingen, da waren zwei Langläufer. Die kamen aber nur ganz langsam voran. Ich hatte den Eindruck, als ob sie nicht mehr allzu viel Kraft hatten.«

»Die Lowinskis!« Marion schaute Becker an, der ihr zunickte.

»Und sonst noch jemanden?«

»Ich bin dann links den Weg hochgegangen, um anschließend in den Waldweg Richtung Parkplatz einzubiegen. Ja, stimmt! Da kam mir noch jemand entgegen. Wahrscheinlich auch vom Parkplatz kommend. Habe mir gedacht, wo will der denn noch hin?«

»Können Sie den Mann näher beschreiben?«, fragte Marion.

»Ich habe nicht so genau darauf geachtet.«

»Versuchen Sie sich zu erinnern!«

»Also ich würde sagen, so zwischen dreißig und vierzig; circa ein Meter sechzig groß, sehr gedrungen. Aber ansonsten kann ich Ihnen über das Aussehen nichts Näheres sagen. Der hatte nämlich eine dicke Wollmütze auf, die man so als Sturmmaske tragen kann, einen warmen Wintermantel und Handschuhe. Doch Eine Sonnenbrille trug er auch noch. Habe mich gefragt, warum man um diese Zeit noch eine Sonnenbrille trägt. Die Dämmerung hatte schon eingesetzt und die Sonne war längst weg. Habe dann aber nicht mehr weiter darüber nachgedacht. Ich hatte ja noch einen Termin in Kohlstetten.«

»Mit wem?«

»Mit dem Bio-Bauern Roggenkamp. Mit dem treffe ich mich ab und zu und dann reden wir über die Wetterverhältnisse auf der Alb und wie sich das Ganze auf seinen Bioland-Betrieb auswirkt. Ein netter Mann. Schätze ihn sehr.«

»Und kann Herr Roggenkamp bestätigen, dass Sie bei ihm waren?«, wollte Marion von ihm wissen.

»Jetzt machen Sie mal einen Punkt! Sie werden ja wohl nicht mich verdächtigen! So ab circa Viertel vor sechs bin ich bei ihm gewesen.«

»Herr Kunold, jetzt regen Sie sich mal wieder ab und kommen runter. Sie werden ja wohl verstehen, dass wir in einem Mordfall alles genauestens überprüfen müssen. Ihnen ist doch auch daran gelegen, dass wir den Fall aufklären. Oder nicht? Wir werden Ihre Aussage prüfen. Ist Ihnen sonst noch etwas aufgefallen auf dem Weg dorthin?«

»Eigentlich nicht. Doch, ein Jogger. Kam da von unten an der Loipe auf die Klimastation zu. Ihm habe ich aber keine Beachtung geschenkt. War auch noch viel zu weit weg. Habe mit Joggen nichts am Hut.«

›Der Mann ist immer noch etwas verschnupft‹, dachte Marion. Robert hakte nach:

»Und am Parkplatz, waren da noch andere Autos außer Ihrem?«

»Jetzt warten Sie mal. Meins. Dann noch so ein alter silberner Mercedes, wissen Sie, so ein Rentnerauto. Die fahren doch ganz häufig solche Karossen. Und dann hat daneben noch so ein Schickes gestanden. So ein Renner.«

»Kennen Sie die Marke? Autokennzeichen?«

»So sehr interessiere ich mich jetzt nicht für Autos. Aber ich meine, das war ein Jaguar. Kennzeichen? Esslingen oder Stuttgart! Stuttgart. Ich erinnere mich; hatte da ja die letzten Tage zu tun. Fuhren ja dauernd um mich rum. Ja, Jaguar mit Stuttgarter Kennzeichen.«

»Vielen Dank, Herr Kunold. Wo können wir Sie erreichen, wenn wir noch Fragen haben?«

»Heute Abend bin ich noch hier. Dann bin ich für zwei bis drei Tage in Österreich und der Schweiz. Ich gebe Ihnen meine Handynummer.«

Er überreichte Marion und Robert mit einem charmanten Lächeln jeweils eine Visitenkarte.

»Wann wird er denn beerdigt?«

»Das wissen wir noch nicht genau. Zunächst muss das gerichtsmedizinische Gutachten abgeschlossen sein. Das kann schon noch zwei bis drei Tage dauern«, antwortete Robert Becker. »Ich denke, dass Sie es erfahren werden!«

»Jetzt habe ich doch noch eine Frage. Hatte Herr Eberle eine Freundin?«, wollte Marion wissen.

»Der Eberle war mal verheiratet. Ist aber jetzt seit drei oder vier Jahren geschieden. Seine Ex wohnt jetzt, glaube ich, in München. Adresse weiß ich aber nicht. Sie hat, glaube ich, ihren Mädchennamen wieder angenommen: Schelling. Carola Schelling. Von einer momentanen Freundin weiß ich jetzt nichts.«

»Vielen Dank, Herr Kunold, das bringt uns jetzt schon ein gutes Stück weiter. Hier haben Sie unsere Kontaktdaten.« Marion überreichte ihm ebenfalls eine Visitenkarte und Robert tat es ihr gleich.

Sie bezahlten und verließen das Lokal. Draußen hatte sich der Himmel noch mehr ins Dunkle gefärbt. Die Sterne zogen am Firmament auf und waren viel deutlicher zu erkennen, als dies in einer versmogten Stadt möglich war.

Marion schaute zum Himmel.

»Schön! Oder?«

»Ja«, erwiderte Robert. »Aber jetzt reicht es für heute hier oben. Lass uns mal pünktlich Feierabend machen.«

Sie gingen zu ihrem Auto zurück und fuhren diesmal über die Holzelfinger Steige. Wieder kam ihnen eine Autoschlange entgegen, als sie Unterhausen passierten.

»Die kommen jetzt alle vom Arbeiten zurück: Reutlingen, Stuttgart, Esslingen, Plochingen – ich kann die Demonstranten von heute Morgen schon verstehen«, führte Marion mitfühlend ins Feld, als sie durch das Echaztal fuhren.

Wie stand es doch auf den Schildern: *Was passiert vor und hinter dem Tunnel?*

Am Präsidium stiegen sie aus. Robert schaute Marion noch einmal liebevoll an.

»Jetzt haben wir ja heute eine Menge erfahren. Ich denke, dass wir auf einem guten Weg sind. Und das mit dir, das wird schon werden. So eine gut aussehende und intelligente Frau wie du, Marion. Wir müssen eben mal schauen, dass wir unsere Dienstzeiten besser einhalten.«

»Bis dann wieder so ein Mord oder Ähnliches dazwischenkommt!«

»Ja! Ja! Also dann bis morgen, Marion!«

Er schaute seiner abfahrenden Kollegin hinterher. Sie tat ihm leid. Immer an die Falschen geraten.

Aber jetzt war es auch für ihn Zeit, endlich Feierabend zu machen. Er setzte sich in seinen Wagen und fuhr Richtung Burgholzsiedlung. Bald kam er an der riesigen Schweineplastik vorbei, die, in Deutschlandfarben angemalt, schräg gegenüber von seinem Haus auf einem hohen Sockel stand.

›Wenn Deutschland mal wieder Fußballweltmeister wird, könnten wir hier ja eine Party feiern‹, fiel ihm spontan ein. ›Sozusagen die Sau rauslassen.‹ Noch nie war ihm die Schweineskulptur so ins Auge gefallen. ›Aber so überheblich, wie sich unsere Fußballmillionäre geben, verwittert das Schwein eher, als dass wir darunter noch mal einen WM-Titel feiern.‹

»Heute kommst du ja mal eher nach Hause«, hörte er Renate rufen, als er den Schlüssel in der Tür drehte.

»Ja, endlich! Und ich habe dir etwas von der Alb mitgebracht.«

»Oh. Was denn?«

»Steine!« Fröhlich lachend packte er die kleinen Geschenke aus, gab sie seiner Frau und drückte ihr einen Begrüßungskuss auf den Mund. Renate strahlte über das ganze Gesicht und ihre Augen bekamen einen leuchtenden Glanz:

»Mensch Robert, dass du während deiner Arbeit noch an

mich denkst.« Sie zog ihn mit beiden Armen an sich und drückte ihn liebevoll.

»Haben die Kinder schon angerufen?«

»Noch nicht, aber sie werden sich bestimmt nachher noch melden.«

Drei Tage noch, dann war Wochenende, Faschingswochenende. Hoffentlich war er bis dahin schon ein wenig weiter.

KAPITEL 14

Es war, als ob eine schwere Last von ihren Schultern gefallen wäre. Das Gespräch gestern Mittag in der Bäckerei schien ihr gut getan zu haben.

»Na, Marion, schon so früh da?«, rief Robert, als er das Büro betrat.

»Jetzt hör mal auf. Es ist gleich Viertel nach acht. Das ist doch wohl nicht früh. Ich habe übrigens Eberles Ex-Frau gesprochen. Habe sie in München erreicht. Sie ist dort Leiterin einer Kindertagesstätte.«

»Und? Ist was rausgekommen bei dem Gespräch?«

»Sie war zwar sehr betroffen, aber gewundert hat es sie nicht, dass er ermordet wurde. Wortwörtlich hat sie gesagt: ›Irgendwann musste so etwas ja mal passieren. Er hat sich so da rein gesteigert. Wenn ich ihn nicht anders kennengelernt hätte, könnte man es gar nicht glauben. Er hatte sich so verändert. Zum Schluss war er nur noch hinter seinen Drogen her. Entweder gibt er sich selbst den finalen Schuss oder er wird von jemandem umgebracht‹.«

»Hast du mir gestern nicht so etwas Ähnliches von deinem Ex-Freund erzählt?«

»Ja, so ähnlich wie mir ist es wohl auch der ehemaligen Frau Eberle gegangen. Eberle muss anscheinend während der letzten Zeit seiner Ehe immer mehr in diese Drogenszene reingerutscht sein. Seine Frau hat gesagt, dass er so abhängig davon war, dass er sich kaum noch für sie interessiert habe. Er wäre zwar seinen Forschungen weiter nachgegangen, aber seine Stimmungsschwankungen seien immer bedenklicher geworden. Ihre gemeinsame Tochter habe sehr darunter zu leiden gehabt. Beide haben sie alles versucht, ihn wieder auf den rechten Weg zu bringen. Aber zwecklos. Frau Schelling hat es dann nicht mehr ausgehalten. Sie hat die Scheidung eingereicht und ist nach München gezogen. Sie hat den stellvertretenden Leiter einer Lebenshilfeeinrichtung kennengelernt und lebt angeblich glücklich mit ihm in einem Münchner Vorort. Kontakt hatten die beiden höchstens noch an Weihnachten oder über die gemeinsame Tochter. Allerdings weilt die gerade für ein Au-pair-Jahr in New York. Frau Schelling hat sie über den Tod ihres Vaters informiert. Zur Beerdigung wollen sie beide nach Engstingen kommen. Irgendwas ist da ja wohl doch noch geblieben. Schließlich waren sie ja zwanzig Jahre verheiratet.«

Robert blickte nachdenklich auf den Boden. Gott sei Dank hatte er nie etwas mit Drogen zu tun gehabt. Seine Ehe stand auf sicheren Füßen.

»Okay. Wann die Beerdigung ist, wissen wir aber noch nicht. Liegt eigentlich der fertige Bericht von Frau Bauknecht aus der Gerichtsmedizin schon vor?«

»Nein, wir sollten heute vielleicht noch einmal in der Klinik anrufen.«

»Vielleicht können wir vorbeifahren!«

Marion schaute ihren Kollegen stirnrunzelnd von der Seite aus an.

»Ich glaube, es reicht heute ein Anruf.«

»Wir sollten heute Morgen auf jeden Fall noch einmal bei der Kriminaltechnik vorbei. Die haben das Handy von Eberle ausgewertet. Ich bin mir sicher, dass die Kollegen einiges zutage gefördert haben, was uns weiterbringt.«

»Gut. Dann auf zur KT.« Robert schaute sie zustimmend an.

»Nach dem, was Herr Kunold gestern gesagt hat, sollten wir uns dem Jogger und dem bisher unbekannten Mann zuwenden. Zwei Personen, die um die Tatzeit auf dem Weg zur

Klimastation waren. Und die Lowinskis, die ebenfalls auf die Station zugelaufen sind. Es scheint ja doch einiges los gewesen zu sein um diese Uhrzeit«, erwiderte Marion.

Sie standen beide vor der großen Wand, auf der die diversen Fotos abgebildet waren: die Klimastation, ein Bild von Eberle, ein Bild seines Hauses, das Restaurant auf der Alb, Rainer Kunold. Dazwischen konnte man in Rot die ausgeschriebenen Uhrzeiten nach Zeugenangaben erkennen. Aber auch Fragezeichen bestimmten die große Collagewand: Drogen? Freundin Eberle? Motive?

»Marion, wir haben eine Menge, aber noch lange nicht genug. Wir sollten wissen, wer da oben auf der Alb alles zu diesem Lauftreff gehört. Wir sollten den Bekannten- und Freundeskreis von Eberle etwas besser kennenlernen. Vielleicht können uns da der ortsansässige Klima- und Wetterexperte Rampf oder sein Stellvertreter, der Herr Müller, weiterhelfen«, fasste Robert zusammen.

»Kümmerst du dich um die Zusammensetzung dieses Lauftreffs, Marion? Ich rufe noch einmal bei Frau Bauknecht an. Dann gehen wir gemeinsam zur KT. Danach werden wir weitersehen, wohin wir zuerst gehen. Ich denke, dass wir so vorgehen sollten. Oder?«

»Ich kann auch in der Klinik anrufen«, warf Marion mit einem verschmitzten Lächeln ein.

»Lass mich das mal machen. Ich wäre froh, wenn du dich um die Läufer kümmerst.«

»Okay. Dann auf. Dann gehen wir zur KT. Ich melde uns bei Lukas an«, schloss Marion diese erste Gesprächsrunde.

Robert lächelte sie an. Er spürte, dass es zwischen Marion und dem Leiter der KT gefunkt hatte. Aber er ersparte sich eine Antwort.

»Becker«, meldete sich Robert am Telefon, als er Christina Bauknecht von der Rechtsmedizin am Apparat hatte. »Ich wollte mich noch einmal bei Ihnen melden, ob Sie mir etwas

Neues mitteilen können, oder ob alles so geblieben ist, wie Sie es uns gestern gesagt haben?«

»Wir haben Ihrem Opfer jetzt mal ein Haarbüschel entnommen und es eingeschickt. Dann können wir mit Sicherheit feststellen, ob er schon lange drogenabhängig war.«

»Hat man so etwas nicht auch bei einem bekannten Spieler oder Trainer in der Bundesliga gemacht?«, fragte Robert.

»Das weiß ich nicht. So sehr interessiere ich mich nicht für Fußball.«

»Muss man ja auch nicht unbedingt.« Robert lächelte.

»Sobald ich die Ergebnisse habe, erfahren Sie es natürlich als Erstes. Aber in seinem Blut haben wir auf jeden Fall Spuren von Amphetamin, das in Ecstasy enthalten ist, festgestellt, und er muss es über einen langen Zeitraum eingenommen haben. Er muss es sich auch kurz vor seinem Tod noch zugeführt haben, denn nach drei, vier Tagen ist der Wirkstoff aus dem Körper ausgeschieden. Auch Angel Dust ist wohl mit dabei gewesen und Sie können davon ausgehen, dass er es regelmäßig genommen hat. Aber wie gesagt, wir sollten das Ergebnis der Haaranalyse noch abwarten, dann wissen wir auf jeden Fall noch mehr.«

»Mensch, Frau Bauknecht, Sie machen Ihre Arbeit ja sehr gründlich.«

»Jeder sollte seinen Beruf gründlich machen, egal was man tut, denn sonst wird es sehr langweilig. Man jammert meist nur rum und weiß den Tag nicht tot zu schlagen. Mir macht mein Job auf jeden Fall Freude. Man bekommt dabei doch sehr viel über das menschliche Leben mit.«

»Ja, da haben Sie Recht. Seine Ex-Frau hat sich übrigens vor ein paar Jahren von ihm getrennt, weil sie es mit ihm und seinem Drogenkonsum nicht mehr ausgehalten hat.«

»Sehen Sie, dann fügt sich ja vieles zusammen.«

»Und die Einstiche im Rücken und der Brust?«

»Es bleibt bei den drei Einstichen, wobei der eine in die

Brust letztendlich zum Tod geführt hat. Durch das mehrmalige Drehen beim Stoß oder beim Herausziehen sind viele innere Blutungen aufgetreten. Er hatte keine Chance. Wie gesagt: der Mörder oder die Mörderin muss einen riesigen Hass auf Herrn Eberle gehabt haben.«

Becker zog die Stirn in Falten. Rache, Hass, Eifersucht? Lag darin vielleicht das Motiv?

»Also, Frau Bauknecht, dann schon einmal herzlichen Dank für ihre tolle Arbeit. Soll ich den Bericht dann bei Ihnen abholen? Es würde mir überhaupt nichts ausmachen.«

»Das ist nicht nötig, Herr Becker. Ich lasse ihn nachher von einem unserer Mitarbeiter auf das Präsidium bringen. Ich danke Ihnen für Ihre nette Art und freue mich auf eine weitere zukünftige Zusammenarbeit mit Ihnen. Machen Sie es gut, Herr Becker. Bis zum nächsten Mal.«

»Ja. Vielen Dank! Bis zum nächsten Mal.«

Becker schaute den Hörer versonnen an, aus dem ihm jetzt aber nur Töne entgegen tuteten und ihm klar machten, dass seine Gesprächspartnerin aufgelegt hatte.

Ein paar Minuten später betrat Marion Schmidt das Büro.

»Ich habe mich in Engstingen nach dem Lauftreff erkundigt, der sich immer am Sonntagmorgen um neun Uhr trifft. Der Leiter dieses Lauftreffs wohnt in Kohlstetten. Allerdings ist der heute Morgen nicht zu erreichen. Er hat einen Auswärtstermin. Ich versuche es heute Nachmittag noch mal. Vielleicht können wir über ihn eine Liste der Läufer bekommen, denn die KT hat ja noch Fußspuren von Joggingschuhen bei der Klimastation gefunden.«

»Gut!«, antwortete Robert.

»Nach den Erkenntnissen der KT wissen wir wahrscheinlich mehr. Eventuell können wir dann sagen, wohin es als Nächstes geht. Lass uns noch einen Kaffee trinken und dann gehen wir rüber.«

Wenig später klopften sie am Büro von Lukas Behringer an.

»Guten Morgen, Kollege. Na? Was hat das Handy euch gesagt?« Gut gelaunt ging Robert auf den Kriminaltechniker zu.

»Guten Morgen, Marion, guten Morgen, Robert«, begrüßte sie Lukas Behringer. Er schaute sie beide an und begann dann im Raum auf und ab zu gehen. Er war ein Bewegungsmensch. Seine Gedanken kamen dadurch besser in Fluss.

»Herr Eberle hat relativ viel telefoniert. Wir haben da auf der einen Seite Telefonate mit dem Naturschutzverlag. Die geben Natur-, Umweltbücher und Bildbände heraus. Sie sind in Tübingen angesiedelt. Einige Gespräche mit dem Engstinger Wetterexperten Horst Rampf. Und dann haben wir mehrere Anrufe nach Stuttgart. Den letzten vor drei Wochen. Das ist ein Autohaus. Autohaus Kraftzig. Wir haben die Nummer recherchiert.«

»Und wisst ihr schon, was das für ein Schuppen ist?«

»Nein, bei uns lag so viel an, sodass wir nur die Daten erhoben haben. Welche Zusammenhänge da bestehen, das ist eure Aufgabe. Ihr verdient ja auch ein bisschen mehr.« Behringer zwinkerte den beiden zu.

»Nun mal langsam, werter Herr Kollege«, entgegnete ihm Robert. »Überbezahlt sind wir auch nicht für das, was wir leisten. Wobei ich eure Arbeit mehr als hoch einschätze!«

»Ja, und dann haben wir noch eine weitere Handynummer«, fuhr Behringer unbeeindruckt fort, »die in regelmäßigen Abständen von zwei bis drei Wochen angerufen wurde. Wir haben das mal nachgeprüft. Die Nummer gehört einem gewissen Jared Atalali. Den hat er auf jeden Fall häufig angerufen, und zwar regelmäßig«, ergänzte Lukas Behringer seine Erkenntnisse. »Die Spuren außerhalb der Station haben wir auch gesichert. Aber ich denke, dass keine weiteren hinzugekommen sind, die uns weiterhelfen könnten. Es bleibt dann wohl doch eher bei denen, über die ich euch schon berichtet habe. Aber das steht alles in meinem Bericht.«

»Und ist schon etwas vom Kriminaltechnischen Institut aus Stuttgart wegen der Kleidung von Eberle bekannt?«, wollte Marion wissen.

»Nein, tut mir leid Marion. Aber ich gebe euch natürlich sofort Bescheid.«

»Danke Lukas.«

»Das hier könnte ebenso für euch interessant sein.« Behringer hielt ein kleines schwarzes Gerät in die Luft. »Ein sogenannter Key-Scanner. Damit kann man elektronische Fahrzeugschlüssel scannen. Auf diese Weise lassen sich Autos ohne Aufbruchspuren knacken. Er steckte in Eberles Jackentasche.«

Robert schüttelte den Kopf. »So langsam wird es Zeit, dass ich in Pension gehe. Wie soll ich da noch überall mitkommen?«

»Herzlichen Dank, Kollege. Es geht doch nichts über eine gute Zusammenarbeit. Zusammen werden wir den Fall noch lösen«, äußerte sich Marion zufrieden über die Informationen.

Lukas Behringer griff zu einem dunkelroten DIN-A4-Ösenhefter, der vor ihm auf dem Tisch lag, und überreichte ihn Marion mit einem leichten Augenaufschlag.

»Es würde mich freuen, wenn wir euch auch in Zukunft weiterhelfen könnten, Marion. Du kannst mich gerne jederzeit anrufen. Ich bin immer behilflich.«

Er reichte ihr den Ordner, und als sie ihn griff, hielt er ihn etwas länger in der Hand, als es notwendig gewesen wäre, sodass sie ihn noch einmal ansah.

»Danke, Lukas. Wir werden darauf zurückkommen.«

Robert war die Verabschiedung nicht entgangen. Er sagte kein Wort. In seinem Inneren fing es an zu arbeiten.

Lukas und Marion. Das wäre ihr zu gönnen. Der Behringer ist in Ordnung. Key-Scanner – Autos ohne Spuren aufbrechen – Telefonnummer vom Autohaus bei Eberle. Wo waren da die Zusammenhänge und was hatte Jared Atalali damit zu tun? Robert war ganz in sich gekehrt.

»Ich schlage vor, dass wir jetzt nach Stuttgart fahren in dieses Autohaus. Wie hieß das noch? Kraftzweg?« Robert gab den nächsten Schritt vor.

»Kraftzig. Ich stimme dir zu. Das machen wir jetzt.«

KAPITEL 15

Drei Wochen vorher
Mittwoch, 17. 1. 2018, 14.15 Uhr

In diesem Jahr war der Schnee auf der Alb bisher ausgeblieben. Wenn man hier durch die Wälder und Wiesen ging, konnte man eher das Gefühl haben, dass der Winter gänzlich ausgefallen und der Herbst nahtlos in den Sommer übergegangen war. Aber wie so häufig würde es garantiert im Februar noch schneien. Es konnte nicht mehr lange dauern.

Mit schnellem Schritt näherte sich Helmut Eberle der »Albsonne«. Als er den Parkplatz erreicht hatte, verlangsamte er sein Tempo deutlich. Als bewundere er die teuren Nobelkarossen, die hier standen, schritt er mit ehrfurchtsvoller Miene um die Luxusschlitten, blickte in das Innere der einzelnen Wagen.

»Na, neidisch, guter Mann?«, wurde er plötzlich von einem hinter ihm kommenden Mittfünfziger angesprochen, der in lässiger, aber sehr moderner und teurer Kleidung auf ihn zu trat.

»Da soll man nicht neidisch werden? So etwas kann sich ein Normalsterblicher ja gar nicht leisten.«

»Na ja, sterblich bin ich ja wohl auch, aber leisten kann ich es mir trotzdem. Schauen Sie dahinten, das ist meiner. Der silberne Jaguar.«

»Muss ja sündhaft teuer sein!«

»Teuer schon, aber ich besitze eine große Firma, und da kann ich zu Besprechungen und Meetings schlecht mit einem Kleinwagen vorfahren.«

»Natürlich nicht«, antwortete Helmut Eberle.

»So, jetzt muss ich aber wieder«, verabschiedete sich der elegante Herr. »Ich habe noch einen Termin in Tübingen.«

»Ich muss auch weiter«, antwortete Eberle. Er zog ein kleines Notizbuch aus seiner Umhängetasche und notierte sich diverse Autonummern und -marken. Er ging noch in die »Albsonne«, um sich mit einigen Gästen zu unterhalten und verließ dann wieder die Gaststätte und den Parkplatz.

Er musste weiter zur Klimastation und hatte darüber hinaus wichtige Telefonate zu führen.

Exakt vierundzwanzig Stunden später fuhren drei Männer in eleganter Freizeitkleidung auf den Parkplatz der »Albsonne«. Ihr hochwertiger Mercedes passte genau in das Gesamtbild der hier stehenden Autos und fiel somit überhaupt nicht auf.

Die drei Männer, alle Mitte dreißig, trugen schwarze Sonnenbrillen, helle Hemden und teure Blazer. Sie waren genau der Typ aufstrebender Geschäftsleute, die wohl schnell Karriere gemacht hatten. Der auf der Beifahrerseite sitzende Glattrasierte blickte auf sein Smartphone. Dann wanderten seine Augen zu dem neuen Porsche und er zeigte mit dem rechten Zeigefinger auf sich selbst. Ein weiterer Blick ging zum Smartphone. Er fixierte den am äußersten Rand des Platzes stehenden Mercedes, blickte zu dem hinter ihm Sitzenden, der durch einen Dreitagebart und ein gepflegtes Äußeres positiv auffiel. So erschien es jedenfalls auf den ersten Blick. Mit dem Zeigefinger wies der Beifahrer auf ihn und schien ihm anzudeuten, dass er für den Mercedes zuständig war.

Langsam, großmännisch und etwas gelangweilt stiegen die zwei aus und schlenderten scheinbar ziellos zwischen den teuren Autos hin und her. Sich noch einmal vergewissernd, dass zurzeit niemand in der Nähe war, ging jeder auf die zuvor ausgemachten Wagen zu. Zwei Minuten später saßen sie im Innern der Fahrzeuge, und unbemerkt, wie das

Dreigestirn im Mercedes gekommen war, verließ die luxuriöse Dreierautoflotte den Parkplatz der »Albsonne«. Niemand hatte den Autodiebstahl bemerkt.

KAPITEL 16

Mittwoch, 7.2.2018, 9.15 Uhr

Direkt nachdem Robert und Marion die KT verlassen hatten, begaben sie sich auf den Weg nach Stuttgart, um Herrn Kraftzig in seinem Autohaus aufzusuchen. Die Bauarbeiten auf der B27 und die damit einhergehenden Verzögerungen verlangsamten ihre Fahrt. Aber sie waren froh, dass es nun schon später am Vormittag war.

»Gott sei Dank arbeite ich nicht in Stuttgart und muss mich früh morgens durch den Berufsverkehr quälen. Ich glaube, da würde ich lieber den Zug nehmen«, eröffnete Robert das Gespräch.

»Zumindest bist du dann in einer knappen Stunde am Hauptbahnhof. Aber dann muss man in der Regel immer noch weiter. Und pünktlich sind die Züge auch nicht immer. Schade, dass Reutlingen nicht mit einer S-Bahn an die Landeshauptstadt angebunden ist. Das würde vieles erleichtern«, antwortete ihm Marion.

»Pass auf, der da vorne bremst!«

»Habe ich doch gesehen, bin ja längst vom Gas runter. Marion, bleib' doch mal etwas ruhiger. Ich fahre jetzt rund 35 Jahre Auto und ich habe noch keinen Unfall gebaut.«

»Ist ja schon gut. Will nur nicht, dass etwas passiert.«

Vierzig Minuten später fuhren sie auf den Hof des Autohauses Kraftzig. Hinten rechts erblickten sie eine Halle, deren große Schiebetür geöffnet war. Auf der linken Seite des Hofs standen Unfallwagen, die richtig ramponiert aussahen. Davor ein Abschleppwagen, der seine besten Tage schon hinter sich hatte. Direkt daneben war ein kleines, zumindest außen verdrecktes Gebäude. Es sah ziemlich heruntergekommen aus. Die ehemals hellblaue Farbe war abgeblättert, worunter nun so langsam das bröckelnde Gestein sichtbar wurde. Der Hof zur Halle hin war mit Öl- und Benzinflecken beschmutzt.

Vorne an der Straße standen einige Gebrauchtwagen zum Verkauf. Sie waren eher der niederen oder mittleren Preisklasse zuzuordnen.

»Macht nicht gerade einen sehr einladenden Eindruck auf mich«, gab Robert seine erste Einschätzung preis.

»Also, hier würde ich mir kein Auto kaufen oder meins reparieren lassen. Da haben wir in Reutlingen doch sauberere Firmen.«

»Hilft alles nichts, Marion. Da müssen wir jetzt rein.«

Sie stiegen aus und gingen auf das wohl als Büro dienende Gebäude zu.

Aus der Kfz-Halle drang ihnen Musik in die Ohren, die nicht SWR4 oder SWR1 zuzuordnen war, sondern eher nach Heavy Metal klang.

Robert und Marion schauten sich weiter um, aber es gab nichts, was den ersten Eindruck auf irgendeine Art und Weise verbessern konnte. Sie klopften an, aber als sich nichts tat, traten sie ein. Ein muffiger Geruch von abgestandenem Bier und Zigarettenqualm empfing die beiden Reutlinger.

Marion stockte für einen Moment.

Hinter dem Schreibtisch preschte ein mittelgroßer schwarzer Hund hervor. Er bleckte die Zähne und fing an fürchterlich zu bellen. Marion und Robert wichen zurück. Marion fasste, den Hund nicht aus den Augen lassend, mit einer Rückwärtsbewegung ihres Armes den Türgriff und ging vorsichtig nach draußen. Robert folgte ihr, schloss die Tür schnell hinter sich. Er vergewisserte sich, dass diese auch wirklich zu war.

Marions Herz schlug schneller.

»Ich kann so aggressive Hunde nicht ab. Da bekomme ich wirklich Angst.«

»Geht mir nicht anders. Deshalb haben wir nie nachgegeben, als unsere Kinder so gebettelt haben. ›Alle haben einen. Der sieht doch so süß aus. Papa hab dich doch nicht so‹. Nein, ich wollte nie einen Hund haben.«

Das Gebell war in der Halle wohl zu hören gewesen, denn nur eine halbe Minute später traten aus ihr zwei Gestalten. Der Linke ein Hüne von circa 1,90 Metern mit fettigen Haaren. Ein Nasenring und ein Lippenpiercing trugen nicht gerade dazu bei, seinem Gesicht einen freundlicheren Ausdruck zu verleihen. Mit stechenden Augen fixierte er Robert und Marion. Mit einer aufreizenden Geste krempelte er sich beide Arme seines blauen Arbeitsoveralls hoch und zeigte seine bis oben hin tätowierten Arme, die wohl in einem Fitnessstudio zu stählernen Keulen angewachsen waren.

Der Kleinere von beiden, vielleicht nur 1,60 Meter groß, tat es seinem Kollegen gleich. In der Rechten hielt er einen großen Schraubenschlüssel. Beide Ohren waren gepierct. Zwei Sterntattoos jeweils auf der rechten und linken Wange sowie weitere tiefblaue Gemälde auf den Unterarmen sprangen Marion und Robert in die Augen. Er bestand fast ausschließlich aus Muskeln und musste seinen Lohn wohl überwiegend in Fitnessstudiobeiträge und muskelaufbauende Präparate stecken.

»Was ist denn los? Dürfen wir Ihnen behilflich sein? Wollen Sie ein Auto kaufen oder reparieren lassen?«, sprach der Größere nun Robert an.

»Wir suchen Herrn Kraftzig. Ist der hier?«

»Was wollen Sie denn von dem?«

»Becker und Schmidt vom Polizeipräsidium Reutlingen.« Robert unterließ bewusst den Hinweis auf die Mordkommission.

Marion und Robert hielten den beiden ihre Ausweise hin.

Mittlerweile standen sie sich auf knapp achtzig Zentimetern gegenüber. Marion konnte den nach Knoblauch, Zwiebeln, Lauch und Bier stinkenden Atem des Kleineren mehr als ihr lieb war wahrnehmen.

»Könnt ihr Euch nicht um Eure Sachen in Reutlingen kümmern? Was wollt Ihr denn hier in Stuttgart?«, fuhr der Hüne Robert und Marion in aggressivem Ton an.

»Das lassen Sie mal unsere Sache sein«, sprang Marion nun Robert zur Seite.

»Also, wo ist Herr Kraftzig?«, wollte Robert wissen.

»Muss sofort wiederkommen. Ist eben zum Kunden. Hätte schon wieder hier sein müssen. Dahinten kommt er.« Das kleine Kraftpaket wies mit dem Schraubenschlüssel Richtung Hauptstraße, auf der sich nun ein kleiner Transporter mit der Aufschrift »Autohaus Kraftzig« näherte und auf den Platz einbog.

›Die Bezeichnung Autohaus scheint mir angesichts des abgewrackten Platzes und des nicht branchenüblichen Personals doch etwas deplatziert‹, dachte Marion.

Die beiden zwielichtigen Gestalten zogen sich wieder in die Halle zurück, von wo alsbald das Hämmern auf Metall und Kompressorengeräusche zu hören waren.

Der einfahrende Wagen hielt direkt vor dem Bürogebäude, und ein breitschultriger, circa 1,80 Meter großer und durchtrainierter Mann Ende vierzig stieg aus. Sein Gesicht war von Narben und Pocken gezeichnet.

Robert und Marion gingen auf ihn zu und wiesen sich aus.

»Sind Sie Herr Kraftzig?«

»Ja!«

»Wir hätten ein paar Fragen an Sie.«

Ein Laie hätte es nicht bemerkt, aber den beiden Kommissaren fiel die im Nu eingenommene Habachtstellung ihres Gegenübers sofort auf. Der Körper spannte sich an und die Lippen verengten sich zu einem schmalen Schlitz.

»Womit kann ich Ihnen denn weiterhelfen?«

»Kennen Sie einen Helmut Eberle aus Engstingen?«

»Ja, wieso? Wollen wir das nicht lieber drinnen besprechen?« Kraftzig wies mit seiner rechten Hand auf die Tür seines Bürogebäudes.

»Vorher bringen Sie aber bitte Ihren Hund woanders hin«, forderte Marion ihn mehr auf, als dass sie in darum bat.

Kraftzig lächelte. »Sie sind wohl keine Hundefreundin, Frau … Wie war noch Ihr Name? Ach ja, Schmidt.«

»Nicht so unbedingt. Muss ja nicht jeder sein. Oder?«, antwortete Marion.

»Einen Moment.«

Kraftzig ging in das Gebäude und kam eine Minute später mit dem schwarzen Vierbeiner, den er inzwischen angeleint hatte, wieder heraus. Langsam schritt er über den Hof, machte die Leine an einem einbetonierten Metallständer in etwa fünfzig Metern Entfernung, in der Nähe der Halle, fest.

Marion vergewisserte sich noch einmal mit einem Blick, dass der Hund wirklich nicht mehr zurückkommen konnte, und betrat dann hinter Kraftzig und Robert das Gebäude. Sie setzten sich dem Autohändler gegenüber auf zwei Stühle.

»Und nun, meine Reutlinger Kommissare? Was ist mit Helmut Eberle?«

Er versuchte betont lässig zu wirken, doch Robert merkte ihm die Anspannung, die ihn ergriffen hatte, an.

»Wir haben Ihre Telefonnummer auf Eberles Handy gefunden. Und da möchten wir uns doch nur zu gerne informieren, in welcher Beziehung Sie zu Herrn Eberle stehen«, begann Robert mit seiner Befragung und beugte sich zu dem Autohändler.

»Hat er was ausgefressen? Wieso kommen Sie überhaupt zu seinem Handy? Das gibt man doch nicht einfach so der Polizei. Wovon sagten Sie, sind Sie? Welche Abteilung?«

»Mordkommission.« Marion schaute ihn mit leicht schräg geneigtem Kopf an.

Kraftzig war das Erschrecken ins Gesicht geschrieben.

»Hat er jemanden ermordet, oder ist er …?« Der Satz blieb unvollendet.

»Letzteres«, beantwortete Robert ihm seine Frage kurz und bündig.

»Das kann doch nicht …« Kraftzig blieb der Satz im Hals stecken. Er wurde bleich und atmete heftig aus.

»Wissen Sie schon, wer es war? Haben Sie den Mörder schon?«

»Wir sind erst am Anfang unserer Ermittlungen und deshalb haben wir gedacht, dass wir unter anderem Ihnen einen Besuch abstatten. Dann erzählen Sie uns doch mal, was Sie mit Herrn Eberle zu tun hatten! Wir hören. Es darf ruhig ausführlich sein.« Robert lehnte sich in seinem Stuhl zurück.

Kraftzig hatte die Nachricht noch nicht ganz verdaut, denn durch seinen wohltrainierten Körper ging immer noch ein leichtes Zittern, wie Marion mit geschultem Blick sofort bemerkte.

»Ja, ja, der Eberle«, stotterte der Autohändler. »Ja, also der hat sein Auto bei mir gekauft. Ist aber schon länger her. Ich erinnere mich aber, es war der einzige SUV, den ich an den Mann gebracht habe. Wissen Sie, ich habe mehr so Kleinwagen und Mittelklassewagen im Angebot. Die Großen bekomme ich nicht so häufig rein.«

»Und wann haben Sie den Verkauf getätigt?«, wollte Robert wissen.

»Das muss jetzt so circa zwei Jahre her sein.«

»Mmh! Mmh. Und hatten Sie danach auch noch Kontakt zu ihm?«

»Nicht so viel. Wenn er mal eine Frage hatte oder irgendwelche Ersatzteile brauchte, dann hat er mich angerufen. Ich habe sie ihm in der Regel günstiger besorgen können.«

»Herr Kraftzig, das haben Sie doch bestimmt in Ihren Büchern«, schaltete sich Marion wieder in die Befragung ein.

Herr Kraftzig rutschte etwas verlegen auf seinem Ledersessel herum.

»Juckt Sie irgendetwas? Oder entnehme ich Ihren etwas hektischen Körperbewegungen, dass da nicht alles in den Büchern drinsteht, was Sie so verkaufen?« Roberts Blicke wurden fordernder.

»Also, wenn ich mal so einen Schrott- oder Unfallwagen dahabe, dann geht da auch mal etwas so. Kann ja nicht immer den genauen Wert eines solchen Teils wissen, kommt ja nicht von einem Händler mit Rechnung, oder? Sie verstehen?«

Marion und Robert nickten. »Wir verstehen.«

»Also wann war das letzte Telefonat?«, wollte Robert wissen.

»Also vor vier Monaten habe ich ihm das letzte Teil besorgt. Jetzt haben wir Februar, also muss das im November oder Oktober gewesen sein. So um den Dreh rum.«

»Und was wollte er dann im Januar von Ihnen? Da haben Sie nämlich ein paarmal telefoniert. Achtmal, um es genau zu sagen. Welche Ersatzteile haben ihm da gefehlt?«, wurde Robert jetzt direkter und hob damit auf die Erkenntnis ab, die sie aus der Handy-Untersuchung hatten.

Marion fixierte ihn nun fest und versuchte alle Körperreaktionen in sich aufzunehmen.

Sie bemerkte ein Flackern in seinen Augen. Er kreuzte die Arme über der Brust zusammen, wohl um anzudeuten, dass ab jetzt nichts mehr aus ihm herauszubekommen sei. Seine Füße hatte er unter dem Tisch übereinandergeschlagen. Von seiner noch vor ein paar Minuten selbstsicheren Haltung war nicht mehr allzu viel zu spüren.

»Ja, Herr Kraftzig, klären Sie mich doch bitte auf. Der Inhaber eines so gut florierenden Unternehmens wird doch keine Geheimnisse haben. Schließlich standen Sie ja in einer guten Geschäftsbeziehung zu ihm!«

»Jetzt fällt es mir wieder ein. Er hat sich ein paarmal bei mir bedankt, dass ich ihm so behilflich bin. Da hat er mir versprochen, dass er mir auch mal was Gutes tun will. Er wollte mich auf eine seiner Forschungswanderungen mitnehmen, und da haben wir krampfhaft versucht, einen Termin zu finden. Hat aber nicht auf Anhieb geklappt. Wissen Sie, ich habe hier sehr viel zu tun. Ich kann tagsüber nicht so einfach weg. Muss ständig präsent sein. Deshalb haben wir so lange hin und her gemacht. Er hat dann vorgeschlagen, mich wieder anzurufen, wenn eine dieser Strahlungsnächte zu erwarten ist. Ganz euphorisch war er da. Und ich habe ihm gesagt, dass ich dann mal gerne auf die Alb komme, zumal das ja auch nachts sein wird. Da geht es bei mir besser als tagsüber.«

Robert machte sich ein paar Notizen in seinem Block.

»Solche Strahlungsnächte waren jetzt gerade. Und in einer Strahlungsnacht ist Eberle zu Tode gekommen.«

»Dann ist es ja gut, dass ich nicht dort war. Sonst wäre ich jetzt vielleicht auch tot.« Kraftzig zitterte.

»Da muss er sein Versprechen wohl vergessen haben, der gute Herr Eberle«, antwortete Robert.

»Wahrscheinlich. Hat ja auch viel zu tun gehabt.«

»Interessieren Sie sich eigentlich für Natur?«, fragte Marion.

»Schon ein bisschen. Besonders, wenn man hier in Stuttgart wohnt.«

»Wann waren Sie denn zuletzt auf der Alb?«, fragte die Reutlinger Kommissarin nach.

»Das ist lange her. Da kann ich mich schon gar nicht mehr dran erinnern.«

»Herr Kraftzig, wir hätten dann gerne noch die Namen, Wohnorte und Handynummern Ihrer beiden Mitarbeiter. Würden Sie uns die bitte geben!«

»Die beiden können doch sehr gut für sich reden. Also der größere heißt Max Bedfort und der kleinere Rafael Seltschuck. Aber nach ihren Mobilnummern fragen Sie sie doch bitte selbst. Nicht, dass ich noch mit dem Datenschutzgesetz in Konflikt komme.«

»Dann danken wir Ihnen zunächst einmal für Ihre Auskünfte, und falls Ihnen noch etwas einfällt, melden Sie sich bitte bei uns.« Robert und Marion reichten ihm ihre Visitenkarten.

Dann verließen sie das Gebäude. Marion hatte den Hund fest im Blick, der in der Nähe der Kfz-Halle angeleint war.

»Robert, kannst du die Daten von den beiden holen? Ich würde im Auto schon mal auf dich warten.«

Robert lächelte ihr zu und nickte dann.

»Selbstverständlich!«

Fünf Minuten später saß er neben ihr.

»Habe alles. Also dann, zurück nach Reutlingen.«

Er wendete den Wagen und lenkte ihn wieder auf die Straße. Zehn Minuten später hatten sie die Stadtgrenze von Stuttgart erreicht, bogen auf die B 27 ein. Dabei kamen sie unweigerlich in den Baustellenstau bei Pliezhausen, weil Robert vergessen hatte, vorher die Ausfahrt durch den Tunnel zu nehmen. ›Stuttgart ist mit so vielen Städten und umliegenden Gemeinden per S- oder U-Bahn verbunden. Warum bloß hatte man so etwas nicht mit Reutlingen gemacht? Den Dauerstau morgens nach Stuttgart hinein würde es so bestimmt nicht geben. Und auf den stockenden und zäh fließenden Verkehr in den über das Jahr verteilten Baustellen auf dieser Verbindungsstraße konnte ebenfalls jeder sehr gut verzichten‹, dachte Robert.

»So Marion, dann haben wir ja heute noch genügend Zeit für die nächsten anstehenden Dinge«, sagte er, als es nur noch im Schritttempo weiterging.

»Wir müssen uns noch um die zweite Telefonnummer

kümmern und auf jeden Fall noch einmal auf die Alb. Wir sollten mit dem Stellvertreter des Wetterexperten, Müller oder so ähnlich, sprechen. Der hat ja eine Menge mit dem Eberle zu tun gehabt. Und nach dem, was der Kunold uns gestern gesagt hat, wäre es vielleicht doch interessant, wenn wir die Lowinskis noch einmal befragen würden. Vielleicht haben sie ja doch noch etwas gesehen. So mit ein wenig Abstand könnte da eventuell noch etwas bei herauskommen. Soll ich mal bei Müller und dem Ehepaar anrufen?«

»Mach das mal, Marion! Vielleicht haben wir Glück und können das miteinander verbinden. Und versuche es noch mal bei dem Lauftreffleiter.«

Marion Schmidt erreichte sowohl das Ehepaar Lowinski in Pfullingen als auch Joachim Müller. Frank Bauer, dem Kohlstettener Verantwortlichen für den Lauftreff, hatte sie auf dem Anrufbeantworter eine Nachricht hinterlassen und ihn gebeten, möglichst schnell zurückzurufen.

»Es hat geklappt, Robert. Um vierzehn Uhr können wir in Pfullingen vorbeikommen und um halb vier konnte ich einen Termin mit Joachim Müller ausmachen, in dem Restaurant, in dem wir am Tatabend waren: ›Albsonne‹!«

»Hoffentlich scheint dann auch die Sonne.« Robert blickte flehend zum Himmel, der sich in einem hellblauen Farbton mit weißen Schleierwolken zeigte, und betrachtete die Temperaturanzeige auf dem Display des Wagens: »Vierzehn Grad. Naja, wenigstens keine Minustemperaturen.«

KAPITEL 17

Auf dem Präsidium angekommen, nahmen sie ihre Büroarbeit auf und schrieben den Bericht über das am Morgen mit Herrn Kraftzig und seinen beiden Mitarbeitern geführte Gespräch. So waren sie gegen Mittag wieder auf dem aktuellen Stand.

Um zwölf Uhr läutete Marion Schmidts Telefon.

»Hallo Marion, Lukas hier. Hättest du Lust, dass wir in der Kantine zusammen essen?«

»Sehr gerne! Ich muss nur Robert fragen, wann wir wieder losfahren. Augenblick!«

»Robert? Es reicht doch, wenn wir um Viertel vor zwei nach Pfullingen fahren, oder? Lukas möchte mit mir in der Kantine zusammen essen.«

Robert nickte, schaute mit gesenktem Kopf aber weiter seine Kollegin an.

»Geht in Ordnung, Lukas. Sagen wir um halb eins. Wir sind gerade an den Berichten von heute Morgen. Ich freue mich auf dich.«

»Ist ein netter Kollege, der Lukas Behringer. Intelligent, sehr zuverlässig, pünktlich, geerdet, bodenständig, sportlich, ledig.«

Marions Kopf zuckte nach oben. Sie schaute Robert fragend an.

»Ich habe ja nur zusammengefasst, was ich von ihm weiß und wie ich ihn einschätze.«

»So! So!«

Beide vertieften sich wieder in ihre Arbeit und wurden bis kurz vor halb eins durch kein Telefonat oder sonstige Anfragen gestört.

»Ich gehe dann mal«, sagte Marion.

»Okay. Treffen wir uns um halb zwei wieder hier im Büro.« Sie ging noch einmal auf die Toilette, um sich frisch zu machen und begab sich anschließend auf den Weg zur Kantine.

Lukas Behringer wartete schon auf sie an der Eingangstür und begrüßte sie mit seinem jugendhaften Lächeln. Seine Augen strahlten.

»Schön, dass du Zeit gefunden hast, Marion.«

»Ja, in der letzten Zeit war ziemlich viel los, da sind wir kaum dazugekommen, mal richtig Mittagspause zu machen. Schön, dass du angerufen hast.«

»Ich habe hinten am Fenster einen kleinen Tisch für uns belegt. Da sind wir ungestört.«

»Das ist nett von dir, Lukas. Freut mich.«

Sie nahmen ihre Tabletts und reihten sich in die Schlange der übrigen Kollegen aus allen Abteilungen des Präsidiums ein.

Lukas bezahlte für sie beide, bevor sie sich am Fensterplatz niederließen.

»Danke für die Einladung, Lukas.«

»Kommt ihr mit eurem Fall weiter? Hat euch die Nummer aus Stuttgart etwas gebracht?«

»Ja, Lukas! Robert und ich waren heute Morgen dort. Das ist schon ein ganz komischer Laden. Irgendetwas scheint da nicht zu stimmen. Aber wollen wir in unserer knappen Mittagspause nicht über was anderes reden? Es gibt ja auch noch andere Dinge als die Arbeit.«

»Gerne. Ich habe übrigens zwei Karten für das Impro-Theater in Tübingen nächste Woche. Ich wollte mit einem Freund hingehen, aber der hat vor einer Stunde abgesagt. Er hat noch einen Termin in Köln reinbekommen. Wenn du Lust hast, würde ich dich gerne einladen.«

Marion spürte ein angenehmes Gefühl in sich aufsteigen.

Sie hatte Lukas schon immer sehr nett gefunden, aber aufgrund der vielen Arbeit und der verschiedenen, nur kurz andauernden Beziehungen keine große Zeit für ihn gehabt. Heute Mittag war sie das erste Mal mit ihm zusammen essen. Und jetzt lud er sie ein. Ein wenig Abwechslung würde ihr guttun. Die einsamen Abende nach der Arbeit konnten schon lang werden.

»An welchem Tag ist es denn?«

»Mittwochabend im Landestheater Tübingen. Beginn ist um zwanzig Uhr. Wir könnten vorher gemeinsam etwas essen gehen. Es gibt da ein sehr gutes türkisches Lokal, direkt vor dem Theater.«

»Das wäre schön, Lukas. Ich weiß aber noch nicht, was sich in unserem Fall ergibt. Für das Theater sage ich aber schon mal zu. Robert hat sowieso gemeint, dass wir mal besser auf unsere Dienstzeiten achten sollten. Wir telefonieren oder ich komme bei dir vorbei.«

Lukas strahlte über das ganze Gesicht.

»Das freut mich sehr, Marion. Das hätten wir schon viel früher mal machen sollen.«

Die Zeit verging wie im Flug. Angeregt und in lockerer Atmosphäre unterhielten sich die beiden Polizisten, ohne dass sie gestört wurden. Wie zufällig berührte Lukas mit seiner Hand immer wieder einmal Marion am Arm oder an ihrer linken Hand.

Um 13.10 Uhr verabschiedeten sie sich herzlich voneinander.

»Danke für das schöne Mittagessen und die angenehme Pause, Lukas. Das können wir gerne wiederholen.«

»Nichts lieber als das, Marion. Ich freue mich auf nächsten Mittwoch. Ich melde mich.«

Fünf Minuten später saß Marion wieder auf ihrem Bürostuhl und blickte versonnen aus dem Fenster auf die Burgstraße, die jetzt von der Sonne beschienen wurde.

KAPITEL 18

Sogar Robert Becker hatte das Fenster seines Büros geöffnet, um diesem ersten Frühlingstag Einzug zu gewähren.

Gut gelaunt nahm er seine Arbeit auf und ließ die bisherigen Ermittlungsergebnisse, die mit Bildern und Informationen an der weißen Wand dokumentiert waren, noch einmal Revue passieren.

Was hatten sie denn bisher? Eine ziemlich heiße Spur nach Stuttgart. Eine Spur zu der Läufergruppe nach Engstingen. Ja, und noch eine große Unbekannte. Der Ermordete hatte seinen Mörder vielleicht gekannt. Dafür sprach, dass es keinen großen Kampf gegeben hatte.

Die KT hatte Drogenspuren im Wagen von Eberle gefunden. Die Drogen mussten ein zentraler Punkt in diesem Mordfall sein.

Becker stand vor der Wand und betrachtete nachdenklich die Fotos, Striche und Fragezeichen. Vielleicht war den Lowinskis doch noch etwas aufgefallen. Sie hatten sich für heute 14 Uhr in der Wohnanlage Klostersee in Pfullingen verabredet. Dort wohnten sie im Betreuten Wohnen.

Entspannt fuhren Robert und Marion an diesem frühen Nachmittag Richtung Pfullingen. Als sie ihren Wagen in der Nähe des Treffpunktes abstellten, waren sie zum wiederholten Male erfreut darüber, dass hier in Pfullingen die ersten zwei Stunden das Parken gebührenfrei war. Daran konnte man sich in Reutlingen mal ein Beispiel nehmen. Dort wurde man ja einfach nur abgezockt.

Als sie das Innere des Areals betraten, empfing sie eine Oase der Stille und Harmonie. Nur das Plätschern der

Echaz, die hier in den Klostersee geleitet wurde, war im Zusammenspiel mit dem Gezwitscher der Vögel zu vernehmen. Vier Enten schwammen auf dem sonnenbeschienenen Teich, über dem schon einige kleine Libellen ihren ersten Tagesausflug in Angriff nahmen.

Eine ältere Dame mit weißem Haar schaute ihnen von einer Freiterrasse entgegen. Wahrscheinlich war der Gang auf die Terrasse ihre Freizeitbeschäftigung nach dem Mittagessen.

Da links, dort mussten die Lowinskis wohnen, vielleicht noch fünfzig Meter. Roberts und Marions Blicke blieben an einer Gruppe Senioren, die oben auf einem Rondell saßen, hängen. Fünfzehn Rollstuhlfahrer, drei mit Rollatoren und eine in sich zusammengesunkene Seniorin, den Kopf mehr auf ihrem Bauch, denn auf ihrer Brust liegend. Die beiden Kommissare blickten sich an. In ihren Augen kristallisierte sich wohl die gleiche Frage: Sieht so unsere Zukunft aus? Steuern wir darauf zu? Vorstufe Raucherrondell im Krankenhaus, graues Einheitspopelinejäckchen für die Generation Ü50, Rollstuhlfahrer-Rondell mit zwei Betreuern eines Betreuten Wohnens, Urne, Ende?

»Ich sollte mal wieder mehr in meine Sportgruppe gehen. Vielleicht hält das den Prozess noch etwas auf!«, ließ sich Robert nachdenklich vernehmen.

Gerade wollte Marion auf den Klingelknopf der Lowinskis drücken, da wurde ihnen schon von innen die Tür geöffnet.

»Schön, dass Sie Zeit für uns gefunden haben. Sie wohnen ja richtig herrlich hier. Eine himmlische Ruhe«, eröffnete Marion das Gespräch.

»Ja, ruhig haben wir es hier schon. Manchmal auch zu ruhig. Wir sind sehr froh, dass wir noch so einigermaßen beweglich sind«, antwortete Herr Lowinski.

»Da können Sie stolz drauf sein«, warf Robert ein. »Wenn ich in Ihrem Alter noch langlaufen kann, bin ich froh; wobei:

Schneesport muss es nicht unbedingt sein, wenn ich an die Kälte auf der Alb denke.«

»Ach was, Herr Kommissar, jetzt vergessen Sie mal Ihre Vorurteile über die Alb und die Älbler. Wir haben sie richtig lieben gelernt. Wollen wir rüber gehen ins Café? Da sitzt man sehr gut und hier ist bestimmt die Sonne bald weg.«

»Einverstanden!«, antwortete Marion. »Wir folgen Ihnen.«

Gemeinsam verließen sie die Klosteranlage und begaben sich in das nur etwa einhundert Meter entfernte Café auf der anderen Straßenseite. Nachdem jeder Kaffee oder Cappuccino und Kuchen bestellt hatte, hob Robert zu seiner ersten Frage an:

»Wir möchten Sie bitten, sich noch einmal an diesen Abend des Mordes zu erinnern. Ist Ihnen nicht doch noch irgendetwas aufgefallen? Auf dem Parkplatz unten an der Bärenhöhle, auf dem Weg durch das Rinnental? Irgendetwas?«

Das Ehepaar Lowinski schaute sich fragend an und beide zuckten mit den Schultern.

»Nein, wirklich nicht!«

»Wissen Sie, in einem Mordfall müssen wir jeder auch noch so kleinen Spur nachgehen. Fangen wir doch einmal ganz vorne an. Lassen Sie uns am Parkplatz beginnen. Als Sie angekommen sind, ist Ihnen da an anderen Autos etwas aufgefallen? An solchen, die vielleicht neben Ihnen parkten?«

Frau Lowinski überlegte: »Ja, Hermann! Da stand doch so ein Sportwagen neben uns. So ein ganz flacher. Mit so einem niedrigen Dach. Hermann! Ich habe dich doch noch gefragt: Passen da überhaupt Skier rein? Wissen Sie, Herr Kommissar, das war so ein ganz unpraktisches Auto. So niedrig. Da kann man bestimmt nicht gut einsteigen. Wenn man damit einkaufen geht, dann passt auch nichts rein. Also ich bin froh, dass du da etwas anderes gekauft hast.«

»Wissen Sie, was das für eine Marke war, oder haben Sie ein Kennzeichen?«

Hermann Lowinski zuckte mit den Schultern. Frau Lowinski allerdings war etwas redseliger.

»Ich kann Ihnen nur sagen, dass es schwarz war. Mit Automarken kenne ich mich überhaupt nicht aus.«

»Und die Autonummer?«

»Ich meine, es wäre ein ›S‹ oder ein ›ES‹ gewesen. Stuttgart oder Esslingen. Und so ein kleines Tier war drauf. Ein Pferd oder ein Eichhörnchen oder so etwas.«

Marion konnte ein leichtes Schmunzeln nicht verhindern und drehte den Kopf leicht zur Seite, sodass das Ehepaar es nicht bemerkte.

»Könnte es ein Jaguar gewesen sein?«

»Das weiß ich nicht!«

»Das hilft uns jetzt schon etwas weiter. Haben Sie sonst noch etwas bemerkt?«

»Eigentlich nicht. Doch, doch warten Sie mal. Da auf dem Beifahrersitz, da lagen noch so Prospekte und Bilder von Autos. Aber was da drauf war? Wissen Sie, ich interessiere mich überhaupt nicht für Autos. Habe ja auch selbst keinen Führerschein. Deshalb gehen wir immer zu zweit zum Einkaufen. Dann kann mein Mann mich fahren und im Laden darf er den Einkaufswagen schieben, damit ich in Ruhe aussuchen kann.«

»Ja, Frau Lowinski«, wurde sie nun von Marion unterbrochen, die nicht darauf erpicht war, sich einen längeren Vortrag über die sicherlich spannende Einkaufsgeschichte eines älteren Ehepaars anzuhören. »Können Sie uns noch etwas zu dem Auto sagen?«

Frau Lowinski schaute ihren Mann an: »Nun sag du doch auch mal etwas, Hermann!«

Der so Angesprochene zuckte mit den Schultern, blieb aber sprachlos.

»Ich habe noch zu meinem Mann gesagt: Gut, dass du ein anderes hast. Da sitzt man ja ganz niedrig; muss man ja Angst haben, dass man sich beim Fahren nicht den Poppes aufreißt. Reinpassen tut da auch nichts. Das hat ja gar keinen Kofferraum.«

»Genau«, pflichtete ihr nun ihr Ehemann bei, der sich damit auf seine Art am Gespräch beteiligt hatte.

Am Nachbartisch mit zwei älteren Damen schien jeder Atemzug eingestellt worden zu sein.

Marion Schmidt blickte in zwei Gesichter, die wie mumifiziert erstarrt waren.

»Sie sind ja zusammen von Undingen aus auf die Station zugekommen. Haben Sie da irgendetwas oder irgendjemanden gesehen?«

Hermann Lowinski schloss die Augen, um sich besser konzentrieren zu können.

»Versuchen Sie es, Herr Lowinski, vielleicht taucht vor Ihrem inneren Auge noch etwas auf, das uns weiterhelfen kann.«

»Ich meine, da wäre noch irgendjemand gewesen, der die Station verlassen hat. Das ist vielleicht zu viel gesagt. Ich habe von weit hinten nicht mehr als einen dunklen Punkt gesehen, der sich langsam nach oben wegbewegt hat. Das mag so zehn bis fünfzehn Minuten vorher gewesen sein. Aber das war ganz, ganz klein.«

»Gut, Herr Lowinski.« Robert schaute Marion an. »Kunold.«

Marion nickte. »Davon können wir wohl ausgehen.« Sie schaute noch einmal zum Nachbarstisch mit den zwei Damen, die jetzt mit ihren Köpfen enger zusammen gerückt waren und nur noch leise flüsterten, damit ihnen auch nichts entging.

»Und an der Station selbst? Ist Ihnen da noch etwas aufgefallen?« Marion wandte sich wieder dem Ehepaar zu.

»Nein! Das habe ich Ihnen ja schon gesagt. Edeltraud? Dir? Ist dir noch etwas aufgefallen?«

»Hermann. Ich war so fertig. Das war einfach zu viel für mich an diesem Nachmittag. Nein, Herr Kommissar, Frau Kommissarin, bei der Station ist mir nichts mehr aufgefallen, außer, außer dass der Tote da an so einem Stab lag. Aber das habe ich Ihnen ja schon alles gesagt.«

»Danke, Frau Lowinski.« Marion blickte sie freundlich an. »Dann gehen wir noch mal zu der Situation, als Sie am Nachmittag angekommen sind.«

Robert und Marion bemerkten, wie am Nachbartisch das Gespräch verstummte, als die Worte ›der Tote‹ etwas zu deutlich ausgesprochen worden waren. Die beiden älteren Damen starrten sie aus vier übergroßen Augen an. Das Klappern mit den Kaffeelöffeln beim Umrühren des heißen braunen Getränks hörte schlagartig auf und die Rechte der Damen mit ihrer frisch gemachten Dauerwelle schien ihre Kuchengabel in ihrer Schwarzwälder Kirschtorte vergessen zu haben, denn diese steckte wie einbetoniert in der braunweißroten Sahne-Teig-Masse.

»Wohnen Sie eigentlich schon länger hier in der Klosterseeanlage?«, fragte Robert.

»Seit sechs Jahren. Unser Haus oben auf dem Ahlsberg ist uns zu groß geworden, und dann sind wir hier runter in die Stadt gezogen. Jetzt können wir immer einkaufen, ohne dass wir den Berg raufgehen müssen«, antwortete Edeltraud Lowinski.

»Auf jeden Fall vielen Dank. Dann begleiten wir Sie jetzt wieder rüber. Wir müssen noch einmal hoch auf die Alb.«

Robert bezahlte und ließ sich einen Beleg geben.

Draußen vor dem Café herrschte ein emsiges Gedränge, denn mehrere Schulklassen hatten gleichzeitig Schulschluss und warteten nun auf ihre Busse, die sie wieder in die verschiedensten umliegenden Gemeinden bringen sollten.

Als die Busse ankamen, herrschte ein Geschiebe und Gedränge, dass man um die Unversehrtheit der Schüler bangen musste.

Langsam überquerten sie die Straße und standen kurz darauf wieder am Klostersee. Robert und Marion warfen einen Blick auf das Schild am Ufer des kleinen Sees:

Der Wohnpark »Klostersee« ist im Jahr 1985 auf dem Areal der früheren Textilfabrik Gebr. Burkhardt entstanden. Die Firma hatte mit ihren Nachfolgefirmen bereits um 1970 aufgrund der Krise in der Textilindustrie ihren Betrieb eingestellt. Durch die Neugestaltung des Areals wurde im Rahmen der mit zahlreichen Bundes- und Landespreisen prämierten Innenstadtsanierung ein bis heute attraktiver, zentrumsnaher Wohn- und Lebensraum geschaffen.

Würde er in zehn Jahren vielleicht auch hier wohnen?, dachte Robert.

»Dann nochmals vielen Dank, Frau Lowinski, Herr Lowinski!«, verabschiedeten sich die beiden Hauptkommissare.

Sie blickten dem Rentnerehepaar hinterher, und in Robert keimten ein weiteres Mal Gedanken an sein zukünftiges eigenes Rentnerdasein auf. So lange würde es nicht mehr dauern.

Heute kamen sie staufrei auf die Alb, da der Feierabendverkehr noch nicht eingesetzt hatte. Um 15.20 Uhr parkten sie ihren Wagen vor dem Restaurant »Albsonne«.

Als sie das Lokal betraten, sahen sie in der Mitte des Raumes schon eine einzelne Person sitzen – Anfang sechzig. Das musste Müller sein. Die beiden Kommissare begrüßten ihn und Robert zückte seinen Block.

KAPITEL 19

Der Stellvertreter des Wetterexperten der Reutlinger Alb erwies sich mehr als kompetent. Kaum hatten Robert Becker und Marion Schmidt mit ihrer Befragung begonnen, erklärte er ihnen in fachkundiger Art und Weise, wieso auf der Alb die Stellen an den Klimastationen zu den zeitweiligen Kältepolen Deutschlands gehörten.

Müller erzählte, dass es an den Stationen schon Temperaturen knapp unter -40 Grad Celsius gegeben habe, gemessen direkt über der Schneeoberfläche. Aber er vergaß nicht zu betonen, dass er nur die Vertretung des Betreibers der Klimastation war, der zurzeit im Urlaub weilte.

»Im Sommer können Sie hier sogar mal bis zu minus 5 Grad haben. Das kommt besonders in den sogenannten Strahlungsnächten vor. Dann haben wir Temperaturschwankungen von 25 bis 30 Grad. So kann es durchaus bis zu zweihundert Bodenfrosttage im Jahr geben«, erklärte ihnen Müller. »Voraussetzung für die tiefen Temperaturen ist allerdings, dass wir eine trockene Luft in klarer windstiller Nacht bei einer Muldenlage mit wenig Bewuchs in der Höhenlage haben. Wenn wir dann am Tag einen strahlend blauen Himmel mit viel Sonnenschein verzeichnen können, steigt die Luft in der Nacht ungehindert nach oben und es kann zu diesen massiven Temperaturunterschieden kommen.«

»Kommt daher die Meinung, dass es auf der Alb immer einen Kittel kälter ist?«

»Ja, der Herr Kunold, der Herr Rampf und ich melden natürlich die Temperaturen an die unterschiedlichen Wetterdienste, die sie dann wiederum in den Zeitungen abdrucken, im Radio und Fernsehen verkünden. Aber heutzutage können Sie das natürlich auch jederzeit im Internet lesen.«

»Und Herr Eberle, hat er auch solche Daten erhoben?«, fragte Marion.

»Er war nicht so ausschließlich mit den Wetterdaten befasst wie Herr Kunold, Herr Rampf und ich. Für ihn war es nur ein Teil seiner Forschungen. Er hat sich noch für viele andere Dinge interessiert. Die Tiere, den Pflanzenwuchs, die Wanderwege, das Essen und so weiter. Er hatte so den Blick für alles. Er war gerade dabei, ein neues Buch zu schreiben. Und das Wetter gehörte unter anderem auch dazu. Deshalb hatte er ebenfalls einen Schlüssel zur Station von Rainer Kunold. Die beiden kannten sich schon länger. Sein Buch war kurz vor der Fertigstellung. Hat sich sehr gut angehört. Wetter, Wanderwege, Menschen, Pflanzen, Tiere – und jetzt wollte er noch typische Koch- und Backrezepte mit aufnehmen. So ein richtiges Buch über die Alb. Hätten bestimmt viele gekauft!«

»Hätten?«, wollte Robert wissen.

»Ja, wie soll es denn nun erscheinen? Jetzt ist er tot. Fertig wird es so nicht mehr. Ich wüsste nicht, wie das gehen soll«, antwortete Herr Müller.

»Wissen Sie, bei welchem Verlag das rauskommen sollte?«, wollte Marion wissen.

»Da gibt es einen Verlag in Dornstetten, der bringt solche Bücher immer heraus. Da müssten Sie mal nachfragen.«

»Hat Herr Eberle irgendwelche Feinde gehabt? Neider?«

»Nicht, dass ich wüsste. Warum auch?«

»Ja, wenn dann in so einem Buch steht, dass Sie hier bis zu zweihundert Bodenfrosttage auf der Alb haben, dann könnte das für manche schädlich sein. Gelesen wird: ›200 Tage Frost‹. Die Gastronomie zum Beispiel, die könnte darüber sauer sein.«

»Gut, dort unten im Unterland, da schimpfen sie sowieso häufig über die Alb und die Älbler und bedauern:

›Wie kann man nur auf der Alb wohnen?‹

›Da frierst du ja am Boden fest.‹

›Ist im Frühjahr immer vier Wochen zurück.‹

Natürlich hält das viele Leute ab. Vielleicht kommt da schon mal Wut auf. Aber ganz ehrlich, deswegen jemanden ermorden? Das ist ja pervers.«

»Herr Müller! Sie glauben gar nicht, weswegen Morde passieren. Es gibt alles. Und wenn es bei einem um die Einnahmen geht, so kann das schon ein dickes Motiv sein. Wissen Sie etwas über Frauenbekanntschaften des Herrn Eberle? Sie wohnen doch in der Gegend?«

»Ja! Verheiratet war er mal. Aber das ist jetzt schon ein paar Jahre her. Dann hat er zwischendurch eine Freundin gehabt. Die habe ich allerdings persönlich überhaupt nicht kennengelernt. In der Öffentlichkeit ist er mit ihr nicht aufgetreten. Ich habe die beiden auf jeden Fall hier nicht zusammen gesehen. Ob da jetzt noch was war, das kann ich Ihnen leider nicht sagen.«

»Und wer könnte uns da weiterhelfen?«

»Tut mir leid. Da bin ich der Falsche.«

»Wir können also festhalten, dass das Bekanntmachen der vielen Frosttage ein Motiv darstellen könnte, oder?«, stellte Robert in den Raum.

»Vorstellen kann ich es mir nicht. Dann wären ja Rampf, Kunold und ich ebenfalls potenzielle Mordopfer. Man bringt doch nicht einfach einen Meteorologen um. Das ist doch absurd«, antwortete Müller.

»Gut, Herr Müller. Wann haben Sie Herrn Eberle zuletzt gesehen?«

»Das war vorletzte Woche. Da sind wir noch zusammen von Engstingen aus rausgelaufen. Er ist dann oben am Waldspielplatz rechts abgebogen. Er wollte gerne zum Schloss Lichtenstein. Es war an einem Dienstag. Ja, Dienstag war es. Da gab es eine ganz tolle Sicht. Da wollte er noch ein paar

Bilder schießen. Das muss so kurz nach Mittag gewesen sein. So um 13 Uhr. Danach haben wir uns allerdings nicht mehr getroffen.«

»Gut, Herr Müller«, läutete Robert Becker das Ende ein. »Dann wollen wir Sie auch nicht länger aufhalten. Wenn wir noch Fragen haben, melden wir uns bei Ihnen. Herzlichen Dank!«

Joachim Müller verabschiedete sich und verließ das Lokal. Er wollte gleich nach seinen Daten schauen.

»Schau mal, Marion. Die haben hier eine sehr gute Speisekarte.« Robert hielt die Menükarte in den Händen und studierte sie aufmerksam.

»Möchtest du gerne etwas essen?«

»Nein! Wenn wir jetzt fahren, bin ich rechtzeitig zu Hause und wir können endlich mal wieder zusammen essen.«

Marion winkte dem Wirt, Herrn Klotz, zu.

»Das sieht ja sehr vielversprechend aus, was bei Ihnen auf der Karte steht. Haben Sie einen so guten Koch?«, fragte Robert.

»In der Tat. Er hat schon in sehr guten Häusern gearbeitet. Jetzt bringt er sich bei uns auf der Alb richtig gut ein. Er ist mit Leib und Seele dabei, geht in seinem Beruf auf. Ich möchte ihn nicht missen und bin froh, dass er in meinem Haus arbeitet.«

In der Küche sahen sie den Koch und zwei Gehilfen bei der Arbeit. Um kurz vor 16.30 Uhr waren nicht mehr viele Gäste anwesend. Und diejenigen, die noch an den Tischen saßen, hatten ein Stück Kuchen und eine Tasse Kaffee vor sich stehen.

»Könnten Sie ihn bitte einmal kurz rufen?«, fragte Marion.

»Dürfte kein Problem sein, das Mittagessen ist schon vorbei. Und abends kommen nicht mehr so viele.«

Herr Klotz verschwand in der Küche, aus der eine Minute später der Koch, Herr Schindler, heraustrat.

»Guten Tag, was kann ich für Sie tun?«

»Herr Schindler, wenn Herr Eberle häufiger in der ›Albsonne‹ war, dann haben Sie ihn doch bestimmt gut gekannt? Wir haben gehört, dass er die leckersten und besten Rezepte von der Alb in seinem Buch veröffentlichen wollte. Haben Sie ihm dabei geholfen?«

»Ich habe ihm ein paar gegeben. Ich denke, er wollte sie in seinem Rezeptteil verwenden, aber ob er das getan hat, weiß ich natürlich nicht. Es war ja noch nicht fertig.«

»Wenn Sie so ein guter Koch sind, wie Ihr Chef sagt, dann könnten Sie doch sicher selbst so ein Kochbuch herausgeben, oder nicht?«, fragte Marion.

»Ja, könnte ich. Mache ich vielleicht später. Mal sehen.«

»Und ihr Verhältnis zum Toten war wie?« Robert blickte ihn an.

»Nicht schlecht! Nicht gut! Ganz normal eben. Ich wusste, was er arbeitet und dass er ganz vernarrt war in diese kalten Strahlungsnächte. Wie gesagt, er hat mir ein wenig über sein Buch erzählt und wollte Rezepte von mir. Wir haben uns unterhalten, als wegen der Kältemeldungen wieder ein Besucherrückgang war. Aber das war es dann schon.«

»Gut«, schloss Robert. »Wir gehen davon aus, dass wir Sie hier immer antreffen können, oder?«

»In der Regel schon, wenn ich nicht gerade meinen freien Tag habe«, gab Schindler zur Antwort.

»Und wann ist der?«, wollte Marion wissen.

»Montag. Dann ist hier oben fast Ebbe.«

»Das war es schon, Herr Schindler, vielen Dank.«

Marion und Robert verließen das Lokal und machten sich wieder auf den Weg nach Reutlingen.

»Robert, weißt du, was mir gerade in den Sinn kommt, wo wir hier oben sind? Der Kunold hat doch davon gesprochen, dass ihm am Abend so ein kleiner gedrungener Mann entgegengekommen ist. Heute Morgen, der Seltschuk, war doch höchstens 1,60 Meter und so ein gedrungenes Kraftpaket. Sollen wir die beiden mal für morgen Früh einbestellen?«

»Schaden kann es bestimmt nicht. Das machen wir gleich, wenn wir unten sind.«

Bevor sie ihre Arbeitsstelle verließen, riefen sie bei Max Bedfort und Rafael Seltschuk an und bestellten sie für den nächsten Vormittag zu einem Gespräch ins Präsidium.

»Na, heute Abend noch etwas vor?«, fragte Robert mit einem Augenzwinkern, als er seine Kollegin verabschiedete.

»Wieso?«

»Nur so. Hätte ja sein können.«

Sie winkte ihm mit einem Lächeln zu, als sie in ihren dunkelblauen Astra stieg und heimwärts fuhr.

KAPITEL 20

Mit einem leichten Pfeifen auf den Lippen öffnete Marion die Tür zu ihrer Dreizimmerwohnung in Rommelsbach.

Seit gut einem Jahr wohnte sie in diesem Stadtteil, der eine sehr gute Infrastruktur aufwies und der ein schnelles Pendeln zwischen Reutlingen und Tübingen ermöglichte.

Zehn Minuten später hatte sie ihren flauschigen Wellnessanzug an und es sich auf dem Sofa bequem gemacht. Sie blätterte die Post durch, aber es war außer Werbung nichts Wichtiges dabei, was sofort erledigt werden musste. Gerade wollte sie den Fernseher einschalten, als ihr Handy klingelte.

»Schmidt.«

»Hallo hier ist Lukas. Ich wollte mich nur noch einmal für den netten Mittag mit dir bedanken«, hörte sie den Kollegen aus der KT am anderen Ende. »Es hat mich sehr gefreut und ich habe den ganzen Nachmittag noch daran denken müssen.«

»Mir ging es genauso, Lukas. Wir mussten heute Nachmittag noch mal auf die Alb. Ich hatte es dir heute Mittag gesagt.«

»Und seid ihr weitergekommen?«

»Die Gespräche heute den ganzen Tag über und die Fußspuren, die ihr sichergestellt habt, da kann man schon einen Zusammenhang herstellen. Auf jeden Fall gehen wir der ganzen Sache jetzt nach.«

Es schmeichelte ihr, dass er sie so genau nach ihrer Arbeit fragte.

»Schön, dass du dich interessierst, Lukas. Wenn es zeitlich passt, komme ich morgen früh bei dir vorbei. Ich hoffe, dass es am Mittwoch mit dem Essen beim Türken klappt. Ich frage Robert gleich morgen früh.«

»Prima. Es würde mich sehr freuen. Dann bis morgen früh. Dann müssten auch die Ergebnisse aus Stuttgart da sein. Gute Nacht, Marion.«

»Gute Nacht, Lukas.«

Sie legte auf, kuschelte sich in eine warme Decke; schaltete den Fernseher ein. Doch von dem Film bekam sie nicht mehr viel mit. Mit einem glücklichen Lächeln auf den Lippen war sie eingeschlafen.

KAPITEL 21

Mittwoch, 7.2.2018, 19 Uhr, Autohaus Kraftzig, Stuttgart

Jürgen Kraftzig saß in seinem Büroverschlag in einer Wolke aus Rauch und abgestandenem Bierdunst. Die Zigarette hielt er zwischen Zeige- und Mittelfinger seiner linken Hand. Ab und zu nahm er einen Zug und ließ den Qualm aus dem Mund wieder heraus, um ihn alsdann durch die Nase erneut einzuziehen. Rechts neben ihm stand ein halb geleertes Glas Whisky, an dem er immer wieder nippte.

Der fahle Schein einer Schreibtischlampe tauchte die Szenerie in ein kaltes weißes Licht.

Auf dem Autohof war Stille eingekehrt. Die Halle war längst geschlossen. Max Bedfort und Rafael Seltschuk hatten um 18 Uhr ihre Arbeit beendet und waren gegangen.

Jürgen Kraftzig hatte seinen schwarzen Hund Astor draußen angebunden, damit er ihn rechtzeitig warnen konnte, wenn sich jemand nähern sollte. Auf seinem Smartphone, das in der Dunkelheit leuchtete, hatte Kraftzig den Rechner aktiviert und addierte einige Zahlen. Ein zufriedenes Lächeln huschte über sein pockennarbiges Gesicht. Wenn das Geschäft so weiterlaufen würde, dann konnte er zufrieden sein. Nur, dass Eberle jetzt tot war, das konnte ihn dann doch zurückwerfen. Sie waren eigentlich schon ein gutes Team gewesen. Wer konnte nur Interesse daran gehabt haben, den Naturforscher umzubringen? Er leerte das Whiskyglas und schenkte es sich gleich noch einmal voll. Daraufhin trat er an das Fenster des schmutzigen Kabuffs und blickte nach draußen. Sein Hund lag noch immer an der Kette und rührte sich nicht.

Also musste wohl alles ruhig gewesen sein. Dann konnte er jetzt nach Hause gehen. Er öffnete die Tür und ging nach draußen auf den schwach beleuchteten Hof in die klare kalte Nacht. Es fröstelte ihn ein wenig und er steckte beide Hände in die Hosentaschen, als er auf seinen Hund zuging.

»Astor«, rief er.

Jetzt war er nur noch zwanzig Meter von seinem angeleinten Tier entfernt.

Komisch! Warum stand Astor nicht auf? Er hörte doch sonst jedes kleine Geräusch.

Ein kalter Schauer lief ihm über den Rücken. Vorsichtig blickte er sich nach allen Seiten um. Gespenstische Stille lag über dem abgewrackten Autohandel. Jetzt war er nur noch fünf Meter von seinem Hund entfernt, als er den weißen Schaumteppich erblickte, der aus dem Maul des Hundes gequollen war und sich auf der Hoffläche verteilt hatte.

Kraftzig griff unter seine Jacke, wo er in einem Schulterhalfter auf der linken Seite immer seinen Revolver trug. Er fasste den Griff und wollte ihn gerade herausziehen, als er die Mündung einer Pistole an seiner linken Schläfe spürte.

»Das, mein lieber Freund, wollen wir doch lieber lassen, wenn du den Rest deines Lebens noch genießen willst.«

Kraftzig erstarrte. Nach dem ersten Schock durchlief ein starkes Zittern seinen bulligen Körper.

»Wir sollten es uns in deinem Büro etwas gemütlich machen. Da ist es viel angenehmer als hier draußen in der Kälte. Schau dir nur deinen Hund an, dem hat es hier im Hof gar nicht gefallen. Dem ist sogar schlecht geworden, sodass er sich ganz arg übergeben musste.«

Kraftzig erschauerte vor Angst. Seine Hände fingen an zu zittern. Sein Herz schlug immer schneller. Was wollte der Fremde? Warum bedrohte er ihn mit der Waffe?

»Nun, lieber Jürgen, nehme ich dir mal dein Schießeisen ab und dann gehen wir in die Wärme, sonst erkälten wir uns noch. Und das will schließlich keiner von uns beiden. Du nicht. Ich nicht.«

Der mit einer schwarzen Hose, blauem Rollkragenpullover und dunklem Jackett Gekleidete griff in die Schulterbeuge von Jürgen Kraftzig und zog den Revolver hervor.

»So ist es schon besser.«

Er schob den Autohändler mit der geladenen Waffe an der Schläfe in das Büro und wies ihn an, auf seinem Schreibtischstuhl Platz zu nehmen. Durch seine dunkle Sonnenbrille musterte er Kraftzig.

»Möchtest du dir einen Whisky einschenken, lieber Jürgen? Vielleicht …« Er vollendete den Satz nicht. »Aber da kommen wir dann später dazu. Für mich eine Cola. Ich muss noch arbeiten. Wo steht sie? Im Kühlschrank?«

Kraftzig nickte. Der schlanke Mann ging mit geschmeidigen Schritten zum Kühlschrank, holte die angebrochene Flasche heraus und schenkte sich ein Glas ein. Seine Pistole blieb auf Kraftzig gerichtet.

»Du wolltest dir doch einen Whisky einschenken, oder habe ich das falsch verstanden?«, sprach er mit verschmitztem Lächeln.

Kraftzig griff zur Flasche, aber beim Einschütten vergoss er einen großen Teil und klapperte mit dem Flaschenhals am Glas.

»Prost mein Freund. Dann wollen wir doch noch einmal anstoßen.«

Der Eindringling hob sein Glas und beugte sich zu Jürgen Kraftzig hinüber, ohne die Waffe auch nur einen Zentimeter von seinem Ziel, Kraftzigs Kopf, zu verrücken.

Kraftzig hob zitternd sein Glas und stieß mit seinem Gegenüber an.

»Ah, tut das gut so eine kalte Cola. Ist dein Whisky auch gut? Sollte er sein.«

Wieso fabulierte der Fremde nur so eigenartig? In Kraftzig

stiegen nach und nach immer mehr Ängste auf. Sollte nun das Ende gekommen sein? Sein Ende? Warum?

»Trink schön deinen Whisky, und dann kommen wir zum Geschäft. Wo hast du deine kleine Kassette mit dem ganzen Geld?«

Kraftzig langte in die Schreibtischschublade und holte eine circa fünfundzwanzig Zentimeter lange und sieben Zentimeter hohe Metallkassette hervor.

»Schieb sie mir ganz langsam rüber. Ach, das ist aber nett, dass du die Schlüssel hast stecken lassen.«

Der Fremde öffnete den Metallbehälter und blickte auf eine große Menge an Scheinen. Das mussten mindestens 100 000 bis 150 000 Euro sein.

»Sieh mal da, lieber Jürgen, dieses Geld gehört gar nicht dem Herrn Kraftzig, hat mir mein Chef gesagt. Es gehört vielmehr ihm, und er möchte es zurückhaben. Und deshalb werde ich es nachher mitnehmen, wenn ich gehe.« Er griff mit der behandschuhten Hand in die Kassette und hob das Bündel an. »Das lohnt sich ja schon!«

Kraftzig ließ alles willenlos über sich ergehen. Wenn er nur lebend rauskam. Er wollte nur noch leben und nicht in seinem Büro seinen letzten Atemzug tun.

»Willst du gar nicht wissen, warum mein Chef nicht länger dein Freund sein will?«

»Do…, doch…«, stammelte Jürgen Kraftzig, der bisher noch kein Wort gesagt hatte.

»Siehst du, dann will ich es dir gerne sagen. Ihr wart doch so tolle Freunde und habt wunderbar zusammengearbeitet. So schön hast du ihm die Autos geliefert: Porsche, Mercedes, Jaguar, Audi. Sie alle kamen wie neu aus deiner Werkstatt. Die Zusammenarbeit hat immer gut geklappt. Aber dann hast du nebenher dein eigenes Ding gedreht. Wolltest selber die ganz große Kohle machen. Und so liegt ein großer Teil von dem Geld hier. Das gefällt meinem Chef nicht. Leider hat sich der Jürgen so zum Negativen hin verändert, hat mein Chef gesagt. Jürgen ist böse und ich will nicht mehr mit schlechten Menschen zusammenarbeiten. Das ist nicht gut. Das tut mir nicht gut. Deshalb will mein Chef die Kooperation mit dir beenden.«

»Dann nimm doch das Geld und geh. Es, es tut mir so leid.«

»Ja, du hast aber mindestens vier Wagen gänzlich in die eigene Tasche gewirtschaftet. Das ist doch etwas zu viel. Lieber Jürgen, jetzt trink doch deinen Whisky aus. Dann gehe ich auch wieder. Es ist ja schon spät geworden.«

Kraftzig griff mit zitternder Hand zu seinem Glas und setzte es an den Mund.

»Trink schön. Es wird dir guttun und du bist mich bald los, obwohl ich mich gerne weiter mit dir unterhalten hätte. Aber ich muss meine Arbeitszeiten einhalten. Das verstehst du doch sicherlich gut.«

Während er dies sagte, drehte er noch einmal an dem Schallschutzdämpfer seiner Waffe und setzte sie Jürgen Kraftzig an die Schläfe.

Tränen liefen Kraftzig aus den Augen, und an seinem rechten Hosenbein rann der Urin langsam herab und bildete einen kleinen See unter dem Schreibtisch.

»Dann noch einen schönen Abend, Jürgen.«

Mit einem gedämpften Knall löste sich die Kugel aus der Waffe und durchschlug Jürgen Kraftzigs Kopf. Er fiel mit dem Oberkörper auf die Tischplatte und an der Bürowand entstand ein gesprenkeltes Bild roter, blutiger Farbkleckse.

Der Fremde steckte seine Waffe ein, entnahm der Kassette das Geld, ließ das Cola-Glas in seinem Jackett verschwinden und verließ das Bürogebäude, nachdem er die Schreibtischlampe gelöscht hatte.

KAPITEL 22

Donnerstag, 8. 2. 2018, 8.50 Uhr

Um 8.50 Uhr trafen Max Bedfort und Rafael Seltschuk auf dem Präsidium ein. Nach Rücksprache mit dem Staatsanwalt hatten Robert und Marion die beiden nach Reutlingen einbestellt. Sie meldeten sich unten am Eingang bei dem Beamten hinter der Panzerglasscheibe. Der Wachhabende rief bei Robert und Marion an. Drei Minuten später kam Marion von oben herunter und bat die beiden Herren, ihr zu folgen.

Im ersten Stock angekommen, forderte sie die zwei Männer auf, kurz auf den Stühlen Platz zu nehmen. Sie musterte die Mitarbeiter von Kraftzig.

Die finsteren Mienen und das Machogehabe der beiden hochtätowierten Kraftpakete waren nicht gerade dazu angetan, dass sie besondere Lust auf ein nettes Gespräch verspürte. Entsprechend reserviert war ihr Verhalten.

»Haben Sie eigentlich nichts Besseres zu tun, als uns am frühen Morgen in diese kleine Vorstadt von Stuttgart zu befehlen? Sie ziehen zwei Fachkräfte aus dem laufenden Arbeitsbetrieb einfach so ab«, wurde sie von Max Bedfort angeraunzt.

»Genau eh, Max, die weiß gar nicht, was sie tut. Ob die das überhaupt darf?«, pflichtete ihm Rafael Seltschuk bei und baute sich theatralisch vor ihr auf.

Er spannte seine Muskeln am ganzen Oberkörper an, als wolle er gleich auf die Kommissarin zustürzen.

»Wenn unser Chef uns die Zeit vom Verdienst abzieht, dann können Sie das bezahlen. Und so eine Kfz-Handwerker-Stunde ist nicht billig. Das wissen Sie hoffentlich.«

Er spielte mit Daumen und Zeigefinger der rechten Hand an seinen Ohrpiercings und ließ dabei immer wieder mit einer Drohgebärde seine Muskeln unter dem eng anliegenden grauen Sweatshirt spielen.

Marion war froh, dass sie die beiden nach Reutlingen bestellt hatten. Hier hatten sie sicheren Boden unter den Füßen, und falls einer der zwei oder gar alle beide sich nicht im Zaum halten konnten, dann wären die Kollegen sofort zur Stelle.

»Setzen Sie sich bitte. Wir holen Sie sofort rein. Kann noch ein oder zwei Minuten dauern«, sagte Marion kühl und wies mit der rechten Hand auf zwei an der Wand stehende Stühle. Dann betrat sie Roberts Zimmer.

»Die beiden Hochbegabten, diese Kraftpakete aus Stuttgart, Bedfort und Seltschuk, sitzen draußen vor der Tür. Sollen wir sie einzeln oder zusammen vernehmen?«

»Nimm du doch den Bedfort, dann würde ich dem Seltschuk auf den Zahn fühlen«, entschied Robert die Situation. »Okay?«

»In Ordnung!«

»Herr Seltschuk,« begann Robert seine Befragung, »Herr Eberle war doch so etwas wie ein Stammkunde von Ihnen. Das wissen wir zumindest von Ihrem Chef, Herrn Kraftzig. Da haben Sie doch bestimmt immer wieder mit ihm zu tun gehabt, oder?«

»Natürlich ist der häufiger in die Halle zu uns gekommen, hat mit uns gequatscht, sich auch für unsere Arbeit und die Autos interessiert.«

»Und wie war Ihr Verhältnis zu Herrn Eberle?«

»Na, wie schon. So, wie man es eben zu einem häufigen Kunden hat. Wenn Sie verstehen, was ich meine!«

»Was meinen Sie denn?«, wollte Robert wissen.

»Na ja, so! Einfach so! Vielleicht ein bisschen enger als zur Laufkundschaft!«

»Enger? Ging da auch mal etwas unter der Hand?«

Rafael Seltschuk gab sich betont lässig, aber Robert bemerkte die innere Anspannung seines Gegenübers. Seltschuks Blick konnte Roberts Blicken nicht standhalten. Er setzte sich auf seine Hände.

»Ist ja wohl nicht strafbar, wenn man einem anderen Menschen mal hilft. So vieles auf der Welt könnte einfacher sein, wenn nicht jeder nur nach sich gucken würde, Herr Kommissar, oder? Da müssen Sie mir doch sicherlich zustimmen!«

Er schien wieder etwas an Sicherheit zu gewinnen.

»Und wie sah Ihre Hilfe aus?«

Seltschuk ahnte, dass er sich da in eine Sache hineinmanövriert hatte, aus der er so schnell nicht mehr herauskam. Es würde schwer werden.

»Also, Herr Kommissar, Sie sind doch Kollegen oder Freunden sicherlich auch mal behilflich, wenn denen etwas fehlt. So ist es doch unter Männern. Ist bei Ihnen sicherlich nicht anders!«

Er zwinkerte Robert mit seinem rechten Auge zu, wobei sich oberhalb des Augenlides der Piercingring leicht abwärts bewegte.

›Jetzt versucht er die Kumpelmasche‹, schoss es Robert durch den Kopf. ›Aufpassen. Aber normalerweise müsste ich ihn gleich haben.‹

»Tja, was fehlte denn Herrn Eberle, was Sie ihm so gönnerhaft gegeben haben? Oder war das gar nicht so großzügig?«

»Also, ich habe ihm mal ein paar Autoteile billiger besorgt. Und er hat es mir anschließend so bezahlt. Es stehen ja genug Schrott- und Unfallwagen bei uns herum. Das ist ja doch nicht strafbar. Sie nehmen doch von hier auch bestimmt mal etwas mit nach Hause. Gebrauchen es selbst oder geben es Ihren Kindern!«

Robert ließ sich nicht darauf ein.

»Herr Seltschuk. Im Autohaus Kraftzig scheint so einiges ohne Rechnung zu gehen. Das wollen wir uns gerne etwas näher ansehen. Was haben Sie jetzt besorgt? Raus mit der Sprache!« Robert wollte endlich weiterkommen.

Unter Seltschuks Achseln bildeten sich erste kleine Schweißabdrücke auf dem Sweatshirt.

»Also, Herr Seltschuk, was war es: Alufelgen? Lederlenker? Irgendetwas in dieser Richtung?«

Seltschuk wog seinen Kopf etwas nach links und rechts, antwortete aber nicht.

»Da scheine ich nicht ganz falsch zu liegen, wenn ich Ihr Schweigen richtig interpretiere. Und was haben Sie Herrn Eberle vor drei Tagen gebracht, als er ermordet wurde? Es gibt nämlich einen Zeugen, der gesehen hat, wie Sie von dem unteren Bärenhöhle-Parkplatz in Richtung Klimastation gelaufen sind. Das müssen Sie zugeben, dass Sie da gewesen sind.«

Robert pokerte und brachte den Stuttgarter Mechaniker direkt mit Kunolds Aussage in Verbindung. Er setzte aufs Ganze.

»Sie sind gesehen worden, und zwar etwa zur Tatzeit. Stehen Sie doch bitte mal auf und gehen Sie zwei Meter zurück!«

Sämtliche Selbstsicherheit entwich aus Seltschuk wie die Luft aus einem aufgeknoteten Luftballon.

»Was soll das denn bringen?«, fragte er Robert Becker verunsichert.

»Bitte stehen Sie auf.« Robert blickte auf die Füße des Stuttgarters.

»Ich gehe davon aus, dass Sie Schuhgröße 39 haben und dass Ihre Fußabdrücke mit den von uns festgestellten identisch sind. Das lässt sich so etwas von schnell herausfinden, das glauben Sie gar nicht.«

»Ja, ich gebe zu, dass ich da war. Aber ich habe ihn nicht umgebracht. Warum auch? Er schuldete mir Geld und darauf wollte ich ihn ansprechen. Wollte nicht, dass er so häufig bei uns auftaucht. Aber als ich ankam, lag er da schon und war mausetot. Da bin ich lieber schnell wieder gegangen.«

»Herr Seltschuk, Sie hätten die Polizei informieren müssen oder sonst jemanden. Wenn wir rausbekommen, dass er noch gelebt hat, als Sie gekommen sind, dann können wir Sie dran bekommen wegen unterlassener Hilfeleistung.«

»Da war nichts mehr. Was mache ich denn jetzt und wer gibt mir meine tausend Euro, die stehen mir doch noch zu, oder?«

»Das dürfte wohl ein sekundäres Problem sein, Herr Seltschuk«, entgegnete ihm Robert. »Sie bleiben also dabei, dass er schon tot war?«

»Ja, war er! Und das war es! Und mehr kann ich Ihnen dazu nicht sagen. Kann ja nichts erfinden. Oder wollen Sie das? Also ehrlich, Herr Kommissar, mit dem Tod von dem Eberle habe ich nichts, aber auch gar nichts zu tun.«

»Das werden wir noch herausfinden. Sie verstehen natürlich, dass wir Ihnen deshalb gerne unsere Gastfreundschaft gewähren, bis wir das geklärt haben.«

Seltschuk schlug mit der rechten Faust auf den Tisch.

»Das werden Sie teuer bezahlen. Ich habe mit der Sache nichts, aber auch rein gar nichts zu tun. Sie ticken doch nicht ganz richtig. Ich will sofort einen Anwalt haben.«

Robert Becker griff zum Telefon und bestellte zwei Beamte ein, die Seltschuk abholen sollten.

»Das würde ich an Ihrer Stelle auch sofort wollen, denn da scheint ja einiges auf Sie zuzukommen.« Die nun eintretenden Beamten nahmen Rafael Seltschuk in ihre Mitte und wollten ihn abführen.

»Haben Sie einen eigenen Anwalt, Herr Seltschuk?«, fragte ihn Robert Becker.

Seltschuk verneinte.

»Dann haben Sie das Recht auf einen Pflichtverteidiger. Meine beiden Kollegen kümmern sich darum und sind Ihnen gerne behilflich.«

Robert Becker schaute Seltschuk fast väterlich an und wandte sich wieder an die zwei Beamten.

»Der liebe Herr Seltschuk möchte gerne einen Anwalt haben. Können Sie sich bitte darum kümmern?«, bat Robert die beiden Uniformierten.

»Machen wir.«

›Damit hätten wir ein paar Fußabdrücke in der Station zugeordnet. So langsam bekommen wir eine Struktur in die ganze Sache. Ist doch nichts, wenn man so lange im Dunkeln tappt‹, dachte sich Robert.

Fünf Minuten später betrat Marion sein Büro.

»Na Kollege, erfolgreich gewesen?«

»Ich denke schon. Der gute Herr Seltschuk war oben am Tatort. Hat es sogar zugegeben. Das passt auch mit Kunolds Aussage zusammen. Und die Schuhgröße 39 müsste mit den Abdrücken übereinstimmen, die wir am Tatort genommen haben. Zumindest die kleinen. Ich habe ihn vorerst festgesetzt. Die Schuhe geben wir in die KT zur Überprüfung. Das Gewirr lichtet sich allmählich. Und bei dir?«

»Ich habe schon mal den Wagen von den beiden bei uns auf den Hof fahren lassen, damit sie kein dickes Knöllchen bekommen. Die Parkzeit wird nämlich weit überschritten, weil der gute Herr Bedfort bald in der Nachbarzelle sitzen wird.«

»War der auch oben an der Klimastation?«

»Nein, der hat ein astreines Alibi. Er war in Stuttgart in einer Kneipe mit Sky, hat an dem Abend Fernsehen geschaut. Irgend so ein Fußballspiel. Ich habe das schon nachprüfen lassen. Ist so gegen 17.15 Uhr gekommen und gegen 23 Uhr rausgeschmissen worden. Muss ziemlich voll gewesen sein. Er hat randaliert und der Wirt hat ihn deshalb mit drei anderen Gästen auf die Straße gesetzt. Der Besitzer kann sich noch gut daran erinnern. Von daher ist Bedfort aus der Eberle-Nummer raus. Aber bezogen auf seinen Intelligenzquotienten hat er nicht mehr als eine halbe Portion Kartoffelsalat. Und die hat schon einen IQ von 25.«

Robert lachte lauthals.

»Wo hast du denn den Spruch her? Ist ja richtig gut!« Er hielt sich den Bauch vor Lachen.

»Hab' ich mal im Radio gehört, und das hat mir gut gefallen. Deshalb habe ich ihn behalten. Auf jeden Fall hatte ich den Bedfort bald. Es scheint eine große Sache mit Autodiebstählen und Hehlerei gelaufen zu sein. Vielleicht läuft das Ganze auch noch. Und das Autohaus Kraftzig, Eberle und unsere beiden netten Freunde sind darin mit Sicherheit involviert. Ich habe ihn jetzt an die Abteilung Organisierte Kriminalität weitergegeben.«

»Klasse Marion, aber wir dürfen uns das Heft nicht aus der Hand nehmen lassen. Da gibt es bestimmt Zusammenhänge zwischen Eberles Tod und der Autohehlerei. Was hat der Bedfort genau rausgelassen?«

»Also bei Kraftzig sind immer wieder noble Schlitten angekommen, die sie umgebaut haben. Identifikationsnummern haben sie ausgetauscht, etc. An anderen Fahrzeugen haben sie nur Einzelteile entnommen und sie dann für viel Geld weiter verhökert. Und Herr Eberle war mit drin verstrickt. Also auf keinen Fall nur so, dass Eberle dem Kraftzig aus Dankbarkeit die Strahlungsnächte präsentieren wollte. Robert, ich glaube, dass wir da in ein riesiges Wespennest gestoßen haben.«

»Marion, wir sind schon ein tolles Team und kommen wirklich gut voran. Lass uns die Situation noch einmal im Licht der neuen Erkenntnisse betrachten und mit dem bisherigen Wissen in Verbindung bringen. Zu der Zeit waren der Kunold, der Seltschuk, die Lowinskis und ein Jogger oder eine Joggerin sowie irgendein weiterer Unbekannter an der Klimastation. Außer den Lowinskis kommt jeder in Betracht. Lass uns erneut den Obduktionsbericht lesen – genauer.«

Sie lasen leise, jeder für sich: ›Zwei Stiche von hinten zwischen die Schulterblätter. Ein Stich von vorne in die Brust. Rechter Lungenflügel durchstoßen. Kein glatter Stich. Stoß wurde mit enormer Heftigkeit ausgeführt. Waffe acht Zentimeter im Körper. Die Waffe wurde aus der Wunde gedreht.‹

Robert und Marion gingen den Bericht wiederholt Satz für Satz durch.

»Es könnte ein Mann oder eine Frau gewesen sein!«, stellte Robert fest. »Wahrscheinlich haben sie sich gekannt, da keine großen Kampfspuren zu erkennen sind. Der Täter oder die Täterin muss eine riesige Wut auf den Eberle gehabt haben.«

Das waren in etwa die Kernaussagen des Berichtes.

»Robert, das trifft alles auf Rafael Seltschuk zu. Und der sagte aus, dass er um die Tatzeit dort gewesen ist, aber ihn schon tot aufgefunden hat. Dass er den Vorfall nicht gemeldet hat, spricht nicht gerade für ihn. Der Kunold käme ebenfalls in Betracht. Nur diese Wut und der Hassfaktor passen nicht, und er hat zur Tatzeit ein Alibi von diesem Biobauern.«

»Das ist richtig«, stimmte ihr Robert zu.

»Und wenn wir das nehmen, was wir jetzt in unseren beiden Verhören herausbekommen haben, dann ist die Verbindung zwischen dem Autohaus Kraftzig, wenn man das so bezeichnen darf, und dem Herrn Eberle schon von einer kriminellen Energie gewesen. Wir sollten den Kraftzig noch einmal aufsuchen«, schlug Marion vor.

»Ja, dann aber mit dem ganz großen Aufgebot, denn was du da aus dem Bedfort herausbekommen hast, lässt darauf schließen, dass wir es mit Autodiebstahl und Hehlerei in einem größeren Ausmaß zu tun haben. Und da sollten wir gleich die Spuren alle richtig sichern. Ich bin überzeugt, dass wir in der Werkstatt so einiges finden werden«, fasste Robert die Erkenntnisse der Gespräche zusammen.

»Ich gehe in die KT und frage, ob die noch etwas für uns haben. Bin aber gleich wieder da. Dann können wir nach Stuttgart fahren. Bis gleich«, verabschiedete sich seine Kollegin, als sie sein Büro verließ.

Robert nickte ihr mit einem verschmitzten Lächeln hinterher und ließ seinen Stuhl nach hinten kippen, legte beide Füße auf die Schreibtischplatte und schaute aus dem Fenster. Die Monotonie der vorbeifahrenden Autos, die Tristesse der unbelaubten Bäume verstärkten das winterliche Grau und ließen Robert Becker in eine nachdenkliche Stimmung abrutschen.

Wie lange sollte er sich so etwas noch antun? Er wollte aus innerer Überzeugung für Recht und Ordnung sorgen! Ständig musste er sich Beleidigungen und Beschimpfungen aussetzen. Wie oft hatte er schon sein Leben riskiert? Wie häufig war er körperlichen Angriffen ausgesetzt gewesen? Wofür das alles? Das Rauben, Morden, die ganzen Verbrechen, das würde alles nach seiner Pensionierung noch weitergehen. Es würde nie ein Ende geben. Seit Menschengedenken gab es Verbrechen auf der Welt, und es würde nicht aufhören. Auch seine Nachfolger würden dem Ganzen kein Ende setzen können. Verbrecher und schlechte Personen würde es immer geben, solange die Menschheit bestand. Da gab es kein Entrinnen. Für einen Moment fühlte er sich wie in einem Hamsterrad. Er strampelte und ermittelte ohne Ende. Wenn er einen Fall gelöst hatte, so kam der Nächste dran und noch einer und noch einer und noch einer. Robert Becker schaute aus dem Fenster in den jetzt doch sonnigen Himmel. Zumindest schien sich das Wetter zu bessern.

›Naja, wenn wir wieder auf die Alb müssen, dann verspricht dies wenigstens nicht so kalt zu werden.‹

Robert griff zum Telefonhörer, beantragte einen Durchsuchungsbefehl und informierte die Kollegen der Abteilung Organisierte Kriminalität.

Als Marion nach zwanzig Minuten glücklich strahlend zurückkam, ahnte Robert, dass zwischen seiner Kollegin und Lukas Behringer wohl der Bann gebrochen war.

»Na, noch etwas herausbekommen?«

»Die Untersuchung der Kleidung vom Eberle hat keine weiteren Ergebnisse gebracht. Bei dem Stich von vorne hat Eberle wohl keine Gegenwehr mehr leisten können. Von daher haben sie in Stuttgart weder andere Fasern oder DNA-Spuren gefunden.«

»Marion, wir fahren dann gleich nach Stuttgart. Den Durchsuchungsbefehl habe ich schon beantragt. Ach ja, noch was. Frag bitte bei Manfred nach, ob er schon etwas heraus bekommen hat wegen der Telefonnummer?«

»Okay. Mache ich.«

Marion verließ das Büro.

KAPITEL 23

Donnerstag, 8. 2. 2018, 9 Uhr, Autohaus Kraftzig, Stuttgart

Etwas irritiert schaute Roswitha Höfer an diesem Morgen, als sie ihren Schlüssel in die Bürotür des Autohauses steckte und öffnen wollte. Einmal in der Woche kam sie für eine Stunde, um wenigstens für ein wenig Ordnung und Sauberkeit zu sorgen. Es hielt zwar nie lange vor, aber so konnte man ein Büro ja auch nicht verwahrlosen lassen.

Vorsichtig öffnete sie die Tür und erstarrte. Jürgen Kraftzig lag blutüberströmt auf seinem Schreibtisch. An der Wandseite neben ihm war das Blut in Schlieren heruntergelaufen, aber schon getrocknet.

Roswitha Höfer blieb das Entsetzen im Hals stecken. Sie schlug beide Hände vor dem Mund zusammen. Dann entlud sich ihre ganze Panik in einem geballten Schrei.

Roswitha Höfer wusste nicht, wie lange sie auf die brutale Szene geschaut hatte. Dieses Bild würde sie nie aus ihrem Kopf bekommen. Sie zitterte am ganzen Körper. Kälteschauer liefen ihr den Rücken runter, erfassten ihre ganze Person. Zentimeter für Zentimeter wich sie zurück, schlug die Tür des Büros zu und rannte von Panik erfasst davon. Als sie an ihrem Auto ankam und nach ihrem Schlüssel suchte, fiel ihr ein, dass sie ihre Handtasche vor Schreck hatte fallen lassen. Nein! Nein! Keine zehn Pferde würden sie jemals wieder in das Gebäude hineinbekommen. Sie rannte über den Hof. Nur weg! Distanz schaffen! Das Grauen hinter sich lassen!

Roswitha Höfer spürte ihren Körper nicht mehr. Aus dem Eingangstor fliehend, übersah sie die Hundeleine einer Frau, die gerade ihren Pudel ausführte. Roswitha Höfer stolperte, fiel und landete auf dem Fahrradweg, der den Bürgersteig von der Fahrbahn trennte.

Der Pudel, durch die plötzlich gestraffte Leine nach hinten gerissen, sprang auf sie zu und kläffte unaufhörlich an ihrem Gesicht. Roswitha Höfer schlug die Hände zusammen. Die Hundeführerin konnte nur noch die gestammelten Worte vernehmen: »Polizei! Polizei! Mord! Mord! Polizei!« Dann wurde Roswitha Höfer von einem Weinkrampf erfasst.

Sie zitterte am ganzen Körper. Ein Außenstehender konnte den Eindruck gewinnen, dass sie unfreiwillig an eine Stromleitung geraten war und Stromschläge den Körper durchfuhren.

KAPITEL 24

Donnerstag, 8. 2. 2018, 10.15 Uhr

Marion betrat wieder das Büro.

»Wir können dann, Robert.«

»Augenblick! Ich …«

Das Telefon klingelte.

»Becker, Kripo Reutlingen.«

»Walter, Mordkommission Stuttgart. Guten Tag, werter Kollege. Ich rufe aus dem Autohaus Kraftzig in Stuttgart an. Ich habe nämlich Ihre Visitenkarte und die Ihrer Kollegin bei meinem neuen Kunden auf dem Schreibtisch gefunden. Da habe ich gedacht, dass ich Sie doch mal kurz anrufe.«

»Ihr neuer Kunde?«

»Ja, ein gewisser Jürgen Kraftzig liegt erschossen hier im Büro seines Autohauses, wenn man das so nennen darf. Und da Sie mit Herrn Kraftzig anscheinend ebenfalls zu tun haben und von der Mordkommission sind, sollten wir uns meiner Meinung nach so bald wie möglich treffen.«

»Jetzt hören Sie auf, Herr Walter. Jetzt bin ich so lange schon im Dienst. Da muss es Zusammenhänge zu unserem Fall geben. Wir ermitteln momentan in einem Mordfall auf der Schwäbischen Alb. In diesem Zusammenhang haben wir soeben zwei Mitarbeiter von Kraftzig bei uns festgenommen. Der eine von ihnen, ein gewisser Rafael Seltschuk, war bei unserem Mord zur Tatzeit am Tatort und der andere, ein gewisser Max Bedfort, hat Aussagen gemacht, die auf Diebstahl und Hehlerei hindeuten.«

»Das ist ja bei Weitem mehr als Zufall«, erwiderte der

Stuttgarter Kollege, dessen Stimme Robert äußerst angenehm fand.

»Wir wollten uns gerade auf den Weg zu Ihnen machen. Ist die Leiche noch am Tatort?«, wollte Robert wissen.

»Ja natürlich. Die Spurensicherung haben wir hier vor Ort eifrig bei der Arbeit.«

»Herr Walter, könnten Sie den Toten bitte noch liegen lassen, bis wir da sind? Wir machen uns sofort auf den Weg. Denke, dass wir in einer halben Stunde bei Ihnen sind.«

»Kein Problem. Er läuft ja nicht weg.«

»Danke! Dann bis gleich!«

Marion schaute ihn mit fragenden Augen an.

»Was ist los? Habe ich das richtig gehört?«

»Ja! Ja! Das war der Kollege aus Stuttgart: Walter. Kraftzig ist erschossen in seinem Büro aufgefunden worden. Wir sollten gleich hin.«

Marion fuhr sich mit beiden Händen durch das Gesicht und atmete schwer aus. »Dann ist ja der Betrieb jetzt komplett leer gefegt. Der Chef tot. Die beiden Angestellten bei uns festgesetzt und eine eindeutige Verbindung zwischen den beiden Fällen. Robert, die Dinge entwickeln sich schneller, als wir gedacht haben.«

»Ja wirklich, Marion.«

In diesem Moment betrat Kollege Manfred Zumbold Robert Beckers Büro.

»Hallo Robert, ich habe die Telefonnummer auf Eberles Handy noch mal gecheckt. Sie gehört einer gewissen Elvira Hengstätt. Wir haben schon versucht, sie telefonisch zu erreichen, aber leider ohne Erfolg. Wir landen immer nur auf dem Anrufbeantworter.« Manfred Zumbold arbeitete jetzt seit einem Jahr bei der Reutlinger Mordkommission. Er stammte aus Albstadt und hatte sich gut in das Team integriert. Er brachte eigene Ideen ein und dachte an vielen Stellen einfach weiter, ohne sich allerdings aufzudrängen.

»Danke Manfred, auf jeden Fall haben wir jetzt etwas und vielleicht eine neue Verbindung des Mordopfers. Gib mir die Nummer mal. Wir versuchen es dann später. Wir müssen jetzt nach Stuttgart.«

»Okay Robert. Mühsam ernährt sich das Eichhörnchen.«

»Ja Manfred, wir bekommen das schon irgendwie hin. Und kümmere dich bitte um diesen Atalali. Und Manfred, bitte versuche noch einmal die Hengstätt zu erreichen. Vielleicht hast du ja Glück. Und wenn du sie dran hast, sag ihr bitte, dass sie sich zu einer Befragung bereithalten soll. Aber heute schaffen wir es nicht mehr. Marion und ich müssen nach Stuttgart.«

»Mache ich, Robert.«

Robert Becker nahm ein DIN-A4-Blatt und notierte den Namen Elvira Hengstätt mit der dazugehörigen Telefonnummer, um es anschließend an der großen Wand zu platzieren.

Zwischen dem Bild des toten Eberle und Elvira Hengstätt zog er eine Linie und versah sie mit einem Fragezeichen und dem Wort »Beziehung«.

Zwei Minuten später saßen Robert Becker und seine Kollegin bereits wieder im Auto nach Stuttgart.

Da um diese Uhrzeit die B 27 frei war, fuhren sie schon dreißig Minuten später vor dem Autohaus Kraftzig vor. Ein langes rot-weißes Band sperrte den Hof ab.

Marion und Robert wiesen sich bei den zwei Polizeibeamten aus, die dafür sorgten, dass die Absperrung eingehalten wurde, und betraten sodann den Hof. Fünf in weiße Schutzanzüge gekleidete Personen arbeiteten hier, fotografierten, stellten Täfelchen mit Nummern auf, pinselten Türpfosten an, nahmen Abdrücke oder sammelten mit kleinen Pinzetten Papierschnitzel beziehungsweise Minigegenstände oder Haare ein. Die Kriminaltechniker leisteten ganze Arbeit.

Robert und Marion blickten sich um: »Wo finden wir den Leiter der Ermittlungen, Herrn Karl Walter?«

Ein männliches Mitglied der Spurensicherungsgruppe wies mit der linken Hand auf das Büro.

»Der ist da vorne im Gebäude, das wahrscheinlich auch der Tatort gewesen ist.«

Marion und Robert betraten das Zimmer und schreckten kurz zurück.

Da lag Jürgen Kraftzig, wie es Karl Walter bereits mitgeteilt hatte …

Der leitende Stuttgarter Kollege stellte sich ihnen vor und fragte: »Frau Schmidt, Herr Becker?«

»Ja wir haben uns bemüht und beeilt, dass wir schnell zu Ihnen kommen konnten. Danke, dass Sie ihn noch haben liegen lassen«, antwortete Robert.

»Keine Ursache. Sie sagten ja, dass Sie eventuell Verbindungen zu Ihrem Fall auf der Alb vermuten.«

»Ja, wir waren gestern schon mal hier. Unser Opfer war Stammgast bei dem Toten … Irgendwie und irgendwo muss es da Zusammenhänge geben«, antwortete Robert.

»Wissen Sie schon etwas Näheres über den Todeszeitpunkt?«, wollte Marion wissen.

»Es muss so zwischen 18 und 20 Uhr gestern Abend passiert sein.«

»Das sieht ja aus wie eine geplante Hinrichtung. Das ist kein, entschuldigen Sie bitte, Herr Walter, das ist kein simpler Mord oder Totschlag. Der Täter muss genau gewusst und geplant haben, was er tat«, erläuterte Robert seine Gedanken.

Karl Walter dachte weiter laut nach.

»Ich gehe davon aus, dass der Mörder einen unbändigen Hass auf Herrn Kraftzig gehabt haben muss, das heißt wiederum, dass er persönlich von ihm verletzt worden ist. Was wir hier haben, das sieht nach einem aufgesetzten Kopfschuss aus.«

»Unser Opfer oben auf der Alb heißt Helmut Eberle. Auch

bei der Tat gehen wir von ähnlichen Motiven aus. Opfer und Mörder bekannt. Hass, Wut…«, erklärte Robert weiter. »Der Schlüssel scheint wirklich im Autohaus Kraftzig zu liegen.«

Karl Walter schaute Robert an.

»Ich bin da ganz Ihrer Meinung.«

»Übrigens, Herr Walter. Wir sollten die KT nicht nur im Büro, sondern auch in der Halle gründlich suchen lassen. Wie der von uns festgesetzte Bedfort zugegeben hat, haben sie hier beim Kraftzig viele Nobelkarossen umdeklariert, eventuell neu gespritzt und die Identifikationsnummern ausgetauscht. Die Morde müssen mit Autodiebstahl und Hehlerei zu tun haben. Bei unserem Ermordeten auf der Alb haben wir einen sogenannten Key-Scanner gefunden.«

»Dann sollten wir uns dringend kundig machen, wo solche Autos der höheren Preisklasse verschwunden sind. Damit kommen wir doch sicherlich ein gutes Stück voran«, dachte der Stuttgarter Kommissar gleich weiter.

»Prima! Genauso machen wir es.«

Robert trat noch einmal an Kraftzigs Leiche und betrachtete das Loch im Schädel des Autohändlers, um dann unter den Tisch zu blicken.

»Was ist das?«, fragte er den untersuchenden Arzt und einen Kollegen der Spurensicherung.

»Urin. Der Kraftzig muss sich vor Todesangst in die Hose gemacht haben. Der Kopfschuss, so gesetzt, deutet darauf hin, dass der Mörder mit seinem Opfer gespielt hat; nicht überrascht wurde. Kopfschuss – tot. Nein, da muss vorher noch was abgelaufen sein.«

»Danke«, antwortete Robert. »Das leuchtet ein.«

»Hat denn dieser fürchterliche Köter von Herrn Kraftzig nicht angeschlagen, als der Mörder auf das Gelände gekommen ist?«, wollte Marion wissen.

»Der lag vergiftet vor der Halle.«

»Das deutet eindeutig darauf hin, dass jemand bewusst

den Hund beiseitegeschafft hat, um Kraftzig in aller Ruhe liquidieren zu können«, ergänzte Robert Becker die Gedanken des Stuttgarter Kommissars.

»Also kaltblütiger Mord aus welchen Gründen auch immer«, führte Walter weiter aus.

»Vielleicht finden Ihre Leute von der KT weitere Indizien in der Kfz-Halle«, ergänzte Marion, die auf ihre Erkenntnisse aus der Vernehmung von Max Bedfort zurückgriff.

»Fragen Sie doch mal Ihre Kollegen, ob sie schon Anhaltspunkte gefunden haben?«, schlug Marion vor.

Karl Walter ließ den Leiter der Kriminaltechnik rufen, um sich zu informieren.

»Karl, tut mir leid. Da kann ich momentan noch gar nichts sagen. Das ist ein solches Chaos und Durcheinander. Das wird noch einige Zeit in Anspruch nehmen«, berichtete der KT-Chef.

»In Ordnung, Herr Walter, dann schlage ich Folgendes vor. Wir fahren nach Reutlingen zurück, verhören den Seltschuk und den Bedfort noch mal. Fragen die Kollegen nach Autodiebstählen in letzter Zeit. Die Abteilung für Organisierte Kriminalität habe ich ohnehin schon eingebunden. Wenn Sie dann hier vor Ort weitermachen würden und sich ebenfalls um die Autodiebstähle in Ihrer Region kümmern, dann wird doch ein Schuh daraus, oder?«, fasste Becker die Erkenntnisse zusammen.

»Lieber Kollege Becker, genauso hätte ich das auch vorgeschlagen. Ich freue mich, Sie kennengelernt zu haben. Sie sind ganz bodenständig. Keinerlei Kompetenzgerangel. So etwas mag ich. Gut. Die Reinemachefrau haben wir schon vernommen. Das steht alles im Protokoll.«

»Können Sie mir das per Mail zusenden?« Robert überreichte ihm seine Karte.

»Machen wir«, erwiderte Karl Walter.

Die drei verabschiedeten sich voneinander. Robert und

Marion bestiegen wieder ihr Auto und verließen den Tatort in Richtung Reutlingen.

»Endlich mal nicht so ein Gerangel, wie man es häufig aus dem Fernsehen oder aus den zahllosen Krimibüchern kennt«, eröffnete Marion das Gespräch auf der Rückfahrt.

»Ja, sehr angenehm. Ich denke, dass der Walter sehr hilfreich sein kann. Nichtsdestotrotz, auf den zweiten Mord hätten wir nun gut verzichten können. Aber vielleicht hilft es uns, den ersten aufzuklären. Vielleicht war's auch beide Mal der gleiche Täter.«

»Um das herauszubekommen, müssen wir jetzt alles wieder neu zusammenfügen. Es gibt verdammt viel zu tun: Wir müssen Seltschuk und Bedfort noch mal strenger verhören. Wir müssen herausbekommen, ob der Eberle noch tiefer in die Sache mit den Autodiebstählen verstrickt ist. Dann sollten wir wissen, ob auch in unserem Einzugsbereich teurere Autos gestohlen worden sind. Wir müssen wissen, wem die Laufschuhe an der Klimastation gehören. Wir müssen die Verbindung Atalali/Eberle klären, und wir sollten wissen, wer Elvira Hengstätt ist.«

Marion blies die Backen auf. Im Geiste sah sie ihren vereinbarten Abend mit Lukas Behringer im Landestheater Tübingen schon wieder platzen.

»Robert, ich weiß das ja alles. Aber hast du nicht vor Kurzem noch gesagt, dass wir auch auf uns selbst achten sollten?«

»Doch, das werden wir tun, denn wir müssen nicht alles gleichzeitig erledigen. Jetzt lass uns erst mal wieder in Reutlingen ankommen. Dann setzen wir uns mit Manfred Zumbold zusammen und dabei entscheiden wir uns, in welcher Reihenfolge wir vorgehen. Auf jeden Fall werden wir nicht alles heute und morgen erledigen können. Einverstanden?«

»Robert. Ja! So machen wir das.«

Als sie wenig später im Präsidium ankamen, riefen sie sofort Manfred Zumbold zu sich. Sie klärten ihn über den

Mord in Stuttgart auf und bezogen ihn weiter in ihre Ermittlungen ein.

»Hast du etwas rausbekommen bezüglich dem Atalali?«, wollte Robert von ihm wissen.

»Ja, er ist drogensüchtig. Wir haben ihn vor Kurzem wegen Dealerei am Wickel gehabt. Er wurde leider auf freien Fuß gesetzt. Vor drei Jahren war er in eine körperliche Auseinandersetzung verstrickt und hat sich dabei tiefe Schnittwunden im Gesicht zugezogen. Zuletzt war er in Sondelfingen gemeldet. So sah er aus.« Manfred Zumbold legte ein Bild von Jared Atalali auf den Tisch.

»Mit diesem Bild rangiert er bei der Jobvermittlung nicht gerade in der ersten Reihe«, antwortete Robert spontan.

»Bei Parship hat er damit, glaube ich, auch nicht die besten Chancen. Da müsste es wohl heißen: alle vierzehn Tage verliebt sich jemand über Parship, anstelle alle elf Minuten verliebt sich jemand über uns«, ergänzte Marion.

»Schöner trockener Humor. Das gefällt mir, Marion«, sagte Robert.

»Manfred, kannst du ihn mal vorladen?«, beauftragte Robert Becker den nun hinzugezogenen Kollegen.

»Wann passt es?«, fragte er zurück.

»Sagen wir doch morgen um 16 Uhr«, antwortete Robert.

In diesem Moment klingelte Marions Handy. Sie nahm ab und bedeutete den beiden Kollegen, für einen Augenblick ruhig zu sein. Als sie aufgelegt hatte, schauten Robert Becker und Manfred Zumbold sie an.

»Und wer war's?«

»Frank Bauer, der Leiter des Engstinger Lauftreffs. Sie laufen morgen früh um 10 Uhr. Am Sonntag können viele nicht. Morgen aber sieht es bei allen besser aus. Ich habe gesagt, dass wir zu einem Gespräch kommen und kurz vor 10 Uhr oben am Waldspielplatz sind.«

»Ich laufe aber nicht mit«, beeilte sich Robert zu sagen.

»Okay, dann fahren wir morgen früh auf die Alb. Manfred, würdest du bitte mal in Erfahrung bringen, ob und wann welche Autos hier im Landkreis in der letzten Zeit gestohlen worden sind und wie die Besitzer heißen? Wenn du es hast, dann meldest du es uns bitte gleich. Da muss es Zusammenhänge geben.«

»Noch was Robert?« Manfred Zumbold schaute Robert Becker fragend an und legte seine Stirn in Falten.

»Nein danke!«

»Also Atalali um 16 Uhr?«

Robert nickte. »Marion und ich knüpfen uns den Bedfort und den Seltschuk noch einmal vor, und wenn wir damit fertig sind, treffen wir uns wieder. Also bis später.«

»Eine Frage noch Manfred, was ist mit Elvira Hengstätt? Hast du sie erreicht?«, wollte Marion wissen.

»Ja, sie hat zurückgerufen. Sie wohnt jetzt in Augsburg. Sie war mal mit Helmut Eberle liiert, wollte sich aber nicht in Einzelheiten dazu äußern. Ich habe ihr gesagt, was vorgefallen ist und dass du oder Marion sie demnächst für ein etwas ausführlicheres Gespräch zurückrufen.«

»Gut, das machen wir, sobald wir etwas Luft haben.«

Manfred Zumbold verließ das Büro und Marion zollte Robert ein großes Lob.

»Ich darf das. Ich bin ja nicht aus dem Schwabenland«, gab Marion zur Antwort.

Robert lächelte. »Dann ist es ja gut. Vielleicht sollte man das in unserem Bundesland auch mal einführen. Jetzt wollen wir uns den Seltschuk aber mal vornehmen.«

»Robert, das lass uns aber jetzt gemeinsam machen. Der Seltschuk hat vieles zugegeben. Wenn wir uns nicht ganz blöd anstellen, haben wir ihn in kurzer Zeit.«

Fünfzehn Minuten später saß der Stuttgarter im Vernehmungsraum des Reutlinger Polizeipräsidiums.

»Es freut uns, dass Sie sich doch noch einmal Zeit für uns

nehmen. Wir wissen das sehr zu schätzen, zumal Sie sich in ihrem Einzelzimmer sicher gemütlich eingerichtet haben. Wir hoffen, dass Sie sich wohlfühlen bei uns«, eröffnete Robert das Verhör.

Seltschuk kochte innerlich vor Wut. Er zupfte unaufhörlich an seinen Ohrpiercings und spielte mit seinen Oberarmmuskeln, indem er sie permanent anspannte.

»Herr Seltschuk, es sind in den letzten Stunden einige entscheidende Dinge passiert, die auch Ihren weiteren Berufs- und Lebensweg bestimmen werden. Deswegen würden wir Ihnen gerne behilflich sein, die ersten Schritte mit Ihnen gemeinsam zu planen. Je kooperativer Sie sich verhalten ..., Sie wissen, was das Wort kooperativ bedeutet?« Robert blickte ihn an, ohne eine Antwort abzuwarten. »Also, ich denke, je mehr Sie uns erzählen und je besser Sie unsere Fragen beantworten, desto mehr steigen Ihre weiteren Berufsaussichten. Auf die Lebenspläne kommen wir dann noch zu sprechen.«

»Was faseln Sie denn dauernd von neuem Beruf. Ich arbeite bei Kraftzig und habe vor, es auch weiterhin zu tun«, giftete Seltschuk Robert und Marion an. »Wo ist eigentlich mein Anwalt? Sie wollten mir doch einen besorgen«, insistierte er.

»Nur keine Eile Herr Seltschuk. Ihr Anwalt wird in spätestens zehn Minuten hier sein. Er hat schon angerufen. Er steht wegen der Ampelschaltung vor der AOK in der Konrad-Adenauer-Straße noch im Stau. Ich wollte Ihnen nur begreiflich machen, dass es äußerst vorteilhaft für Sie sein wird, wenn Sie mit uns koop ... zusammenarbeiten«, entgegnete Robert.

In diesem Moment erhielten Robert und Marion die Nachricht, dass Alfred Großmann, der Pflichtverteidiger der beiden, bereits am Eingang eingetroffen war.

Wenige Minuten später betrat der Anwalt den Vernehmungsraum. Er begrüßte Robert und Marion kurz. Sie kannten sich von vergangenen Fällen. Er wendete sich dem

Kfz-Mechaniker zu. Nach einer kurzen Besprechung bat er das Ermittler-Duo um einige Minuten Zeit mit seinem Mandanten.

»In Ordnung«, gestand ihm Marion zu.

»Sie holen uns, wenn Sie fertig sind. Wir sind in unseren Büros. Bis gleich.«

Fünfzehn Minuten später saßen Robert und Marion wieder im Verhörzimmer.

»Frau Schmidt, Herr Becker, mein Mandant hat sich nach reiflicher Überlegung dazu entschlossen, mit Ihnen zusammenzuarbeiten. Er ist vollkommen geschockt von dem Tod seines Chefs und auch der Mord von Herrn Eberle hat ihn mehr als mitgenommen. Er weiß, dass er nicht immer korrekt gehandelt hat, aber er möchte Ihnen helfen und erwartet dafür natürlich ein entsprechendes Entgegenkommen Ihrerseits. Ich denke, das wird sich machen lassen, zumal Sie ihm ja schon angeboten haben, ihm bei seinem weiteren beruflichen Lebensweg behilflich zu sein.«

»Das werden wir ja sehen, was dabei herauskommt. Herr Großmann, Sie sind ja selbst lange genug im Geschäft und wissen, wie so etwas läuft. Im Sinne Ihres Mandanten wäre es vorteilhaft, ihn darüber eindringlich aufzuklären«, instruierte Marion noch einmal den Anwalt.

»Werte Frau Schmidt, danke für den Hinweis, aber genau das habe ich eben schon getan.«

Er rückte seine Brille zurecht und signalisierte ihr damit auch, dass er zu einem eventuellen Deal bereit sei.

»So, Herr Seltschuk, dann wollen wir doch mal sehen, wie wir den Karren aus dem Dreck ziehen.« Robert schaute ihn an. »Herr Seltschuk, Ihr Kollege hat gegenüber meiner Kollegin ja schon ausgesagt, dass Sie diverse teure noble Karossen in Ihrer Werkstatt bearbeitet haben. Können Sie das bestätigen?«

Seltschuk schaute Hilfe suchend zu Alfred Großmann.

Der nickte ihm zustimmend zu, während Seltschuk seine Augen auf den Boden gerichtet hatte.

»Ja, das stimmt«, war die nur leise hingehauchte Antwort.

»Und wann haben Sie damit angefangen?«, fragte Marion. »Vielleicht können Sie uns diese Frage beantworten, Herr Seltschuk? Sie wollen doch unserem Gespräch einen gewissen Nutzen abgewinnen, oder?«

»Seit ungefähr einem Jahr«, antwortete der Gefragte knapp.

»Herr Seltschuk, wir merken, dass es Ihnen schwerfällt, in einen gewissen Redefluss zu kommen, deshalb werden wir Ihnen da jetzt etwas behilflich sein. Aus diesem Grund jetzt mal ein paar zusammenhängende Fragen. Wie viele Autos waren es? Was waren es für Marken? Was haben Sie damit gemacht? Und von wem haben Sie die Wagen bekommen? Wohin wurden sie verkauft? Ihr Herr Großmann kann Ihnen gerne behilflich sein«, versuchte Robert das Gespräch zu beschleunigen.

Seltschuk beriet sich kurz mit seinem Anwalt, der sich nach einiger Zeit äußerte.

»Herr Seltschuk wird versuchen, Ihre Fragen zu beantworten.«

»Dann mal los, Herr Seltschuk. Ihr Weg in die Zukunft kann jetzt beginnen.«

»Also, wir machen das jetzt seit circa einem Jahr. Es waren so ungefähr zehn Autos, vielleicht auch zwei mehr. Alles teure Wagen. Jaguar, Porsche, Mercedes, Audi, Range Rover. Meistens haben wir die Nummernschilder getauscht, die Wagen komplett umgespritzt und neue Identifikationsnummern angebracht. Wer die Autos gebracht hat, das wissen wir nicht genau. Meistens waren es drei Männer, aber die Namen kennen wir nicht. Sie sind in der Regel mit drei Autos gekommen. Sie haben zwei in der Halle stehen gelassen und sind dann mit dem dritten sofort wieder gefahren, nachdem sie noch kurz beim Chef waren.«

»Können Sie die drei beschreiben, Herr Seltschuk?«, fragte ihn Marion.

»So um die dreißig, schlank, schwarze Haare hatten die. Ja, kurze schwarze Haare. Italiener oder Spanier. So etwas in die Richtung. So, wie so Leute von da eben aussehen. Aber die Namen, die haben wir nie gehört. Wir haben ja auch nie mit denen gesprochen. Sie haben die Autos abgestellt und sind dann sofort zu Kraftzig rüber.«

»War der Herr Eberle auch mal dabei?« Robert schaute Seltschuk mit wohlwollendem Blick an. Er wusste, dass er jetzt die sanftere Tour fahren musste, wollte er den Redefluss des Gedrungenen beibehalten.

»Nein, der war nie da, wenn die Karren kamen. Er war häufiger mal bei Kraftzig im Büro, aber nicht, wenn die Autos geliefert wurden.«

»Und wie sah Ihre Arbeit dann aus?«, schaltete sich Marion nun wieder ein.

»Wir haben dann eine Nachtschicht eingelegt, die Wagen fertig gemacht und am nächsten Tag waren sie dann auch schon wieder weg. Aber wer sie geholt hat …«

Seltschuk zuckte mit seinen breiten Schultern, zog ein fragendes Gesicht.

»Wie viel haben Sie denn pro Wagen bekommen? Es muss ja auch für Sie etwas dabei herausgesprungen sein, wenn ich da nicht ganz falsch liege«, wollte Marion nun die Aussagen Seltschuks forcieren.

»1500 Euro für ein Auto für jeden von uns«, antwortete der Gefragte, der keine Lust hatte, für lange Zeit im Gefängnis zu landen.

»Das ist doch schon eine ganze Menge. So rund fünfzehntausend Euro mehr im Jahr. Nicht schlecht«, brachte sich Robert wieder ein.

»Jetzt haben Sie ja dankenswerterweise schon mal zur Aufklärung Ihrer Beteiligung beigetragen. Wir hätten aber nun doch noch gerne etwas zum Herrn Eberle gewusst, und zwar mehr, als dass Sie ihm ab und zu mal etwas unter der Hand preisgünstig verkauft haben«, ermunterte Marion nun den redseligen Herrn Seltschuk.

»Also, wie gesagt, dabei war er nie, aber einmal war ich im Büro, als Kraftzig mit ihm telefoniert hat. Viel habe ich nicht mitbekommen. Aber Kraftzig hat gesagt ›Jaguar und Porsche 911‹. Dann hat er die zwei Autonummern wiederholt, nachdem er sie aufgeschrieben hatte, und ein paar Tage später standen die beiden Wagen mit den Nummern bei uns in der Halle.«

»Heißt das, dass der Herr Eberle Ihrem Chef die Wagen mit den Autonummern durchgegeben hat und diese dann im Auftrag gestohlen wurden?«, folgerte Robert Becker.

»Darüber haben wir uns keine Gedanken gemacht, aber wenn Sie das jetzt so sagen, dann kann es schon so gewesen sein. Wahrscheinlich.«

»Kommen wir zum Abschluss. Sie sind sich sicher, dass Sie die Wagen nicht selbst nach Stuttgart gefahren haben?«, fragte Robert.

Der Gefragte nickte.

»Herr Seltschuk, bleiben Sie weiterhin bei Ihrer Aussage, dass Helmut Eberle bereits tot war, als Sie oben an der Klimastation waren?«, wollte Robert von ihm wissen.

»Herr Kommissar, das habe ich Ihnen doch schon gesagt. Der war mausetot.«

In diesem Moment klopfte es an der Tür und Manfred Zumbold schaute herein. Robert wollte ihn abweisen und streckte ihm die offene Handfläche hin: »Jetzt nicht, Manfred!«

Der Gesichtsausdruck des Kollegen deutete allerdings darauf hin, dass es wichtig sein musste.

Marion nickte Robert zu und ging vor die Tür. Drei Minuten später war sie wieder zurück. In der rechten Hand hielt sie einen Zettel. Als sie sich gesetzt hatte, flüsterte sie Robert etwas ins Ohr. Der forderte sie auf, das Verhör weiter zu führen.

Marion legte den Zettel auf den Tisch.

»Herr Seltschuk, unser Kollege hat uns gerade äußerst interessante Neuigkeiten gebracht. Wir haben hier die Autokennzeichen der unter anderem in letzter Zeit im Landkreis Reutlingen gestohlenen Wagen. Alleine sechs von diesen wurden in Engstingen gestohlen. Vier an der ›Albsonne‹, zwei am Engstinger Automuseum. Alles teure Autos, so wie Sie es geschildert haben. Hier habe ich die Daten, wann sie gestohlen wurden. Daneben die Kfz-Kennzeichen, daneben die Marken und wiederum daneben die Namen der Besitzer. Kennen Sie diese Autos und die Kennzeichen? Haben Sie diese Wagen in der Kfz-Halle des Autobetriebs Kraftzig bearbeitet? Um Ihnen die Antwort zu erleichtern, darf ich Ihnen sagen, dass Ihr Arbeitsplatz gerade von der Kriminaltechnik auf den Kopf gestellt wird. Und die Kollegen aus der Landeshauptstadt sind verdammt gut. Sie hören nicht eher auf, bis sie auch wirklich alles, aber auch alles untersucht haben. Sie könnten uns die Arbeit wirklich erleichtern, wenn Sie uns jetzt die richtige Antwort geben!«

Rafael Seltschuk schaute seinen Anwalt an. Der beugte sich zu vor und besprach sich kurz mit ihm.

Dann ergriff Seltschuk wieder das Wort.

»Ich kann mich nicht an jedes Nummernschild erinnern, aber drei, vier waren auf jeden Fall dabei.«

»Welche?«, wollte Marion wissen.

Seltschuk zeigte auf drei Kennzeichen, die einem Jaguar, einem Porsche und einem teuren Daimler zugeordnet worden waren.

»Sehr gut, Herr Seltschuk. Sehen Sie, es klappt doch ganz gut mit unserer Koop… Zusammenarbeit«, lobte ihn Robert Becker. »Dann möchten wir von Ihnen wissen, ob diese sechs Autos alle von Ihrem Herrn Eberle durchgegeben worden sind. Erstens: wohnt der Herr Eberle in Engstingen. Zweitens sind zwei der Autos vom Parkplatz des Automuseums in Engstingen gestohlen worden. Drittens: Vier Autos sind vom Parkplatz der ›Albsonne‹ verschwunden und die ›Albsonne‹ liegt ganz in der Nähe der Klimastation, an der Herr Eberle ermordet wurde. Viertens: Herr Eberle kam häufig in der ›Albsonne‹ vorbei. Das sind verdammt viele Zusammenhänge.«

Rafael Seltschuk verzog das Gesicht, sodass seine Sterntattoos auf den Wangen zusammengezogen wurden.

»Nun, Herr Seltschuk. Jetzt haben Sie so viel schon erzählt. Jetzt machen Sie den Knopf dran. Haben Sie vielleicht gerade zwei von diesen Autonummern zufällig gehört, als sie bei Herrn Kraftzig im Büro waren?«, fragte Marion.

Seltschuk nickte

»Frau Schmidt, Herr Becker. Ich bin der Meinung, dass Herr Seltschuk mit seinen Aussagen in einem erheblichen Maße zur Aufklärung der Angelegenheit beigetragen hat. Eine größere Form der Zusammenarbeit ist ja wohl nicht möglich«, hob Alfred Großmann an, der seinen Mandanten am liebsten sofort auf freiem Fuß gesehen hätte. »Ich denke, dass keine Fluchtgefahr besteht. Also Frau Schmidt, Herr Becker«, drängte Großmann auf den Deal.

»Wir werden es besprechen. Herr Seltschuk, wenn Sie sich noch mal auf Ihr Zimmer begeben könnten. Sie hören von uns.«

Zwei Beamte begleiteten ihn aus dem Verhörzimmer.

»Was ist nun, Frau Schmidt und Herr Becker? Kann mein Mandant gehen? Einen Prozess bekommt er ja sowieso.«

Robert setzte zur Antwort an: »Der Seltschuk war am Mordabend an der Station. Das ist noch nicht ganz ausgeräumt. Das müssen Sie ja selbst zugeben.«

»Okay. Ich bin noch oben bei Frau Linde, die hat früher mal bei mir gearbeitet. Sagen Sie mir doch dann Bescheid.«

»Machen wir, Herr Großmann. Sie hören nachher von uns«, verabschiedete Marion den Rechtsanwalt vorerst.

»Mensch Robert, was für ein ereignisreicher Tag.«

»Ja, aber du siehst, es löst sich schneller auf als gedacht. Lass uns noch Manfred mal kurz dazu holen.«

Sie riefen Manfred Zumbold zu sich und fassten alles zusammen.

»Sehr gute Arbeit, Manfred«, lobte Marion ihren Kollegen. »Deine Infos waren mehr als hilfreich. Jetzt sollten wir den Kollegen Walter in Stuttgart informieren, die geschädigten Autobesitzer kontaktieren und eine Entscheidung treffen, was wir mit unseren zwei Gästen machen.«

»Marion, dann schlage ich Folgendes vor. Du informierst den Kollegen Walter. Ich rufe die Geschädigten an und versuche sie morgen früh in die ›Albsonne‹ zu bestellen, wenn du mit der Laufgruppe joggen gehst. Du, Manfred, hast du den Atalali erreicht?«

»Nein, da habe ich die Finger davongelassen. Morgen früh um sechs Uhr wollen die Kollegen vom Drogendezernat eine Großrazzia in der Stadt durchführen, und da will ich ihn nicht aufschrecken. Sie haben uns schon gefragt, ob wir nicht dabei sein wollen. Vielleicht könnten wir beide dann gemeinsam zum Atalali fahren.«

»Sehr gute Idee, Manfred. So machen wir das. Das gibt aber dann morgen wieder einen sehr langen Tag.«

»Hat es schon mal kurze gegeben, Robert?«, wollte Marion wissen.

»Nein, Marion, aber der nächste Mittwoch wird kürzer. Das verspreche ich dir.«

Eine halbe Stunde später ließen sie Max Bedfort vorläufig auf freien Fuß, während Rafael Seltschuk in Gewahrsam blieb, da der Mordverdacht noch nicht entkräftet war.

»Bis Morgen. Manfred, wir treffen uns dann um 6 Uhr«, verabschiedete Robert die Kollegen.

KAPITEL 25

Robert Becker war an diesem Morgen schon um 5.30 Uhr im Präsidium erschienen.

Bereits um 4 Uhr war er aufgewacht. Er ahnte, dass sie an diesem Tag ein entscheidendes Stück im Mordfall Eberle weiterkommen würden. So viele Dinge kamen zusammen. Jetzt gleich die Razzia, der Lauftreff in Engstingen, die Zusammenkunft mit den bestohlenen Autobesitzern, eventuell noch der Anruf bei Frau Hengstätt. Da musste etwas hängen bleiben.

Um 6.30 Uhr herrschte ein geschäftiges Treiben im Präsidium. Der Leiter des Einsatzes, Klaus Lipps, gab in kurzer und knapper Form letzte Instruktionen. Aber eigentlich war schon alles besprochen.

Manfred Zumbold und Robert Becker stellten sich zu Jürgen Risse und Josef Hesse, den zwei Uniformierten, die Jared Atalali festsetzen sollten. Auch die anderen Teams standen zusammen. Jeder war bis aufs Kleinste auf seinen Einsatz vorbereitet.

Als Robert und Manfred vor die Tür traten, schlug ihnen die Kälte dieses Wintermorgens entgegen. Vier Grad unter null war nicht gerade die Wohlfühltemperatur für Hauptkommissar Becker.

Robert Becker und Manfred Zumbold setzten sich in ihren Dienstwagen und fuhren den beiden Kollegen im zweiten Fahrzeug hinterher. Sie steuerten Richtung Sondelfingen. Wenige Minuten später hatten sie die Wohnung erreicht, in der Jared Atalali zuletzt gemeldet war. Manfred Zumbold klingelte. Nichts rührte sich. Ein zweiter Versuch blieb ebenso erfolglos. Robert Becker blickte auf die schmutzig graue Gardine mit den zahlreichen Löchern, die das Fenster neben der Eingangstür teilweise verdeckte. Er bemerkte eine leichte Bewegung des Stoffes, obwohl das Fenster nicht geöffnet war. Mit einer leichten Kopfbewegung gab er Manfred Zumbold zu verstehen, was er gesehen hatte.

»Herr Atalali, machen Sie auf! Wir wissen, dass Sie in der Wohnung sind und uns gesehen haben.«

Nichts schien sich zu rühren. Doch dann vernahmen alle vier fliehende Schritte auf der anderen Seite der Wohnung.

»Der haut ab«, rief Jürgen Risse. Im nächsten Moment hörten sie, wie der Motor eines Autos aufheulte und ein Wagen mit stark zunehmender Geschwindigkeit Richtung Innenstadt davonraste. Augenblicke später war die Strecke am Reutlinger Güterbahnhof zu einer Rennstrecke geworden. Jared Atalai hatte seinen VW-Polo bereits auf einhundert Stundenkilometer beschleunigt. Die beiden Polizeiwagen waren direkt dahinter.

Ein Lastwagen, der vom Parkplatz einer Spedition in die Sondelfinger Straße einbiegen wollte, stoppte gerade noch rechtzeitig. Die Verfolger bremsten ab. Das verschaffte Atalali einen kleinen Vorsprung. Der junge Drogenhändler hatte mittlerweile die Beleuchtung seines Fahrzeugs ausgeschaltet und raste Richtung Karlstraße.

Das Polizeiquartett mit Blaulicht und Martinshorn verfolgte ihn mit etwa fünfzig Metern Abstand. Die ersten zur Arbeit fahrenden Reutlinger bemühten sich, links und rechts an den Straßenrand zu kommen. Knapp einhundert Meter hinter dem Fernmeldeamt, an der großen Ampelkreuzung, riss Atalali das Steuer herum und bog auf die Gegenspur in die Stuttgarter Straße in Richtung Tübingen ein. Die beiden im ersten Streifenwagen sitzenden Beamten Josef Hesse und Jürgen Risse waren jetzt nur noch fünfundzwanzig Meter hinter ihm, als sie ein Ausbrechen des Polos konstatierten.

Er hatte die Bordsteinkante gerammt und war ins Schleudern geraten. Nochmals riss Atalali das Steuer herum und versuchte über die Burkhardt-Weber-Straße entgegen der Fahrtrichtung auf die B 28 aufzufahren.

Josef Hesse und Jürgen Risse hatten sich jedoch neben ihm platziert und drängten ihn in die Leitplanken, wo der Polo mit einem lauten Krachen zum Stehen kam.

Als Manfred Zumbold die Fahrertür öffnete, blickte er in ein ausdrucksloses Gesicht, und eine nicht unerhebliche Alkoholfahne wehte ihm entgegen.

»Der Kerl ist vollkommen zugedröhnt«, merkte Robert Becker an. »Wahrscheinlich beides: Alkohol und Drogen. Der muss erst mal wieder zu sich kommen, bevor wir ihn vernehmen können. Vor heute Nachmittag wird das nichts.«

Robert bugsierte den 25-jährigen Atalali in den Streifenwagen von Josef Hesse und setzte sich neben ihn. Jürgen Risse fuhr den Polo ins Präsidium und Manfred Zumbold begab sich ebenfalls auf den Rückweg.

Als sie wieder in der Burgstraße angekommen waren, sahen sie, dass die Kollegen ebenfalls sehr erfolgreich gewesen waren. Robert ging auf den Leiter Klaus Lipps zu:

»Und? Erfolg gehabt?«

»Es läuft noch etwas, aber das war jetzt mal ein richtiger Schlag, der viel gebracht hat. Heute Nachmittag kann ich dir mehr sagen.«

Robert Becker nickte zufrieden.

Das war doch eindeutig ein gelungener Auftakt eines Arbeitsalltages. Jetzt hatten sie sich einen Kaffee bestens verdient.

KAPITEL 26

Um 8.20 Uhr traf Marion Schmidt im Büro ein. Überall auf den Gängen herrschte geschäftiges Treiben. Sie eilte sofort zu Robert Becker ins Büro, erfuhr aber, dass er noch in der Kantine beim Kaffee saß. Sie ging in ihr Büro und wartete auf seine Rückkehr. Um 8.35 Uhr klopfte es bei ihr an der Tür.

»Guten Morgen, Marion. Alles in Ordnung bei dir? Bei mir hat der Tag gut angefangen. Wir haben Atalali. Aber er ist so zugedröhnt mit Drogen und Alkohol, dass wir ihn nicht vor heute Nachmittag befragen können. Bist du bereit für einen Winterlauf?«

Marion lachte: »Ich schon! Und du?«

Robert verzog das Gesicht. »Ich bin um zehn Uhr in der ›Albsonne‹ mit drei von den geschädigten Autobesitzern verabredet. Den Vierten habe ich nicht erreicht.«

Robert blickte auf die Uhr. »Wir haben jetzt gleich Viertel vor neun. Dann sollten wir uns so langsam auf die Socken machen.«

Jetzt um diese Zeit rollte der Verkehr problemlos Richtung Alb. Als sie am Südbahnhof vorbeikamen, sahen sie links auf die große Einfahrt zum neuen Scheibengipfeltunnel. Fünfzig Jahre hatte es von der Planung bis zur Fertigstellung gedauert. Die Planungen des Scheibengipfeltunnels reichten exakt bis in das Jahr 1967 zurück. Die Kosten für die gesamte Ortsumfahrung der Stadt Reutlingen sollten etwa 130 bis 150 Millionen Euro betragen, wobei auf den Tunnel allein 83 Millionen Euro entfielen. Die Reutlinger Bevölkerung würde aufatmen. 65 000 Fahrzeuge rollten zurzeit durch die Stadt, wobei die Lederstraße am stärksten betroffen war. Ortskundige Fahrer mieden deshalb schon lange dieses Nadelöhr und versuchten über diverse Schleichwege durch die Oststadt einen schnelleren Weg durch die Stadt zu finden. Auf diese Weise hatte die gesamte Stadt seit Jahrzehnten in zunehmendem Maße unter einem Verkehrskollaps gelitten. Die Feinstaubbelastung hatte massiv zugenommen. Gerade in den Stoßzeiten bildeten sich enorme Staus, die morgens schon kurz nach dem Ursulabergtunnel am Südbahnhof, am Ortsausgang von Pfullingen, begannen. Dann war durch den Ledergraben fast kein Fortkommen mehr. Mit dem Fahrrad bewältigte man die Strecke von Engstingen nach Reutlingen morgens daher schneller, als dies im Auto möglich war. Abends hatte man das Problem rückwärts in umgekehrter Reihenfolge.

Jetzt war der Tunnel eröffnet worden. Für ihn selbst war man von 83 Millionen Euro ausgegangen. Zwischen dem ersten Spatenstich am 18. August 2009 und Oktober 2017 waren nun mehr als acht Jahre ins Land gezogen. Jetzt sollten 20 000 Autos täglich hier durchrollen. 20 000 Autos weniger durch Reutlingen. Würde es den Verkehr entlasten? Durch die Röhre sollte eine viel schnellere Anbindung an Metzingen und Stuttgart erreicht werden. Aber was war mit dem Nadelöhr Lichtenstein-Unterhausen? Es würde weiterhin im Verkehr versinken.

Robert und Marion dachten an die Demonstranten, die sie vor ein paar Tagen in Unterhausen gesehen hatten. *Was passiert vor und hinter dem Tunnel?* hatte auf manchen Plakaten gestanden

Schon nach fünfundzwanzig Minuten bogen sie in Engstingen in die Kirchstraße ein und fuhren den Weg an Eberles Haus vorbei zum Waldspielplatz.

Nach und nach trafen die Läufer am Treffpunkt ein.

Um 10 Uhr waren es schlussendlich fünf. Die Altersspanne reichte von Anfang dreißig bis Mitte sechzig. Drei Männer, zwei Frauen. Robert und Marion stellten sich vor.

»Sie wissen, weswegen wir hier sind?«, eröffnete Robert das Gespräch. Sie registrierten ein Nicken der Sportler.

»Meine Kollegin, Frau Schmidt, möchte Sie heute bei Ihrem Lauf begleiten und sich mit Ihnen unterhalten. Sie laufen doch um den Golfplatz und an den Klimastationen vorbei, oder?«

»Das können wir gerne machen. Hier oben gibt es sehr viele Möglichkeiten, wenn Sie das möchten, dann können wir dorthin laufen«, antwortete der Leiter der Gruppe, Frank Bauer, ein großer und gut durchtrainierter Läufer. »Frau Schmidt, ich nehme an, dass Sie entsprechend fit sind«, wandte er sich nun an sie.

»Ich gehe mal davon aus, zumal ich annehme, dass Sie das heute Morgen als Trainingslauf nehmen und nicht irgendeinen Rekord brechen wollen, oder?«, fragte Marion.

»Nein, wir lassen es eher gemütlich angehen«, erwiderte nun einer der übrigen Läufer. Marion schätzte ihn auf Mitte fünfzig.

»Robert, wann und wo treffen wir uns wieder?«, fragte Marion ihren Kollegen.

»Wenn Sie wollen, können Sie anschließend in der Turnhalle duschen«, bot ihr nun eine der beiden Frauen an.

»Normalerweise laufen wir immer so ungefähr eine Stunde. So gegen elf Uhr müssten wir wieder hier zurück sein.«

»Dann bin ich um elf hier und hole dich ab, Marion!«

Robert stieg in seinen Dienstwagen und ließ die Jogginggruppe Richtung Seitzhütte loslaufen. ›Gott sei Dank muss ich da nicht mit‹, dachte er sich und lenkte seinen Wagen Richtung »Albsonne«.

Marion reihte sich derweil in die Läufergruppe ein und versuchte mit jedem Einzelnen ins Gespräch zu kommen. Jeder Läufer erwies sich als fit und trainiert, besonders, wenn es die hier doch zahlreich vorhandenen Anstiege hinaufging.

Die Sonne stand am klaren blauen Himmel und ließ den Schnee glitzern, als wäre die ganze Landschaft mit funkelnden Kristallen überzogen.

Auf den Tannen und Kiefern links des Weges, der zu den Klimastationen führte, hatte sich die weiße dicke Pracht auf die Zweige und Äste gelegt. ›Wie in einem Bildband sieht es hier aus‹, dachte sich Marion, als sie gerade mit Frank Bauer hinter den anderen vier herlief. ›Verdammt schöne Gegend! Es ist eine Traumlandschaft.‹

Bald passierten sie die Klimastation von Horst Rampf und kurz darauf, vielleicht fünfzig Meter weiter, die von Rainer Kunold.

Marion bemerkte eine große Anzahl von Menschen, die sich um Kunolds Station versammelt hatte. Alle waren mit Fotoapparaten und Handys bewaffnet und lichteten den Tatort von allen Seiten ab.

›Diese Sensationsgier hat schon erschreckende Ausmaße angenommen‹, schoss es Marion durch den Kopf. Letzte Woche hatte sie in der Landesschau gehört, dass bei einem Verkehrsunfall mehrere Personen lieber die Opfer und die Unfallstelle fotografierten, als sich aktiv an der Hilfe zu beteiligen oder wenigstens den Helfenden nicht im Wege zu stehen. Wo sollte das Ganze noch hinführen?

Dabei deutete eigentlich nichts mehr darauf hin, dass hier vor Kurzem ein abscheulicher Mord geschehen war.

Auf den Loipen, die von allen Richtungen hier an den Klimastationen zusammenliefen und sich zwischen ihnen kreuzten, war um diese Zeit schon ein reger Betrieb. Vornehmlich ältere Bürger, wohl alle Rentner, zogen in aller Gemütlichkeit ihre Bahnen. Ihre gebräunten Gesichter waren Beweis dafür, dass sie sich viel an der frischen Luft aufhielten und ihrem Hobby auf der Alb regelmäßig nachgingen.

›Wäre schön, auch einmal so viel Zeit zu haben‹, dachte Marion.

Gerade lief sie mit Achim Zwerenz, einem der Freizeitläufer, zusammen. Sie hielt gut mit und konnte sich auch während des Laufes unterhalten. Jeden Einzelnen befragte sie, was sie oder er zur Tatzeit gemacht beziehungsweise wo sie sich aufgehalten hatten.

Sabine Schön, Ulrich Schweickert und Frank Bauer versicherten, dass sie zur besagten Zeit auf ihren Arbeitsstellen gewesen waren.

Achim Zwerenz und Ulrike Richter gaben dagegen zu, dass sie an diesem Abend laufen waren. Allerdings hatten sie nicht zusammen im Schnee trainiert, sondern waren getrennt dem Laufsport nachgegangen. Sie waren sich laut ihrer Aussage nicht begegnet. Beide gaben an, an diesem Tag nicht an der Klimastation gewesen zu sein.

»Ich war auf der ganz anderen Seite. Dahinten auf der Haid, wo Anfang des Jahres diese Biogasanlage ausgelaufen ist. Da sind die Wege gut geräumt und es lässt sich auch noch hervorragend laufen, wenn es etwas später ist«, gab Achim Zwerenz an. Nein, an der Klimastation sei er nicht gewesen. Auch Ulrike Richter wollte zur Tatzeit nicht dort gewesen sein.

»Ich bin Richtung Schloss Lichtenstein gejoggt. Vom Waldspielplatz aus sind das knapp zweieinhalb Kilometer bis zum Parkplatz an der Straße nach Genkingen. Und dann bin ich wieder zurück, sodass ich eine Fünf-Kilometer-Strecke hatte. Das reicht mir.«

Marion registrierte die Aussagen. Als sie nach sechzig Minuten wieder am Waldspielplatz ankamen, wartete Robert bereits im Dienstwagen auf sie.

»Und, hast du mithalten können?«, begrüßte er seine Kollegin.

»Kein Problem. Ist wirklich eine ganz tolle Gegend hier oben.«

»Okay, dann freue ich mich, dass du einen schönen Vormittag hattest. Und hast du auch etwas herausbekommen?«

»Ich denke schon. Wir sollten die Personalien jedes Einzelnen aufnehmen. Und von Achim Zwerenz und Ulrike Richter sollten wir die Laufschuhe mitnehmen. Sie sind beide am besagten Abend gelaufen, geben aber beide an, nicht auf dem Golfplatz gewesen zu sein.«

Marion nahm die Daten von Achim Zwerenz und Ulrike Richter auf und teilte ihnen mit, dass sie ihre Laufschuhe mit auf das Präsidium nehmen müsse.

»Soll ich etwa jetzt im Winter barfuß nach Hause fahren?«, empörte sich Achim Zwerenz. »Sie dürfen bei uns mitlaufen; wir geben Ihnen Auskunft. Wir sagen Ihnen, wo wir gejoggt sind, und dann werden wir verdächtigt. Da wundern Sie sich, dass kaum noch jemand Zivilcourage hat und anderen Mitmenschen im Notfall zur Seite stehen will. Hätte ich das gewusst, dann hätten Sie gleich unten bleiben können.«

»Herr Zwerenz, wir ermitteln in einem Mordfall, und da müssen wir jeder Spur nachgehen. Also wo wohnen Sie? Wir werden Ihnen hinterherfahren. Sie müssen nicht barfuß fahren. Also wo?«

»›Finstere Birken‹. Dahinten auf der Haid.«

»Gut, wir begleiten Sie!«

Frau Richter hatte Ersatzschuhe dabei und händigte Marion Schmidt ihre Schuhe aus.

Währenddessen hatte Robert Becker die Personalien der drei anderen Läufer aufgenommen. Als Robert und Marion hinter Achim Zwerenz herfuhren, sahen sie im Rückspiegel, wie die vier zurückgebliebenen Läufer heftig diskutierend vor ihren Autos standen. Ein Mitglied ihrer Laufgruppe war in Verdacht geraten. Aber Achim würde doch den Eberle nicht umgebracht haben. Wozu denn? Der hat doch gar nichts mit ihm zu tun. Sie waren irritiert. Einer der Ihren im Kreis der Verdächtigen!

Knapp zehn Minuten später hatten die Kommissare die Straße »Finstere Birken« erreicht und Achim Zwerenz händigte ihnen seine Laufschuhe aus.

»Haben Sie noch andere?«, wollte Robert wissen.

»Ja, noch zwei Paar.«

»Dürften wir die bitte ebenfalls mitnehmen? Wir versprechen Ihnen, dass Sie sie morgen wieder zurückhaben.«

Achim Zwerenz fasste sich an die Stirn.

»Wenn es denn sein muss.«

»Es muss sein. Vielen Dank für Ihre Kooperation.«

Mit zerfurchtem Gesicht und leicht zuckenden Augenlidern übergab ihm Achim Zwerenz seine Laufschuhe.

»Ich weiß wirklich nicht, was das soll. Ein unmögliches Verhalten, was Sie da an den Tag legen.«

»Unmöglich ist es nicht«, antwortete Marion Schmidt. »Aber sehr nötig. Wenn Sie sich nichts haben zuschulden kommen lassen, wird es überhaupt nichts ausmachen, wenn Sie mal für vierundzwanzig Stunden auf Ihre Laufschuhe verzichten. Danke, Herr Zwerenz. Wir melden uns wieder bei Ihnen. Ich denke, dass Sie spätestens morgen von uns hören werden. Vielen Dank!«

Sie bestiegen ihren Wagen und fuhren Richtung Honau.

»Und was haben deine Gespräche mit den Bestohlenen ergeben?«, wollte Marion nun etwas über die Parallelrecherchen ihres Kollegen wissen.

»Das ist hochinteressant, Marion. Alle vier Wagenbesitzer haben diese hochmoderne Schlüsselanlage, mit der du dein Auto nicht mehr per Hand aufschließen oder über Funk öffnen musst. Der Besitzer des Fahrzeugs braucht nicht mehr herumhantieren. Das Herantreten ans Auto reicht aus. Und auch der Motor lässt sich starten, ohne dass eine Tätigkeit manuell erfolgen muss. Die Funkwelle macht's möglich. Genau diese Sequenzen machen sich aber auch Autodiebe zunutze. Ein sogenannter Car-Scanner und ein Funkwellenverlängerer reichen aus, und schon kann das Gefährt entwendet werden, ohne irgendeinen Kratzer oder etwaige andere Schäden davonzutragen. Die erforderlichen Gerätschaften sind leicht selbst gebaut oder im Internethandel erhältlich. Der Autobesitzer bekommt nichts mit. Selbst wenn er schläft und die Autoschlüssel dort liegen bleiben, wo sie immer sind. Etwa auf dem Telefontischchen. Bei der Hausdurchsuchung von Eberle, so hat zumindest Lukas Behringer gesagt, wurde ein Gerät gefunden, das dem entsprochen hat. Alle Geschädigten geben an, dass sie kurz vor den Diebstählen irgendwelche Kontakte mit Helmut Eberle hatten.

Entweder haben sie sich auf dem Parkplatz vor der ›Albsonne‹ unterhalten oder sie haben im Lokal mit ihm zusammengesessen. Er muss ihre Schlüssel gescannt haben, sodass er oder irgendjemand anderes die Autos stehlen konnte, ohne sie aufzubrechen.«

»Robert, wenn wir das jetzt alles zusammenfügen und Bedfort und Seltschuk glauben, dann hat Eberle die Schlüssel gescannt, die Daten irgendwie zum Kraftzig geleitet, und von da ist jemand losgeschickt worden, die entsprechenden Autos zu stehlen.«

»Ja, Marion, das ist plausibel. Wir sollten den Kollegen Walter in Stuttgart über unsere Erkenntnisse informieren. Herr Eberle hatte gehörig Dreck am Stecken. Aber wo liegt das Motiv, den Eberle zu ermorden? Er war doch nur gewinnbringend. Hass hatten wir mal in Betracht gezogen. Aber wo haben wir eine Person, auf die das zutrifft?«

»Vielleicht helfen uns die Schuhe der Läufer weiter, wir sind gleich wieder in Reutlingen«, erwiderte Marion.

»Sobald wir wieder zurück sind, setze ich mich sofort mit Karl Walter in Stuttgart in Verbindung«, antwortete Robert.

Marion Schmidt und Robert Becker fuhren vor dem Präsidium vor.

»Marion, würdest du bitte die Schuhe in die KT bringen?

Lukas soll sie mit den Abdrücken an der Klimastation vergleichen. Vielleicht war ja einer unserer beiden Jogger an dem Abend bei Eberle in der Klimastation. Es müsste doch mit dem Teufel zugehen, wenn da nicht etwas bei rauskommt.«

Marion eilte sofort zu Lukas Behringer.

»Hallo Lukas, schön dich zu sehen. Leider habe ich heute nicht viel Zeit. Aber ich wollte dir auf jeden Fall schon mal sagen, dass es am Mittwoch wohl klappen wird, dass wir vor dem Theater noch essen gehen. Ich habe mit Robert gesprochen.«

Ein Strahlen war auf seinem Gesicht zu sehen.

»Sehr schön, Marion. Dann freue ich mich ganz besonders auf nächste Woche und vor allen Dingen auf nächsten Mittwoch.«

Marion stand ihm gegenüber. In der linken Hand die Laufschuhe von Ulrike Richter und in der rechten Hand eine große Plastiktüte, in der sich die Schuhe von Achim Zwerenz befanden.

»Und jetzt? Wolltest du mich noch zu einer Joggingrunde oben auf der Rindenschrotbahn an der Kreuzeiche einladen?«

Marion schaute ihn irritiert an. Mit einem Lachen blickte er auf ihre Hände.

»Ach was, Lukas. Das sind die Laufschuhe von Ulrike Richter und Achim Zwerenz. Die haben wir gerade oben von den zwei Joggern vom Lauftreff in Engstingen mitgenommen. Sie erklärten, dass sie zur Tatzeit zwar gelaufen sind, aber nicht an der Klimastation waren. Wir hatten aber oben Abdrücke von Joggingschuhen gefunden. Und da wäre ich dir sehr dankbar, wenn du das abgleichen könntest. Vielleicht kann sich einer von den beiden nicht mehr so ganz genau erinnern, wo er oder sie an dem Abend gelaufen ist. Würdest du das bitte für mich erledigen?«

»Kein Problem, wenn es weiter nichts ist. Das mache ich gerne.«

»Du bist ein …« Marion stockte und errötete leicht.

Lukas Behringer schmunzelte: »Du kannst ruhig deinen Satz zu Ende sprechen.« Marion versuchte abzulenken und senkte den Kopf.

»Ach, Lukas hör auf. Also melde dich bitte bei mir, wenn ihr was Genaueres habt. Ja?«

»Natürlich, Marion. Ich denke, dass das schnell gehen wird.«

»Dann bis nachher, Lukas! Ich muss jetzt nach der Joggingrunde aber doch erstmal noch duschen.«

KAPITEL 27

In der Zwischenzeit hatte Robert Becker Karl Walter angerufen und ihn über seine Ergebnisse informiert. Der Abgleich mit den sichergestellten Spuren in Kraftzigs Kfz-Halle war eindeutig. Die gestohlenen Wagen von der Alb waren hier bearbeitet worden. Die beiden Kommissare vereinbarten, weiter in Verbindung zu bleiben.

Als Nächstes wählte Robert Becker die ihm vorliegende Nummer von Elvira Hengstätt. Er hatte sie sofort am Apparat. Sie war sehr kooperativ und berichtete ihm alles über ihre Beziehung zu Helmut Eberle. Elvira Hengstätt hatte mit ihrem Mann Thomas Hengstätt in Burladingen gelebt. Er arbeitete in einer sehr großen Textilfabrik und hatte dort einen guten Job. Sie war als Designerin in Hechingen tätig. Das Einkommen beider reichte aus, zu einem gewissen Wohlstand zu kommen, der ihnen erlaubt hatte, schon bald nach der Heirat mit dem Bau eines kleinen Einfamilienhauses zu beginnen.

Bisher war die Ehe kinderlos geblieben, da sie beide zunächst in ihrem Beruf Fuß fassen wollten. Aber beider Wunsch war übereinstimmend gewesen, in den nächsten Jahren eine Familie zu gründen.

Dann, vor gut einem Jahr, war es zum Treffen zwischen Elvira Hengstätt und Helmut Eberle gekommen. Beim Hohenzollern-Berglauf auf die Burg in Hechingen waren sie sich am Start begegnet. Gemeinsam hatten sie die schwere Strecke gemeistert. Dabei waren sie die ganze Zeit miteinander gelaufen. Helmut Eberle hatte ihr von seinen Forschungen berichtet und sie mit seinen anschaulichen Ausführungen regelrecht in seinen Bann gezogen. Die steilen Passagen hoch zur Burg waren ihr dabei gar nicht mehr so schlimm vorgekommen. Auch er war ganz interessiert an ihrer Arbeit. Da an diesem Tag sehr gutes Wetter herrschte, waren sie nach dem Lauf noch lange zusammengesessen, hatten die Sonne genossen und sich den ganzen Nachmittag unterhalten. Die Zeit war wie im Flug vergangen. Elvira konnte sich nicht erinnern, wann sie das letzte Mal solch interessante Gespräche mit jemandem geführt hatte.

Eberle hatte sie eingeladen, mit ihr einmal auf Naturerkundigungen zu gehen, und in der Folge waren sie sich häufiger begegnet und hatten vieles gemeinsam unternommen.

Da Thomas Hengstätt sehr stark in seinem Beruf eingebunden war, hatte er nichts gegen diese Exkursionen seiner Frau mit Helmut Eberle einzuwenden.

Vor einem drei viertel Jahr musste er dann für zwei Monate nach Hongkong, und diesen Umstand hatte Eberle geschickt ausgenutzt, Elvira mehrmals über Nacht einzuladen. Dem Charme des bekannten Naturforschers war sie hoffnungslos erlegen. Nach kurzer Zeit war ihre vornehme Zurückhaltung gewichen und in wilde Leidenschaft umgeschlagen. Sie glaubte nicht mehr, ohne ihn leben zu können. Der Ehemann in Hongkong. So weit weg. Und hier jemand, der ihr das Gefühl von Liebe, Geborgenheit und Zuneigung in jeder Minute vermittelte. Immer mehr war ihre Liebe in Hörigkeit umgeschlagen. Mal hatten sie sich bei ihm in Engstingen getroffen, wobei sie allerdings stets darauf bedacht war, in den frühen Morgenstunden wieder das Haus zu verlassen. Andere Male hatte ihr Liebesnest in Burladingen im Einfamilienhaus Einzug gehalten. Sie glaubte, dass niemand etwas mitbekommen habe.

Dann hatte sie seine Drogenabhängigkeit mitbekommen und alles versucht, ihn davon abzubringen, ihm zu einer Therapie und einem Entzug geraten. Aber er wollte und konnte sich auf nichts einlassen. Ihre Verzweiflung war immer größer geworden. Sie liebte ihn so sehr. Doch die Aussichtslosigkeit auf eine gemeinsame glückliche Zukunft schwand immer mehr. Als sie ihm gestand, schwanger von ihm zu sein, war er total ausgerastet.

»Was soll ich mit einem solchen Balg? Bist du verrückt geworden? Kannst du nicht aufpassen? Das muss weg, und zwar sofort. Lass dich hier nicht eher wieder blicken, bis die Sache aus der Welt geschafft ist«, hatte er gebrüllt.

Fluchtartig hatte sie das Haus verlassen. Schwanger von einem Drogenabhängigen, der sie zur Abtreibung zwang; den Ehemann betrogen. Um ihre Ehe zu retten, hatte sie das Ungeborene abtreiben lassen, allerdings würde sie in der Zukunft keine eigenen Kinder mehr bekommen können.

Ihre Lebensplanung war komplett aus dem Ruder gelaufen. Die letzte Hoffnung setzte sie auf die Rettung ihrer Ehe mit Thomas. Er hatte Gott sei Dank von all dem Desaster nichts mitbekommen.

Den Nachbarn in Burladingen waren Eberles häufige Besuche jedoch nicht verborgen geblieben, und bald nach seiner Rückkehr offenbarten sie Thomas Hengstätt, dass seine Frau ihn während seiner Abwesenheit hintergangen habe. Über diesen großen Treue- und Vertrauensbruch konnte er nicht hinwegkommen. Er versuchte, ihr zu verzeihen, aber letztendlich hatte er sich nicht dazu in der Lage gesehen. Schließlich bat er sie, das Haus zu verlassen. Die Situation war für beide unerträglich geworden. Sie wollten sich nach einer gewissen Zeit der Trennung unterhalten, ob sie die Scherben ihrer so hoffnungsvoll gestarteten Ehe zusammenfegen und kitten konnten.

Elvira Hengstätt hatte ihren Job aufgegeben und arbeitete nun in einem Augsburger Modegeschäft. Ihr glückliches Eheleben und ihr sehnlicher Wunsch nach einer Familie waren gnadenlos zerstört. Sie hatte es selbst vernichtet. Sie war schuld. Innerlich war sie ein Wrack.

Robert ließ sie reden. Es waren kaum Zwischenfragen nötig gewesen. Nachdem sie einmal angefangen hatte, sprach sie wie ein Wasserfall, der geprägt war von tiefster Verzweiflung, Hass, Wut, Trauer, Selbstmitleid und Schuldgefühlen. Hier kam so viel zusammen, dass sie ohne professionelle Hilfe da nicht mehr herauskommen würde.

Robert hatte sie noch gefragt, ob sie zwischenzeitlich etwas von ihm gehört habe, ob sie wüsste, wie er an das Geld für die Drogen gekommen war. Aber Eberle hatte nur andeutungsweise geantwortet, dass er sehr gute Geschäftsverbindungen in die Stuttgarter Autoszene habe und sich dadurch Geld nebenbei verschaffe. Aber ins Detail war er nicht gegangen.

Robert Becker war sich immer sicherer, wie die Dinge zusammenliefen. Eberle musste Kraftzig die zu stehlenden Wagen über den Scanner geschickt haben, die dieser dann mittels des Geräts entwenden ließ. Genauso musste es gewesen sein. Der Fall könnte kurz vor der Aufklärung stehen. Robert spürte es mit seiner langjährigen Erfahrung.

»Marion, jetzt verhören wir zum Abschluss des Tages noch Atalali. Und dann denke ich, sind wir ein großes Stück weiter.«

»Gut, Robert, aber mir wäre es sehr recht, wenn wir bald Schluss machen könnten.«

»Ja, ich will auch nach Hause. Bin schließlich seit heute Nacht auf den Beinen.«

Ein paar Minuten später saß Jared Atalali im Verhörraum. Robert und Marion betrachteten ihn durch die Einwegscheibe.

»Sieht ganz schön kaputt aus, der Typ«, konstatierte Marion.

»Du hättest den mal heute Morgen sehen müssen, als wir ihn festgesetzt haben. Da war er ein absolutes Wrack. Also, jetzt auf, damit wir Feierabend bekommen.«

Sie betraten den Raum gemeinsam.

Jared wagte es kaum aufzublicken. Der Tag hatte schlecht für ihn angefangen und er ahnte, dass er nicht viel besser enden würde.

Robert nahm die Daten von ihm noch einmal auf und stellte ihm Marion vor.

»Herr Atalali, Sie wissen, dass jetzt eine Menge gegen Sie vorliegt und wir dafür handfeste Beweise haben. Erstens: Widerstand gegen die Staatsgewalt heute Morgen. Zweitens: Gefährdung des Straßenverkehrs durch zu hohe Geschwindigkeit. Drittens: Drogen und Alkohol am Steuer. Viertens: illegaler Drogenbesitz. Fünftens: Drogenhandel. Sechstens: Verdacht auf Ermordung eines gewissen Herrn Helmut Eberle.«

Bei den ersten fünf ihm vorgehaltenen Vorwürfen hatte Atalali noch vollkommen in sich zusammengesunken auf seinem Stuhl gesessen, die Augen auf seine Schuhe gerichtet, den Rücken gebeugt, die Hände zwischen den Oberschenkeln gefaltet. Sein fettiges Haar hing ihm in langen Strähnen herab. Bei Punkt sechs schoss sein Kopf allerdings in die Höhe. Er stemmte sich mit beiden Händen auf die Tischplatte und beugte sich blitzartig vor.

Marion und Robert wehte der widerliche Atem entgegen. Beide wichen unwillkürlich zurück.

»Sie können mir vieles anhängen, aber das nun wirklich nicht. Ich bin doch kein Mörder!«

Speichel tropfte ihm aus dem Mund.

Angewidert rutschte Marion noch weiter zurück. Robert übernahm die Weiterführung des Verhörs.

»Herr Atalali, jetzt bleiben Sie mal ganz ruhig. Wir gehen eins nach dem anderen durch, wobei wir auf die ersten drei hier nicht zu sprechen kommen müssen. Die sind eindeutig. Jetzt aber zu den Punkten vier und fünf. Wir haben heute Morgen eine groß angelegte Razzia in Reutlingen durchgeführt, in die Sie einbezogen waren. Bei einer Durchsuchung Ihrer Wohnung haben wir folgende Drogen gefunden: achthundertfünfzig Ecstasytabletten; fünfhundert Gramm Marihuana und drei Röhrchen mit Angel-Dust-Tabletten. Es ist uns bekannt, dass Sie selbst stark drogenabhängig sind, aber das scheint uns dann doch ein bisschen viel auf einmal. Oder nicht?«

»Okay, ich gebe zu, dass ich den Stoff brauche, aber so viel, wie Sie bei mir gefunden haben, auch wieder nicht. Das muss mir jemand untergeschoben haben. Aber warum? Keinen blassen Schimmer!«

»Herr Atalali! Das hört sich ja an wie die wunderbare Brotvermehrung in der Bibel. Sie verbrauchen etwas. Hinterher sammeln sie die Reste wieder zusammen und dann, kennen Sie den alten Hit von Katja Ebstein ›Wunder gibt es immer wieder?‹ Dann wiederholen Sie die wundervolle Brot- und Stoffvermehrung. Herr Atalali, jetzt Butter bei die Fische. Wenn Sie mit uns zusammenarbeiten, dann wirkt sich das positiv auf das Strafmaß aus. Wenn nicht, dann reiten Sie sich in den größten Dreck rein! Eine Minute Bedenkzeit.«

Jared rutschte hin und her. Er wusste, er würde nicht rauskommen. Hauptsache, sie hängten ihm den Mord an Eberle nicht an.

»Jetzt tischen Sie uns bitte keinen Bären auf. So viel Geld haben Sie niemals, dass Sie so viel von dem Zeug bunkern können. Also woher haben Sie den Stoff und an wen haben Sie ihn verkauft? War Herr Eberle dabei? Wir haben Ihren Namen auf seinem Handy gefunden. Jetzt lassen Sie sich nicht alles aus der Nase ziehen. Wir haben übrigens heute Morgen bei der Großrazzia eine Menge Stoff sichergestellt. Wenn Sie es genau wissen wollen.« Robert blickte auf den vor ihm liegenden zusammenfassenden Bericht:

»Dreizehn Kilogramm Marihuana, fünfhundertsiebzig

Gramm Amphetamin, einhundertzwanzig Gramm Kokain, über eintausend Ecstasy- und Angel-Dust-Tabletten, eine Maschinenpistole. Sechzehn Personen, einschließlich Ihnen, sitzen in Untersuchungshaft. Und das, was wir bei Ihnen gefunden haben, ist ebenfalls in dieser Liste enthalten. Wir haben den ganzen Händlerring zerschlagen. Und einer der Beschuldigten hat Sie heute Mittag als einen Abnehmer und Dealer erkannt und angegeben, dass Sie erwerbsmäßig mit dem Stoff handeln. Nun, Herr Atalali.«

»Also ich gebe es zu. Ich habe an Eberle geliefert.« Seine Blicke wanderten von der Decke zum Boden. Die Beine hatte er unter dem Tisch gekreuzt und die Finger verschlangen sich immer wieder zu einem neuen Knäuel.

»Wo?«

»Eigentlich immer im Bürgerpark an der Stadthalle.«

»Seit wann oder wie lange?«

»So circa zwei Jahre.«

»Ja, da haben wir vor Kurzem zwei Ihrer Kollegen gefasst.«

Jareds Kopf sank auf die Brust.

»Sehen Sie, Herr Atalali, es geht doch. Und woher hatten Sie den ganzen Stoff?«

»Da kam immer ein Kurier aus Reutlingen, der hat ihn mir gebracht und ich hab dann den Großteil davon weiterverkauft. Wir sind aber nie beobachtet worden.«

»Das denken aber auch nur Sie.«

»Und was ist mit dem Mord an Helmut Eberle? Haben Sie uns da auch etwas zu sagen?«

»Für wie blöd haltet ihr mich eigentlich? Ich bringe doch nicht meinen besten Kunden um!«

»Herr Atalali, jetzt machen wir es Ihnen ganz einfach«, griff Marion Schmidt nun doch wieder ein.

»Wo waren Sie am Nachmittag des fünften Februar, also Montag zwischen siebzehn und neunzehn Uhr? Ganz einfache Frage, ganz einfache Antwort, bitte.«

Jared überlegte kurz. Dann sprudelte es aus ihm heraus.

»Dafür habe ich ein eindeutiges Alibi. Ich habe ja schon zugegeben, dass ich dem Eberle den Stoff verkauft habe. Und an dem Tag habe ich eine neue Lieferung bekommen.«

»Wo und wann?«, fragte Robert nach.

»Viertel nach fünf, halb sechs, so in etwa, am Hauptbahnhof in Reutlingen.«

»Wie heißt der Mann?«

»Samuel Lamottke.«

Robert wandte sich Marion zu: »Kannst du mal eben nachprüfen, ob wir den heute ebenfalls geschnappt haben?«

Marion ging aus dem Zimmer und kam wenige Minuten später wieder herein. Sie nickte Robert zu.

»Okay, Herr Atalali. Dann wäre es das für heute. Wenn Sie Glück haben, bestätigt Herr Lamottke Ihre Aussage.«

Er wies den Beamten an, Jared abzuführen und anschließend Samuel Lamottke vorzuführen.

»Herr Lamottke, wir haben heute Morgen einen gewissen Jared Atalali festgenommen. Er gibt an, dass er sich mit Ihnen am Montag den fünften Februar um 17.15 Uhr beim Hauptbahnhof in Reutlingen getroffen hat, um von Ihnen eine neue Lieferung Rauschgift bekommen zu haben. Können Sie diese Aussage bestätigen?« Robert blickte ihn durchdringend an.

Lamottke wich dem Blick aus und rutschte auf seinem Stuhl hin und her.

»Herr Lamottke, wir haben bei Ihnen eine größere Menge an Drogen sichergestellt. Sie sind einschlägig vorbestraft. Aus der Nummer kommen Sie sowieso nicht mehr raus. Hier geht es nicht in erster Linie um Sie, sondern um Jared Atalali. Also jetzt.«

Lamottke nickte schwach.

»Kann ich das als Bestätigung auffassen?«, hakte Robert nach.

»Ja«, hauchte der Gefragte leise.

»Danke.«

»Sie können ihn dann wieder abführen«, wandte sich Robert an den an der Wand auf einem Stuhl sitzenden Polizeibeamten.

Als die beiden den Raum verlassen hatten, fasste Marion noch einmal zusammen.

»Also, Robert, dann freue ich mich, dass es heute so gut gelaufen ist. Jetzt sind wir doch schon wieder ein Stück weiter. Bis Montag, Robert, und noch einen schönen Abend.«

Es war 17 Uhr. Die Vernehmung von Jared Atalali hatte er gut hinter sich gebracht. Er war froh, dass sie die Verbindungslinien zwischen dem jungen Dealer und dem ermordeten Eberle durch die Aussagen von Atalali hatten dingfest machen können. Aber das war ja auch sein Job. Darin war er gut. Jahrzehntelang geschult. Darin hatte er Routine. Doch vor dem nun folgenden Treffen grauste ihm. Seine Frau hatte ihn angerufen und ihn gefragt oder besser eindringlich gebeten, sich mit ihr bei Galeria Kaufhof zu treffen, um ein bisschen einkaufen zu gehen. Die Nachbarn, das Ehepaar Kiefer, würden auch mitgehen und hinterher könnten sie in einem netten Lokal ein Gläschen Wein trinken.

Robert hatte sich in sein Schicksal ergeben. Einmal im Jahr musste er in diesen sauren Apfel beißen.

Shopping, ein wahrer Graus für ihn, und jetzt auch noch mit den Kiefers. Sie war die Spießigkeit in Person und ihr Ehemann Kurt stand ihr darin nicht allzu viel nach.

Um 17.15 Uhr trafen sich die vier am Eingang zu Galeria Kaufhof.

»Lass uns in den ersten Stock gehen. Dort ist die Damen- und Herrenabteilung«, sagte Roberts Frau Renate.

Mit der Rolltreppe fuhren sie nach oben.

»Hedwig, schau doch mal. Da vorne, so ein herrliches Mäntelchen«, rief Renate ihrer Nachbarin voller Entzücken zu. Die beiden Damen wandten sich den Ständern mit den Mänteln zu.

Robert und Kurt standen eher gelangweilt zwei, drei Meter entfernt, ihre Rücken den beiden Damen zugewandt. Beide hatten sie die Hände nach hinten verschränkt. Ihre Blicke starrten ziellos in die Weite der Abteilung, doch sie schienen nirgendwo einen Halt zu finden. Gelangweilt wippten sie von einem Bein auf das andere.

Was hatte Jared gesagt? Im Bürgerpark in Reutlingen hatte er den Stoff immer an Eberle übergeben. Dieser Punkt war klar. Dafür würde er höchstwahrscheinlich einsitzen müssen. Aber der Mord an Eberle, warum sollte er einen Stammkunden ins Jenseits befördern? Das gab doch keinen Sinn. Jetzt hatte er wahrscheinlich noch ein Alibi durch diesen Lamottke, hing Robert Becker seinen Gedanken nach.

»So, ihr beiden! Jetzt schauen wir doch mal, ob wir nicht etwas für euch finden!«

Kurt trottete gehorsam hinter seiner Frau her. Er entsprach zu einhundert Prozent dem Bild von vielen Rentnern, die sich in ihrem ganzen Leben noch nie selbstständig eingekleidet hatten. Das blau karierte Hemd hatte er fein säuberlich in den Bund seiner blauen Hose gestopft, die Jeans, das letzte Andenken, das man ihm an seine Jugend gelassen hatte. Dabei war er doch nur zehn Jahre älter als Robert.

Als Renate nun Robert das blaue Langarmshirt an den Oberkörper hielt und erfreut ausrief: »Passt doch! Das steht dir richtig gut«, befleißigte sich Robert, sofort zuzustimmen.

»Sicherlich, das nehme ich gleich.«

»Willst du nicht gleich zwei davon nehmen? Schau mal, das Graue sieht doch auch schön aus.«

Wieder stimmte Robert sofort zu, in der Hoffnung, der Bundfaltenhose oder dem grauen Jäckchen zu entgehen.

Mit einer solchen Hose und einer farblosen Jacke verschwand sein Nachbar gerade in der Umkleidekabine. Als er herauskam und sich von seiner Frau begutachten ließ, sah er knapp zehn Jahre älter aus.

»Oh Gott! Oh Gott!«, murmelte Robert lautlos in sich hinein. »Renate, tu mir das nie im Leben an.«

Damit sie bloß keine Anstalten machte, dem Beispiel der Nachbarin zu folgen, holte Robert gleich zu einem Kompliment aus: »Schön, dass wir jetzt was für mich gefunden haben, Renate. Guck, die Kiefers sind auch fertig. Dann wollen wir doch jetzt zum gemütlichen Teil übergehen.«

Roberts Gedanken schweiften wieder zu seinem aktuellen Fall: Wenn Jared nicht der Mörder war, in welche Richtung sollte er dann weiter ermitteln?

KAPITEL 28

Am Montag war Marion schon früh in ihrem Büro. Die Zusammenarbeit mit ihren Kollegen machte ihr Spaß. Das war ein richtig guter Zusammenhalt. ›Eine angenehme Atmosphäre am Arbeitsplatz ist einfach das A und O‹, dachte sie. Sie fühlte sich rundherum glücklich und zufrieden.

Um 8 Uhr klingelte ihr Handy.

Sie blickte auf das Display: Lukas Behringer. Seit heute Morgen hatte sie den Namen des Leiters der KT eingespeichert und mit einem roten Herz versehen.

»Ja, Lukas?«

»Hallo Marion, Lukas hier. Ich hatte dir versprochen, dass ich mich melde, sobald wir die Spuren ausgewertet haben. Wir haben alle Schuhe mit den Abdrücken an der Klimastation verglichen. Danach können wir ausschließen, dass Ulrike Richter an der Station war. Ihre Größe und das Profil passen überhaupt nicht mit den Abdrücken überein. Bei Herrn Zwerenz sieht es dagegen schon ganz anders aus. Da passt das Profil von einem Schuhpaar zu hundert Prozent mit den Abdrücken überein. Der Zwerenz muss an der Station gewesen sein. Den könnt ihr abholen!«

»Danke Lukas, schon wieder einen Schritt weiter. Wir haben auch einiges erfahren können. Die beiden Morde müssen irgendwie zusammenhängen. Danke. Ich komme nachher bei dir vorbei!«

Sie legte auf und ging in Robert Beckers Büro, der ebenfalls früh gekommen war. Robert schaute sie fragend an.

»Ja, Robert. Jetzt können wir wieder auf die Alb. Der Zwerenz hat uns angelogen. Die Abdrücke passen zu seinen

Schuhen. Ich rufe schon mal Hinrichsen an. Den nehmen wir besser mit.«

Er kam nicht zum antworten, denn in diesem Moment betrat Manfred Zumbold in sein Büro. Aus einer Jutetasche holte er einen spiralförmigen dicken Hering zum Festmachen von Zelten sowie einen spiralförmigen, etwa fünfzig Zentimeter langen Bohrer. Ersteren hatte er im Tramperhaus in Reutlingen gefunden, den Bohrer hatte er im Gartencenter Dehner in Pfullingen am Südbahnhof käuflich erworben.

»Ich habe mir mal so meine Gedanken gemacht«, eröffnete er das Gespräch. »Könnte nicht ein solcher oder ähnlicher Gegenstand die Mordwaffe bei Herrn Eberle gewesen sein? Die Frau Bauknecht hat doch bei eurem ersten Besuch in der Gerichtsmedizin davon gesprochen, dass es ein größerer Vorbohrer, ein Schraubenzieher oder ein Eispickel gewesen sein könnte. Da habe ich mir mal so meine Gedanken gemacht. Und als ich jetzt im Dehner war, da habe ich so einen Bohrer gesehen. Vielleicht war es ja etwas in der Richtung.«

»Danke Manfred. Guter Einfall. Wir werden das prüfen lassen.«

Nachdenklich betrachtete Robert Becker die Gegenstände.

»Lass uns kurz in die Klinik fahren, Marion! Wir nehmen die beiden Gegenstände mit und dann soll uns Frau Bauknecht sagen, ob einer der beiden für die Tat an Herrn Eberle infrage kommt.«

Sie meldeten sich bei der Gerichtsmedizinerin an und fuhren direkt in die Klinik.

Christina Bauknecht betrachtete Hering und Bohrer genau.

»Der Hering ist viel zu groß, so etwas kann es nicht gewesen sein. Der Bohrer passt hingegen schon viel besser zu den Wundmerkmalen. Von der Größe her könnte es stimmen. Aber die Form war eine etwas andere.«

Wieder im Büro angekommen, riefen sie bei Hinrichsen an und teilten ihm mit, dass sie ihn gerne dabeihätten, wenn sie zu Achim Zwerenz fuhren. Kurz bevor sie abfahren wollten, betrat ihr Chef Robert Beckers Büro.

»Und, Becker? Hängen die Fälle zusammen? Haben Sie schon etwas Konkretes? Mit Ihrer Erfahrung müssten Sie doch längst weiter sein.«

»Wir gehen stark davon aus. Denke, dass wir morgen schon ein gutes Stück weiter sind.«

»Na gut, Becker. Aber schauen Sie, dass Sie schnell zu Ergebnissen kommen. Ich muss und will liefern.«

»Herr Conrads, wir geben unser Bestes. Jetzt setzen Sie uns bitte nicht noch weiter unter Druck. Wir sind ein tolles Team und wir werden den Fall oder die Fälle schon lösen. Wir arbeiten alle gut zusammen«, sprang Marion Schmidt ihrem Kollegen zur Seite. »Wir fahren jetzt auf die Alb und nehmen Achim Zwerenz fest, der war nämlich an der Klimastation, hat es im Gespräch mit uns allerdings bestritten. Er kommt für den Mord an Eberle auf jeden Fall in Betracht. Bis später, Herr Conrads. Sie entschuldigen uns.« Marion zupfte Robert am Ärmel. »Robert, wir sollten!«

Als sie die Tür hinter sich schlossen, ließen sie einen verdutzten Chef zurück.

»Mensch, Marion, den hast du aber ganz schön abgekanzelt. Das hätte ich dir gar nicht zugetraut. Danke!«

»Nicht der Rede wert, Robert. Es macht einfach Spaß, mit dir zusammenzuarbeiten, und dann lasse ich mich von so einem nicht unnötig unter Druck setzen.«

»Ich habe das Gefühl, dass du so richtig aufblühst, seitdem du mit der KT und besonders Lukas Behringer öfters zu tun hast, oder?«, wollte Robert wissen.

»Kann schon sein. Wenn es uns nützt, dann ist es doch nur gut. Ich rufe jetzt Hinrichsen an, dass wir in dreißig Minuten bei ihm auf der Dienststelle sind.«

KAPITEL 29

Montag, 12.2.2018, 10 Uhr

»Tag, Herr Hinrichsen. Sie gehören ja schon fest in unser Team. Wir sind Ihnen dankbar, dass Sie uns begleiten können«, begrüßte Robert den Kleinengstinger Polizeiobermeister.

»Ich habe schon bei ihm zu Hause angerufen. Da ist er aber nicht. Ich gehe davon aus, dass er zurzeit bei der Arbeit ist.«

»Und wo ist das?«

»Trochtelfingen, da arbeitet er in einer großen Plastik verarbeitenden Firma. Ich habe mich schon mal vorsichtig erkundigt. Er ist da.«

»Dann auf nach Trochtelfingen«, sagte Robert.

Sie fuhren mit zwei Wagen. Hinrichsen nahm zusätzlich seinen Kollegen mit. Die elf Kilometer von Kleinengstingen nach Trochtelfingen hatten sie innerhalb von zehn Minuten bewältigt.

Als Achim Zwerenz die vier Polizisten in den Hof einfahren sah, verspürte er einen Stich in seinem Magen. Es war, als hätte man ihm ein Messer in den Bauch gerammt. Gehetzt blickte er sich um. Er sah, wie Hinrichsen sich am Ausgangstor der Lagerhalle platzierte. In der Werkhalle, in der er sich befand, gab es nur zwei Ausgänge. Seine Blicke hetzten von Tür zu Tür. Die Notausgangstür war durch einen großen Stahlbehälter vollkommen zugestellt. Es gab nur noch die eine Tür. Flucht zwecklos. Er mahnte sich zur Ruhe. Atmete tief ein. Schloss die Augen. ›Ganz tief Luft holen, ruhig bleiben‹, dachte er sich.

Scheinbar teilnahmslos wandte er sich wieder seinem Werkstück zu und schien in seine Arbeit vertieft, als Robert ihn ansprach.

Da er nicht reagierte, stellte Marion Schmidt die Maschine aus. Achim Zwerenz griff zu seinen Ohrschützern und gab sich vollkommen überrascht.

»Ach, Herr Becker, was für eine Überraschung. Sie hätten mir meine Schuhe aber nicht in die Firma bringen müssen. Das hätte auch heute Abend noch gereicht. Finde ich aber sehr nett. Vielen Dank!«

»Herr Zwerenz, Ihre Schuhe haben wir noch in Reutlingen. Sie waren zur Tatzeit an der Klimastation. Sie haben uns belogen. Wir nehmen Sie vorläufig fest. Sie stehen unter dem dringenden Verdacht, den Naturforscher Helmut Eberle ermordet zu haben.«

Achim Zwerenz sah, dass es kein Entrinnen gab.

»Ich habe ihn nicht umgebracht. Ich war es nicht. Warum hätte ich den Eberle umbringen sollen? Dafür gibt es doch gar keinen Grund.«

»Herr Zwerenz, bitte kommen Sie mit uns. Wir haben gesagt, dass Sie dringend der Tat verdächtig sind, aber noch nicht, dass Sie es auch waren. Das werden wir herausfinden müssen.«

Zwerenz' Körperspannung fiel von einer Sekunde zur anderen in sich zusammen. Vor ihnen stand ein Häufchen Elend, das sich wortlos abführen ließ.

KAPITEL 30

Hinrichsen und sein Kollege führten Achim Zwerenz zwischen sich in den Vernehmungsraum des Reutlinger Polizeipräsidiums. Da saß er auf einem einfachen Holzstuhl, vollkommen in sich zusammengesunken. Kurz darauf erschienen Robert Becker und Marion Schmidt. Robert hielt einen dunkelroten Ösenhefter in der Hand, auf dessen Deckel mit einem großen Edding der Name »Helmut Eberle« verzeichnet war.

Marion Schmidt hatte in der KT den Gipsabdruck sowie ein Paar Schuhe von Achim Zwerenz geholt und hielt nun alles in den Händen.

Ganz leise platzierte sie den Gipsabdruck vor dem Älbler auf den Tisch. Dann griff sie zu einem der Laufschuhe und legte ihn genau in den Abdruck. Robert und Marion schauten ihn an.

»Herr Zwerenz! Dieser Laufschuh erzählt uns eine Geschichte, die ein wenig von der Ihrigen abweicht. Dieser Schuh, der zweifelsfrei Ihnen gehört, berichtet uns, dass ein gewisser Achim Zwerenz, und zwar genau der Achim Zwerenz, der uns jetzt in diesem Augenblick gegenübersitzt, zur Tatzeit an der Klimastation von Herrn Kunold gewesen ist. Nun erzählen Sie uns aber eine ganz andere Geschichte, welche wirklich nicht mit der unseren zusammenpasst. Da unsere aber eindeutig ist, frage ich Sie, warum Sie uns angelogen haben? Herr Zwerenz, wir haben Sie am Wickel. Aus der Nummer kommen Sie nicht mehr heraus. Also würden wir jetzt gerne von Ihnen ganz persönlich hören, dass Sie da waren.« Roberts Stimme klang sehr bestimmt.

Achim Zwerenz reagierte nicht.

»Herr Zwerenz. Ein Geständnis könnte Ihre Situation vor Gericht verbessern. Arbeiten Sie bitte mit uns zusammen.«

Ein Weinkrampf schüttelte den Körper des Verhörten.

Marion trat hinter ihn und legte ihre linke Hand auf seine Schulter.

»Herr Zwerenz, erleichtern Sie sich. Ich kann Ihnen versichern, dass es besser wird, wenn Sie es erst einmal herausgelassen haben.«

Achim Zwerenz griff zum Wasserglas. Er versuchte es zum Mund zu führen. Allerdings zitterte seine Hand so stark, dass die Hälfte des Wassers verschüttet wurde. Er nahm die zweite Hand zur Hilfe, führte das Glas zum Mund und trank einen kleinen Schluck.

»Nun, Herr Zwerenz!«, forderte Robert ihn noch einmal auf.

»Ich gebe ja zu, dass ich da oben gelaufen bin. Es war ein so herrliches Wetter. Ideal zum Joggen. Und um diese Zeit sind die meisten der Touristen schon wieder weg. Ich bin von zu Hause aus losgelaufen. Bereite mich gerade auf einen Halbmarathon im April vor und da wollte ich noch eine große Runde drehen. Also bin ich bis zum Parkplatz unten, da, wo man in die Langlaufloipe einsteigt, gejoggt. Von dort bin ich der Loipe gefolgt und so von unten Richtung Klimastation gekommen. Ich habe noch kurz überlegt, ob ich den Schlenker nach links nehmen oder ob ich zwischen den beiden Stationen hindurch bis zum Ende des Golfplatzes laufen soll.«

Je mehr er sprach, desto deutlicher wurden seine Worte.

Allerdings geriet er nun wieder leicht ins Stottern.

»Doch dann meinte ich, etwas im Inneren der Station gesehen zu haben. Da sind ja verschiedene Messgeräte drin. Davor steht so ein hoher Metallsender oder so etwas Ähnliches. Dann ist mir aufgefallen, dass die Tür offenstand. Das habe ich noch nie erlebt. Den Kunold kenne ich ebenfalls nur aus dem Fernsehen. Der war sicherlich noch nie da. Ich habe ihn auf jeden Fall noch nicht gesehen. Ja und dann, dann lag da jemand. So an dem Fuß von diesem Messinstrument. Ich bin rein. Doch dann habe ich sofort gesehen, dass da wohl nichts mehr zu machen war. Der war tot. Ich habe noch gesehen, wie Blut aus seinem Rücken, der Brust und seinem Mund lief. Der Schnee war schon ganz rot. Was sollte ich denn machen? Wenn man mich so antreffen würde, müssten mich ja alle für den Täter halten. Aber ich war es nicht. Herr Kommissar, ich war es nicht. Das müssen Sie mir glauben. Ich schwöre es Ihnen. Ich war's nicht.«

»Warum haben Sie dann keine Hilfe geholt?«

»Weiß ich auch nicht. In dem Moment kam von dem oberen Weg eine andere Person herunter, und da bin ich komplett durchgedreht und in Panik weggerannt. Es sollte mich auf keinen Fall jemand sehen. Zumal der Eberle ja nun sowieso schon tot war. Da war nichts mehr zu machen.«

»Herr Zwerenz, selbst wenn Sie nicht der Täter waren, dann haben Sie da einen riesigen Bockmist gebaut. Dafür können wir Sie belangen. Unterlassung von Hilfeleistungen und Vertuschung einer Straftat.«

Robert und Marion sahen, dass jeglicher Widerstand gebrochen war.

»Herr Zwerenz«, setzte Robert noch einmal an, »wenn Sie noch einigermaßen glimpflich aus der Sache herauskommen wollen, dann kooperieren Sie jetzt mit uns. Momentan spricht aber sehr viel gegen Sie. Das müssen Sie doch selbst einsehen!«

»Ich habe eine riesige Dummheit gemacht. Das sehe ich hundertprozentig ein. Aber ich war's nicht!«

»Wohin sind Sie anschließend gelaufen?«

»Ich habe versucht, den Kopf frei zu bekommen und deshalb den Bogen über die Seitzhütte und den Waldspielplatz genommen, um so wieder nach Hause zu gelangen. Gegen Viertel nach sechs war ich wieder zurück.«

»Okay, Herr Zwerenz. In dieser Sache müssen wir Sie aber auf jeden Fall hierbehalten. Da spricht noch vieles gegen Sie«, schaltete sich nun Marion Schmidt ein.

»Herr Zwerenz, dann gehen wir mal weiter. Wann waren Sie eigentlich das letzte Mal in Stuttgart?«, führte Robert Becker die Befragung fort.

»Was soll das denn jetzt? Nach Stuttgart komme ich so gut wie gar nicht; habe ja auch keinerlei Verbindungen dorthin.«

»Beantworten Sie einfach meine Frage!«, wurde Robert von einer Minute zur anderen ungeduldiger.

»Zuletzt vor ein paar Wochen. Da war ich beim Heimspiel des VfB Stuttgart gegen Freiburg. Ich hatte zwei Freikarten bekommen und habe einen Bekannten eingeladen. Was soll denn diese Frage?«

»Gestern Abend waren Sie nicht in der Landeshauptstadt?«, fragte ihn Marion.

»Jetzt hören Sie aber auf. Was wollen Sie mir denn noch alles anhängen? Ich war gestern ganz friedlich zu Hause. Geschlafen habe ich allerdings sehr schlecht, weil mir die Sache mit dem Eberle immer noch durch den Kopf gegangen ist. Ich habe überhaupt nicht in den Schlaf gefunden. Deshalb bin ich immer wieder vor dem Fernseher gesessen und habe mir einen Film nach dem anderen reingezogen.«

»Haben Sie Zeugen dafür? Könnte es auch sein, dass Sie in Stuttgart waren, im Autohaus Kraftzig?«

»Jetzt hören Sie aber auf. Erstens war ich nicht in Stuttgart, zweitens kenne ich kein Autohaus Kraftzig. Drittens war ich zu Hause und viertens kann meine Frau das bezeugen!«

Sein Atem wurde immer schwerer.

»Jetzt lassen Sie mich doch mit der ganzen Sache in Ruhe. Ich habe Ihnen gesagt, dass ich von der Klimastation weggelaufen bin. Das war falsch. Da habe ich Mist gebaut, aber ich habe weder Herrn Eberle ermordet noch war ich gestern Abend in Stuttgart. So war es!«

»Gut, Herr Zwerenz, wir werden das alles nachprüfen. Da spricht zu vieles gegen Sie«, sagte Robert.

»Bringen Sie ihn bitte in eine unserer Zellen!«, wandte sich Robert Becker an den Beamten, der die ganze Zeit, an der Wand lehnend, das Gespräch verfolgt hatte.

»Glaubst du ihm?«, fragte Marion ihren Kollegen.

»Ich glaube bald gar nichts mehr. Die Spuren an der Klimastation sprechen eindeutig gegen ihn. Die Überprüfung der Schuhspuren hat eindeutig ergeben, dass die Abdrücke der Laufschuhe den Schuhen von Zwerenz zuzuordnen sind. Bei der Stuttgarter Sache müssen wir die Obduktion und die Ergebnisse der Kriminaltechnik abwarten.«

KAPITEL 31

»Christina Bauknecht«, meldete sich die adrette Pathologin am nächsten Vormittag bei Robert Becker.

»Das ist aber eine große Freude, dass Sie anrufen. Wie geht es Ihnen?«

»Sehr gut, Herr Becker. Also wir sind, so denke ich, fertig mit der Obduktion. Der Bericht ist schon an Sie unterwegs. Vielleicht könnten Sie mich zurückrufen, wenn Sie ihn gelesen haben, und dann fände ich es gut, wenn Sie persönlich bei mir vorbeikommen. Bei manchen Dingen ist es eindeutiger, wenn man das Geschriebene selbst in Augenschein nehmen kann.«

»Sehr gerne, Frau Bauknecht. Ich rufe Sie nachher zurück.«

»Also dann, bis später.«

Kurz darauf hatte Robert Becker den fertigen Obduktionsbericht über Helmut Eberle auf dem Tisch liegen. Er ließ alles andere stehen und liegen und wandte sich sofort den neuesten Erkenntnissen zu. Er gab Marion Schmidt Bescheid, dass er sofort in die Gerichtsmedizin wolle.

»Ich komme gerne mit. Irgendjemand muss schließlich auf dich aufpassen, dass du keine Dummheiten machst.«

Sie schmunzelte.

»Herr Becker, möchten Sie nicht Ihr Büro bei uns einrichten?«, empfing Christina Bauknecht Marion und Robert.

»Unsere Kundschaft ist doch meistens identisch. Und bei mir hätten Sie es etwas ruhiger. Da redet Ihnen niemand dazwischen. Ein sehr stiller Arbeitsplatz bei uns hier in der Pathologie.«

»Liebe Frau Bauknecht, wir schätzen Ihre Arbeit sehr und sind äußerst dankbar für Ihre tolle Unterstützung, aber ich persönlich bin Polizist geworden, weil ich mich unter Menschen bewegen will und die Kommunikation liebe. Die Toten reden leider so wenig. Aber Ihr Angebot ehrt mich sehr.« Er lächelte sie an.

Christina Bauknecht verzog die Mundwinkel zu einem netten Lächeln und fuhr dann fort.

»Also, dann jetzt zum Bericht. Der Täter muss eindeutig größer oder mindestens genauso groß wie der Ermordete gewesen sein. Der Einstich kam eindeutig von oben. Sehen Sie sich noch einmal den Einstichkanal an.«

Sie deckte den Leichnam auf und erklärte den beiden Kommissaren, wie der Stich zustande gekommen sein musste.

»Er ist mit einem spiralförmigen Gegenstand ermordet worden.«

»Frau Bauknecht, können Sie ausschließen, dass der Täter kleiner war als Helmut Eberle?«

»Wenn ich nicht alles falsch gemacht habe, dann kann er nicht kleiner gewesen sein. Warum?«

»Wir haben da noch jemanden bei uns im Präsidium, Achim Zwerenz, der ist in etwa 1,65 Meter. Auf jeden Fall ist er nicht größer als Herr Eberle, sondern eher kleiner. Außerdem hat er viel eher eine Läuferfigur, also drahtig und ausdauernd, und kein Sixpack. Er ist kein sogenanntes Muskelpaket.«

»Hat er denn ein Alibi?«

»Zum Todeszeitpunkt von Eberle hat er kein Alibi. Er gibt sogar zu, dass er zu dem besagten Zeitpunkt an der Klimastation gewesen ist«, antwortete Robert.

»Den würde ich auf jeden Fall nach meinen Untersuchungen mal vorläufig ausschließen, aber das müssen Sie entscheiden, Herr Becker. Zumindest vom Einstichwinkel scheint mir Ihr Herr Zwerenz mehr als fraglich zu sein.«

»Dann können wir den Seltschuk wohl gleich mit vergessen«, murmelte Robert vor sich hin.

»Wie?«, fragte Christina Bauknecht.

»Ach, war nur so ein Gedanke. Wir haben ein 1,60 Meter kleines Kraftpaket bei uns.«

»Also 1,60 Meter. Da müsste er schon gut im Stabhochsprung sein«, antwortete Christina Bauknecht.

»Danke, Frau Bauknecht. Das hilft uns weiter. Und das mit dem Büro bei Ihnen überlege ich mir sehr gerne. Aber ab und zu reden unsere Klienten und Besucher auch noch. So gerne ich zu Ihnen komme, so hoffe ich aber auch, dass zur Förderung unserer Zusammenarbeit nicht jeden Tag jemand in unserem Einzugsgebiet ermordet wird. Wir können uns, wenn Sie wollen, gerne einmal privat treffen.«

Christina Bauknecht ließ die Aussage unkommentiert.

Marion blickte ihn mit großen Augen an. Das Erstaunen war ihr ins Gesicht geschrieben.

»Herzlichen Dank, Frau Bauknecht. Was täten wir nur ohne Sie? Wir wären sicherlich vollkommen aufgeschmissen.« Robert lächelte sie an.

Marion schüttelte unmerklich den Kopf.

»Und Zwerenz? Sein Alibi vom Mordzeitpunkt Kraftzig müssen wir noch genauestens prüfen«, führte Marion die Zusammenfassung zu einem vorläufigen Schluss.

Jetzt waren sie in der Sache Zwerenz zwar ein großes Stück weiter, aber auf der Suche nach einem Täter waren sie von einer Lösung entfernter als zuvor.

Wieder im Büro angekommen, ließen sie Achim Zwerenz vorführen und teilten ihm mit, dass er gehen konnte. Dieser verließ das Präsidium, obwohl er wusste, dass die Sache wegen unterlassener Hilfeleistung für ihn mit Sicherheit ein Nachspiel haben würde und keinesfalls zu Ende war.

Marion und Robert blickten sich fragend und etwas ratlos an.

Zwerenz frei, Seltschuk mussten sie nach dem Bericht von Christina Bauknecht wohl ebenfalls auf freien Fuß setzen, die Lowinskis konnten es nicht gewesen sein, Kunold hatte überhaupt kein Motiv. Es blieb nur noch das letzte Fußspurenpaar, dem sie aber bisher keine Person zuordnen konnten. Die Spuren der kleinen Winterstiefel und der leicht abgelaufenen Joggingschuhe waren eindeutig Seltschuk und Zwerenz zuzuordnen. Nun standen sie mit vollkommen leeren Händen da, was Benno Conrads nicht gerade in Lobesgesänge ausbrechen lassen würde. Er verlangte schnellere und fassbare Erfolge sowie die alsbaldige Präsentation eines Täters.

»Marion, jetzt machen wir Schluss für heute. Ich hatte dir versprochen, dass wir etwas mehr nach uns schauen sollen. Also bis morgen.«

»Danke Robert. Bist doch ein zuverlässiger Kollege.«

Enttäuscht beendeten Robert und Marion an diesem Abend ihren Arbeitstag. So kurz vor der Aufklärung gestanden, und dann waren doch alle Ereignisse wieder im Sand verlaufen.

Robert Becker schlenderte noch ein paar Meter durch die Wilhelmstraße und ging dann zum Friedhof »Unter den Linden«.

Ganz ruhig ging er durch das Eingangstor.

›Eine himmlische Ruhe‹, dachte er sich, als er dieses riesige Gräberfeld betrat.

Kaum etwas war von außen zu hören. Über das Gelände schallten nur die Geräusche von Arbeiten, die von Friedhofsmitarbeitern ausgeführt wurden. Ein Grab wurde mit dem Bagger ausgehoben, Erde wurde auf einen gerade frisch Beigesetzten geschaufelt, leicht hallten gedämpfte Hammerschläge.

›Himmlische Ruhe‹, dachte er noch einmal für sich. Aber die, die jetzt hier unten in der Erde lagen, sollten gleichzeitig im Himmel sein? Kaum vorstellbar. Ein paar waren bestimmt auch in der Hölle gelandet. Nur gelegentlich hörte er die Sirenen eines Krankenwagens oder eines Polizeiautos von außerhalb der Mauern, als er auf den Weg zum Grab seiner Eltern einbog. So lange waren sie noch gar nicht tot. Sein Vater 2014, seine Mutter 2016. Als er das Grab nur rund achtzig Meter vom Eingang erreicht hatte, hielt er inne, faltete die Hände. Er sprach kein Gebet, er sprach mit seinen Eltern. Auch wenn er jetzt nah an die sechzig ging, so ging ihm der Tod seiner Mutter und seines Vaters doch nach. Er säuberte die steinerne Grabumrandung zunächst mit seinen Schuhen und wischte dann ein wenig mit ein paar Tempos nach.

So ungefähr alle sieben Tage kam er hierher, um einmal aus dem hektischen Alltag auszubrechen.

Es war so einfach gewesen auf die Trauerkarte zu schreiben: *In unserer Erinnerung wird sie weiterleben.* Oder bei seinem Vater: *Sein Platz wird immer in unserer Mitte sein.*

Dann musste man auch etwas dafür tun, wenn es so bleiben sollte. Aus diesem Grund kam er einmal pro Woche.

Er bekreuzigte sich und verneigte sich. Dann verließ er den Friedhof. Kaum hatte er die Straße »Unter den Linden« betreten, war er Teil des hektischen Alltagslebens der Reutlinger Stadt. Von oben rechts, aus Richtung Rommelsbach kommend, fuhren die Leute stadteinwärts. Von links unten kommend ging es Richtung Orschel-Hagen und zur B 464 nach Stuttgart.

Da wurde seine Aufmerksamkeit auf drei Luxuskarossen gelenkt: Ein Jaguar und ein Porsche 911, gefolgt von einem hochpreisigen Mercedes: Stoßstange an Stoßstange stadtauswärts.

Eberle, Kraftzig, Atalali. Alle Fäden liefen bei Eberle zusammen. Von Jared die Drogen, die Autos zu Kraftzig. Das Dreieck. Jetzt musste er es nur noch fein säuberlich zusammenführen. Er wusste, dass er den Schlüssel zum Mord und den Autodiebstählen gefunden hatte. Sofort rief er den Kollegen Walter in Stuttgart an.

»Herr Walter, ich gehe davon aus, dass in einer halben Stunde drei Nobelkarossen beim Autohaus Kraftzig einlaufen werden. Bitte machen Sie die Halle auf und platzieren Sie zwei Ihrer Beamten in einem Blaumann dort. Ich denke, dass wir jetzt die Autohehlerei aufdecken werden. Es müsste mit dem Teufel zugehen, wenn es nicht so wäre.«

Fünfundvierzig Minuten später klingelte sein Handy.

»Karl Walter. Vielen Dank, Herr Becker. Wir haben sie. Wir hören voneinander.«

»Und seid ihr weitergekommen? Hast du den Fall zu Ende gebracht«, empfing ihn seine Frau Renate, als er gegen 18.30 Uhr ermattet nach Hause kam.

»Zumindest die Autodiebe haben wir. Der Kollege in Stuttgart hat sie gerade festgenommen. Jetzt fehlen uns noch der oder die Mörder, aber ich denke, dass wir das auch noch hinbekommen. Lass uns jetzt von etwas anderem reden. Den Abend sollten wir lieber damit verbringen, den Urlaub für den nächsten Sommer zu planen.«

Robert stand mit zwei ungeöffneten Flaschen Rotwein vor ihr und führte abwechselnd die linke und die rechte Hand nach oben.

»Italien oder Spanien? Wonach würde dir mehr der Sinn stehen?«

Renate überlegte und schaute ihn bedeutungsschwanger an.

»In Italien sind wir doch jetzt schon ein paarmal gewesen. Aber Andalusien, da würde ich gerne einmal hingehen und mir einiges ansehen.«

»Okay! Dann mache ich den Rioja auf.«

Robert holte einen Korkenzieher aus der Küchentischschublade und öffnete die Flasche. Als er den Korken mit einem vernehmlichen »Plopp« aus dem Flaschenhals zog, wurde auch in seinen Gehirnwindungen eine Öffnung frei.

KAPITEL 32

Am nächsten Morgen unterrichtete Robert Marion Schmidt und Manfred Zumbold von der Verhaftung der Autodiebe. Jetzt warteten sie auf den Anruf von Karl Walter, um nähere Einzelheiten zu erfahren.

Um 10 Uhr klingelte das Telefon. Der Stuttgarter Kollege berichtete ihnen ausführlich über die Festnahme und das stundenlange Verhör. Die dreisten Diebe waren auf frischer Tat ertappt worden, und die bisher sichergestellten Spuren in der Kfz-Halle sprachen ebenfalls eindeutig gegen sie. Sie bestätigten die bisherigen Annahmen, dass die Wagen mittels Car-Scanner gestohlen worden waren und dass Eberle der Ausgangspunkt der Diebstahlserie auf der Alb war; nur den Mord an Kraftzig, den bestritten sie heftig. Damit hätten sie absolut nichts zu tun.

Robert und Marion ließen sich Rafael Seltschuk noch einmal vorführen.

»Herr Seltschuk. Die Obduktion hat ergeben, dass Sie für den Mord an Herrn Eberle nicht infrage kommen. In der Angelegenheit mit Ihrem Ex-Chef sind wir allerdings noch nicht weiter gekommen. Wegen der Autosache werden Sie sich verantworten müssen. Das ist Ihnen hoffentlich klar. Da sind Sie nicht raus. Allerdings dürfen Sie für heute gehen. Sie werden sich allerdings zu unserer Verfügung halten.« Er wies den anwesenden Beamten an, Seltschuk vor die Tür zu begleiten.

Seltschuk schaute Robert grimmig an. Doch Robert Becker blieb unbewegt.

»Herr Seltschuk, da Sie nicht unerheblich mit uns zusammengearbeitet haben und ich Ihnen schon gesagt habe, dass ich Ihnen behilflich sein möchte, gebe ich Ihnen mal einen kleinen Tipp: Schauen Sie sich doch mal ihr Gesicht da im Spiegel an. Was sehen Sie da?«

Rafael Seltschuk blickte Robert Becker und Marion Schmidt verständnislos an.

»Nun, Herr Seltschuk?«

Der Angesprochene schaute in den Spiegel an der Wand und zuckte fragend mit den Achseln.

»Sie haben hier zwei Sterntattoos auf ihren Backen. Jetzt mögen die noch ganz gut aussehen, wo Sie ein volles Gesicht haben. Aber sobald dann mal die ersten Falten kommen, werden die wahrscheinlich wie abstürzende Sternschnuppen in einer Klatschpappe von einer Hallensportveranstaltung aussehen: zerknittert, schrumpelig, einfach nicht mehr ansehnlich. Vielleicht kann derjenige, der Ihnen die gestochen hat, die auch wieder entfernen. Ich weiß nicht, wie das geht, aber da gibt es bestimmt Möglichkeiten. Würde Ihre weiteren Berufschancen sicherlich erhöhen. Aber das ist Ihre Sache, Herr Seltschuk.«

»Ich habe meinen Chef nicht umgebracht, das müssen Sie mir glauben, Herr Kommissar. Ich war's nicht.«

»Das wird sich herausstellen.«

Robert deutete dem Beamten noch einmal an, Seltschuk abzuführen.

Er ließ sich abführen und betrachtete noch einmal nachdenklich sein Gesicht im Spiegel.

Robert Becker unterrichtete die frühere Frau Eberle und jetzige Cornelia Schelling sowie Elvira Hengstätt, dass der Leichnam nun zur Bestattung freigegeben war und sie dementsprechend alle weiteren Schritte vorbereiten konnten.

KAPITEL 33

Mittwoch, 14.2.2018, 14 Uhr

Am Nachmittag vor der Beerdigung lud das Ermittlerduo Cornelia Schelling und Elvira Hengstätt ein weiteres Mal zu einem persönlichen Gespräch auf das Präsidium ein, um sich im Sechs-Augen-Gespräch den Charakter von Helmut Eberle erläutern zu lassen.

Beide berichteten übereinstimmend, dass er sich im Laufe der Zeit immer mehr verändert habe. Nach der Scheidung von seiner Frau hatte er sich Elvira Hengstätt zunächst von einer ganz anderen Seite gezeigt, bevor er sein wahres Gesicht offenbarte.

»Aber das habe ich Ihnen schon alles am Telefon erläutert«, fügte Elvira Hengstätt erneut hinzu.

So hatte die Befragung keine wesentlichen weiteren Ergebnisse geliefert.

Robert und Marion verabschiedeten sich von den beiden Frauen mit der Ankündigung, dass sie ebenfalls der Beisetzung beiwohnen wollten. Ein paarmal hatten sie es schon erlebt, dass sich ein Täter unter das Trauervolk mischte oder selbst zum engsten Verwandtenkreis gehörte. Diesen Weg wollten sie sich nicht verbauen.

Robert und Marion gingen zum Kaffeeautomaten auf dem Flur und ließen sich zwei Kaffee raus. An der Wand lehnend versuchte Robert, ungeklärte Aspekte zusammenzufassen.

»Marion, es sind einfach noch viele Fragen offen. Was war das Motiv für den Mord an Eberle? Hass und unbändige Wut? Darauf lässt einiges schließen. Der Obduktionsbericht, das Drehen der Waffe in der Brust und die Aussagen von

Christina Bauknecht scheinen in diese Richtung zu deuten. Irgendetwas muss kurz vor dem Mord geschehen sein«, formulierte Robert seine Gedanken.

»Dafür würden auch die Spuren im Schnee sprechen. Es war in der Nacht aufgrund der Temperaturen nicht mit weiteren Schneefällen zu rechnen. Viel zu kalt. Vielleicht eine Affekthandlung. Der Mörder hat den Aspekt mit den Spuren im Schnee vollkommen außer Acht gelassen. Wir sollten herausfinden, mit wem der Eberle kurz vorher noch zusammengetroffen ist. Fest steht, dass er in der ›Albsonne‹ war. Aber da war ja nichts Besonderes. Sagen zumindest der Besitzer und der Koch.«

Marion ging mit ihrer Tasse vom Kaffeeautomaten zur Tür des Flures und wieder zurück.

Robert schaute sie an.

»Der Eberle hat doch mit dem Kraftzig zusammengearbeitet. Was ist, wenn er vielleicht die Autodiebe hintergangen hat? Sein Drogenkonsum war ja schließlich nicht billig.«

Marion schaute ihn fragend an: »Du meinst, dass jemand von den Autodieben infrage kommt?« Marion unterbrach ihr Auf- und Abgehen auf dem Flur und nippte erneut an ihrem Kaffee. Dann fuhr sie fort: »Sie haben die Diebstähle zwar zugegeben, aber den Mord an Kraftzig haben sie abgestritten.«

»Robert blickte seine Kollegin mit einem Stirnrunzeln an. »Ja, für Mord muss ich auch länger sitzen als für Autodiebstahl. Da ist es nur zu verständlich, wenn ich das abstreite. Aber haben die Kollegen in Stuttgart auch noch nach dem Mord an Eberle gefragt?«

Robert trank den letzten Schluck seines Kaffees und warf den Pappbecher dann in den neben dem Automaten stehenden Müllbehälter.

»Wir müssen uns die Bande ebenfalls noch mal vornehmen. Ich rufe den Kollegen Walter noch mal an.«

»Du meinst, wir sollten die Diebe gemeinsam verhören?« Marion hatte sich neben ihren Kollegen auf den Stuhl gesetzt.

Ihr Gespräch wurde kurzzeitig unterbrochen, weil zwei Beamten einen circa fünfzigjährigen Mann gerade zwischen sich über den Flur in eines der Zimmer führten. Robert schaute Marion erneut an. »Genau das müssten wir machen. Wir dürfen nichts außer Acht lassen. Ich erledige das jetzt noch. Ein Verhör können wir morgen vor oder nach der Beerdigung in Angriff nehmen. Du machst jetzt mal Feierabend!«

»Danke Robert.«

»Warte noch einen Augenblick. Ich rufe eben an, dann wissen wir, wann wir es machen können.«

Robert ging in sein Zimmer, während Marion in ihrem Büro den PC herunterfuhr und dann wieder auf den Flur hinaustrat. Fünf Minuten später kam Robert zurück.

»Morgen um 16 Uhr in Stuttgart. Jetzt machen wir aber Schluss für heute.

»Also, Marion, dann bis morgen früh. Jetzt genieße mal den Abend mit Lukas. Ihr wolltet doch ins Theater«, verabschiedete sich Robert von Marion.

»Ja, ich freue mich schon sehr darauf. Und jetzt klappt es wohl sogar, dass wir vorher türkisch essen gehen. Habe ich noch nie gemacht. Bin ganz gespannt darauf.«

»Danke, Robert, dass wir heute so zeitig Feierabend machen können.«

»Kein Problem. Wir müssen wirklich etwas mehr auf uns selbst achten.«

Marion und Lukas erlebten einen köstlichen Abend im LTT. Beim Theatersport war sie noch nie gewesen, aber sehr viel davon gehört hatte sie bereits. In dem voll besetzten Saal hatten sie hervorragende Plätze bekommen.

Egal, was die Akteure auf der Bühne präsentierten, ob es das »ABC-Spiel« oder »Professor Dreikopf« war oder der »Gebärdendolmetscher«, alles riss die beiden frisch Verliebten vor Lachen fast von den Stühlen. Auf jedes Stichwort hatte der jeweilige Spielpartner die passende Antwort oder Fortsetzung. Und alles war improvisiert. Das heißt, außer dem äußeren Rahmen war nichts vorbereitet. Das war für Marion Schmidt höchste Schauspielkunst. So etwas würde sie auch gerne können. Vielleicht war es möglich, so etwas irgendwann zu erlernen. Sie würde sich erkundigen, ob es da nicht irgendwelche Kurse gäbe, bei denen man in die Technik des Improvisationstheaters eingeführt wurde. Als Lukas Marion an der Haustür in Rommelsbach verabschiedete, strahlte sie über das ganze Gesicht. So einen schönen Abend hatte sie schon lange nicht mehr gehabt.

KAPITEL 34

Am nächsten Morgen erschien Marion gut gelaunt wie schon lange nicht mehr zur Arbeit. Robert machte ein vielsagendes Gesicht und begrüßte sie herzlich.

»Na, Marion. So gut gelaunt? Freust du dich auf die Beerdigung von Herrn Eberle? In manchen Kulturen, die den Totenkult besonders herausstellen, sind die Bestattung oder die Totenverbrennung ja ein besonderes Freudenfest. Aber in Engstingen wird Herr Eberle ganz normal im Sarg in der Erde versenkt. Kann mir nicht vorstellen, dass das so viel Vorfreude bei dir auslöst?«

»Ach was, Robert. Es war einfach nur ein schöner Abend gestern im LTT. So etwas Tolles habe ich schon lange nicht mehr erlebt. Da solltest du auch mal mit deiner Frau hin.«

»Danke für den Tipp. Freut mich, dass es dir so gut gefallen hat. Aber heute Nachmittag sollten wir rechtzeitig oben in Engstingen sein. Ich möchte mir die Trauergesellschaft schon etwas genauer anschauen.«

»Wir können kurz nach zwölf hier wegfahren Robert. Das müsste locker reichen. Dann sind wir gegen Viertel vor eins oben. Ich habe meine schwarzen Sachen dabei. Die Beisetzung ist, wenn ich es richtig gelesen habe, um halb zwei.«

Als Marion Schmidt und Robert Becker an der Aussegnungshalle in Engstingen eintrafen, hatte sich schon eine große Menschenmenge versammelt. Rechts stand eine Abordnung des Naturschutzbundes mit einer überdimensionalen Fahne. Im Hintergrund hatten sich die Schwäbischen Albmusikanten in ihrer rot-schwarzen Tracht zu einer

Gruppe zusammengestellt. Sie würden sicherlich im Rahmen der Trauerzeremonie zum Einsatz kommen. Rechts vor der Halle war ein Kondolenzbuch ausgelegt, vor dem sich bereits eine lange Schlange gebildet hatte. Der Tote musste besonders beliebt und bekannt im Ort gewesen sein. Schon als Robert und Marion in das Albdorf eingefahren waren, hatten sie unzählige Menschen in Schwarz auf dem Weg zum Friedhof gesehen.

»Die beste Zeit, um hier eine Einbruchsserie zu starten. Was meinst du Robert?«

»Wie kommst du denn jetzt darauf?«

»Schau doch mal genau hin. Wenn so viele Menschen zur Beerdigung gehen, dann müssen doch unheimlich viele Häuser leer stehen. Und wie lange dauert so eine Beerdigung? Zwei Stunden kannst du schon mit Hin- und Rückweg einrechnen. Das reicht doch locker für so einen kleinen unbemerkten Einbruch.«

»Setz' es doch in die Zeitung, wenn du die Diebstahlquote auf der Alb erhöhen möchtest«, entgegnete ihr Robert.

»Muss ich doch gar nicht. Das machen die Angehörigen mit der Todesanzeige doch schon selbst«, antwortete Marion.

Robert schaute sie verwundert an. »Auf Ideen kommst du!«

Marion und Robert stellten sich etwas abseits hin, um die gesamte Trauergesellschaft besser im Blick zu haben.

Cornelia Schelling mitsamt Tochter hatte in der ersten Reihe Platz genommen, während Elvira Hengstätt sich etwas weiter hinten in der vierten Reihe platziert hatte.

Die Ermittler sahen viele bekannte Gesichter unter den Trauernden, die an ihnen vorbeizogen: Knut Hinrichsen, Traudl Hölscher, Joachim Müller, die Läufergruppe: Sabine Schön, Ulrike Richter und Ulrich Schweickert sowie Frank Bauer. Achim Zwerenz konnten sie nicht erkennen. Aber das war auch nur zu verständlich. Auch der Engstinger Wetterexperte Horst Rampf war aus seinem Urlaub zurück und befand sich unter den Trauergästen. Von der »Albsonne« waren der Besitzer Martin Klotz sowie sein Koch Boris Schindler anwesend.

Das Dorf schien wirklich wie leer gefegt. So verzögerte sich der Beginn der Trauerfeierlichkeiten um gut zehn Minuten.

Der Pfarrer hob in seiner Trauerrede nahezu gänzlich auf die Verdienste von Helmut Eberle ab und stellte so seine Bedeutung für den Erhalt der Natur heraus. Auf diese Weise wurde Eberle mit einer Abschiedsrede geehrt, die er so nun nicht ganz verdient hatte.

Dreißig Minuten später wurde der Sarg mit den sterblichen Überresten von Helmut Eberle aus der Aussegnungshalle herausgefahren. Eine Gruppe Jugendlicher, wahrscheinlich die Jugendgruppe des Naturschutzbundes, flankierte den Sarg rechts und links. Angeführt wurde der Sarg von zwei Fahnenträgern mit den riesigen Bannern des Naturschutzbundes.

Seine frühere Frau und seine Tochter folgten dem Sarg unmittelbar, während Elvira Hengstätt im Abstand von drei bis fünf Metern folgte. Dicht hinter ihr kamen Martin Klotz und dessen Koch Boris Schindler.

Robert und Marion beobachteten die Bestattung mit wachen Blicken und registrierten den tiefen Seufzer von Elvira Hengstätt, als das hölzerne Leichenbehältnis in die Erde gelassen wurde. Wahrscheinlich war ihr nun eine Last vom Herzen gefallen. Vielleicht war Eberles Tod für sie wirklich der erste Schritt in ein neues Leben.

Die anschließende Trauerfeier in der Martinskirche brachte das Gotteshaus fast zum Platzen. Alle Sitzplätze waren belegt, und auch die Empore war vollständig besetzt. An den Seitenwänden und hinten hatten zahlreiche Trauergäste nur noch einen Stehplatz bekommen.

Die beiden Kommissare hatten sich auf der Empore in der ersten Reihe platziert, um einen guten Gesamtüberblick über den Innenraum zu haben. Während die ihnen bekannten Personen sich im ganzen Kirchenschiff verteilt hatten, so fiel Robert nun doch etwas auf. Neben Elvira Hengstätt hatte sich Boris Schindler hingesetzt.

Als dieser Elvira Hengstätt den linken Arm um die Schulter legte und damit eine große Verbundenheit signalisierte, stieß Marion ihren Kollegen an.

»Hast du das gesehen? Die beiden kennen sich. Sie kennen sich nicht nur, die kennen sich wahrscheinlich sehr gut.«

Marion deutete auf Elvira Hengstätt und Boris Schindler.

»Das klären wir nachher noch genauer«, bemerkte Robert. »Weder Frau Hengstätt noch Herr Schindler haben irgendetwas davon anklingen lassen, dass sie sich kennen. Wir gehen zehn Minuten vorher raus und passen die beiden ab. Ich habe mir doch gedacht, dass sich da noch etwas ergibt, wenn wir hier auf die Beerdigung gehen.«

Robert und Marion verfolgten den Trauergottesdienst und postierten sich rechtzeitig vor der großen Eingangspforte. Elvira Hengstätt und Boris Schindler kamen mit den letzten der Trauergäste aus dem Kirchenschiff. Sofort gingen Marion und Robert auf sie zu.

»Frau Hengstätt! Herr Schindler, dürften wir Sie bitten, uns zur Seite zu folgen und uns ein paar Fragen zu beantworten.«

Während Elvira Hengstätt einen gelösten Eindruck machte – sie schien wirklich von einer Last befreit zu sein –, bemerkten die Ermittler ein nervöses Zucken in Boris Schindlers Gesicht.

Seine Hände waren in den Manteltaschen vergraben, wobei die Rechte nun genau in diesem Moment einen Autoschlüssel zutage förderte.

»Das ist jetzt mehr als schlecht, Herr Kommissar. Wir haben heute Abend die Jahreshauptversammlung des Jagdclubs im Haus. Ich habe noch eine Menge zu tun und mir jetzt diese eine Stunde Zeit genommen. Also ich habe jetzt wirklich keine Zeit mehr für Sie. Sie können gerne morgen bei mir vorbeikommen.«

»Herr Schindler, es dauert höchstens ein oder zwei Minuten.«

»Boris! Komm! So viel Zeit wirst du doch noch haben. Jetzt stell dich doch nicht so an«, wandte sich Elvira Hengstätt nun an den Koch.

»Boris? Frau Hengstätt, in welcher Beziehung stehen Sie zu Herrn Schindler? Könnten Sie uns das bitte mal etwas genauer erklären?« Marion blickte die Ex-Geliebte von Helmut Eberle an.

»Sind sie beide zusammen? Sind sie eng befreundet? Zumindest in der Kirche hat es so ausgesehen.«

»Ach, wo denken Sie hin. Boris ist mein ältester Bruder. Er hat mich immer beschützt im Leben, ist mir immer zur Seite gestanden. Wenn ich irgendein Problem hatte, dann konnte ich mich jederzeit auf ihn verlassen und zu ihm kommen. Wir haben stets ein sehr gutes Verhältnis zueinander gehabt«, gab Elvira Hengstätt zur Antwort.

Marion und Robert schauten sich im gleichen Moment an, dann trafen sich ihre Blicke wieder auf dem Gesicht des circa 1,90 Meter großen Kochs der »Albsonne«.

»Herr Schindler«, setzte Robert nun schärfer an. »Hatten Sie einen Grund, uns diese Tatsache zu verschweigen? Herr Schindler, wo waren Sie am Abend des Todes von Helmut Eberle? Wo waren Sie in der Zeit zwischen siebzehn Uhr dreißig und siebzehn Uhr fünfundvierzig?«

Boris Schindler sah sich in die Enge getrieben. Er versetzte Robert Becker einen heftigen Stoß vor die Brust. Robert, von der Kraft des großen Kochs nach hinten geworfen, versuchte, sich zu fangen, doch die hinter ihm stehende

Fanfare eines Musikers des Schwäbischen Musikchors tat ihr Übriges. Der Reutlinger Hauptkommissar stolperte über das Musikinstrument und kam auf dem Rücken zwischen dem Dirigenten und einem Musiker zum Liegen. Mit seinem linken Arm riss er zusätzlich noch fast Elvira Hengstätt und Marion Schmidt mit. Zum Glück kamen sie nicht zu Fall.

»Hinterher! Halt ihn auf!«, rief Robert seiner Kollegin zu, während er mühsam versuchte, auf die Beine zu kommen. Acht bis zehn Personen, die die Situation erst jetzt bemerkt hatten, wollten Robert Becker auf die Beine helfen, bildeten so aber einen Ring um ihn und umstellten den Gestürzten, der durch die Beine der ihn Umstehenden sah, wie Boris Schindler im schnellen Laufschritt über die linksseitige Treppe des Kirchenplatzes den Vorplatz verließ. Er rannte über die Straße. Unmittelbar danach, auf der rechten Seite der Straße, in der Nähe des Schaukastens mit den Bekanntmachungen, leuchteten außen die Lichter eines weißen Mercedes auf und zeigten an, dass der Fliehende mit der Fernbedienung seinen Wagen geöffnet hatte. Boris Schindler schwang sich in das Innere des Wagens und raste mit quietschenden Reifen aus der Kirchstraße in Richtung Ampel.

Marion hatte die Verfolgung sofort aufgenommen. Doch eine Gruppe von älteren Damen, die mit ihren Rollatoren zusammenstanden, versperrten ihr den Weg. So musste sie außen um die Gruppe herumlaufen, was sie zusätzlich noch einige Sekunden kostete.

Im letzten Moment nahm sie wahr, wie Boris Schindler über die rote Ampel Richtung Honauer Steige verschwand. Ein Laster, der gerade vor der Bäckerei gestanden war und nun durchstartete, vollzog eine Vollbremsung. Die Anhänger kamen verdächtig ins Schleudern und die Geräusche aus dem Inneren waren ein Indiz dafür, dass hier einiges ins Wanken und Rutschen geraten war.

Marion hetzte die fünfzig Meter auf den Schlossplatz zurück und sah Robert bereits vom Kirchplatz auf die Straße laufen. Sie öffnete in zehn Metern Entfernung mit der Fernbedienung ihren Dienstwagen.

»Komm schnell«, rief Robert ihr zu. Er hielt sich den linken Ellenbogen. Hoffentlich war nichts gebrochen.

Als Marion vorfuhr, schwang er sich auf den Beifahrersitz. Mit der rechten Hand holte er das Blaulicht hervor, platzierte es auf dem Dach. Marion startete ihren Wagen und schoss ebenfalls über die nun wieder rote Ampel hinter dem weißen Mercedes her, den sie aber mittlerweile längst aus dem Blick verloren hatte. Knapp einen Meter vor dem Lastwagen riss sie das Steuer herum, denn gerade stieg der Fahrer wutschnaubend aus seiner Führerkabine aus.

Auch Knut Hinrichsen reagierte schnell und raste in seinem blau-weißen Polizeiwagen dem Flüchtenden hinterher. Kurz vor dem großen Kreisel an der B 312, der diverse Abzweigungsmöglichkeiten nach Genkingen, Gönningen oder Honau und nach Holzelfingen oder Münsingen zuließ, sahen Marion und Robert zwei quer stehende Autos, die die Kreiseleinfahrt versperrten. Schindler musste wie ein Wilder gefahren sein und hatte bereits auf diesem kurzen Stück für ein Verkehrschaos gesorgt.

»Ich gebe Hinrichsen Bescheid, dass er Richtung Münsingen fahren soll. Wir fahren links raus Richtung Genkingen, Gönningen«, rief Robert seiner Kollegin zu.

Marion riss das Lenkrad herum und fuhr in falscher Richtung in den Kreisel ein. Ein ihnen entgegenkommender Kleinwagen schoss von der Fahrbahn und landete auf dem Fahrradweg.

Robert funkte ins Präsidium und gab den momentanen Stand durch:

»Weißer Mercedes mit Kennzeichen RT BS 206. Höchstwahrscheinlich in Richtung Reutlingen unterwegs. Flüchtender ist sehr wahrscheinlich bewaffnet. Wir fahren über Genkingen, Gönningen. Engstinger Kollege ist Richtung Münsingen unterwegs. Schnell die Zufahrten von der Alb nach Pfullingen und Reutlingen sperren!«

Marion holte alles aus ihrem Wagen heraus. Die Tachonadel zitterte bald bei 150 km/h. Immer wieder musste sie in den Kurven oder bei Gegenverkehr abbremsen.

»Der kann überall hier sein. Das ist wie das berühmte Suchen nach der Nadel im Heuhaufen. Aber was sollen wir machen?«, fragte Robert »Wohin würdest du fliehen?«

»Wahrscheinlich Richtung Autobahn oder Bahnhof«, antwortete ihm Marion.

»Dann fahr jetzt rechts runter Richtung Pfullingen«, wies er sie in Genkingen an.

Sie passierten das Schotterwerk linker Hand und Marion holte auf der Stuhlsteige all das aus ihrem Auto raus, was bei diesen Kurven überhaupt möglich war.

Boris Schindler hatte sich derweil über die Holzelfinger Steige nach Unterhausen abgesetzt. Über die Moltkestraße, die ebenfalls als 30er-Zone ausgewiesen war, hetzte er Richtung Pfullingen. Das Verbindungsstück zwischen Ortsausfahrt Unterhausen und Eingang zum Ursulabergtunnel nahm er mit rund 140 km/h, indem er die vor ihm dahinziehende Autoschlange links überholte.

Aus Angst, von der Bahn gedrängt zu werden, wichen die Fahrer auf beiden Seiten der Straße nach links und rechts aus, sodass er freie Fahrt hatte. Den Tunnel rechts liegen lassend, stürmte er auf die Pfullinger Innenstadt zu. Über die Römerstraße fliehend, bog er in die Wörthstraße ein. Ohne Rücksicht auf Verletzte steuerte er Richtung Innenstadt. Ein ihm entgegenkommender Fahrradfahrer riss das Zweirad nach rechts, prallte auf einen dunkelroten VW Golf und kam zu Fall.

Wie ein Slalom-Skifahrer umkurvte Schindler die vor ihm Fahrenden. Von rechts, aus der Oststadt, waren die Martinshörner von mindestens zwei Streifenwagen zu hören, die Richtung Auffahrt zur B 464 Reutlingen/Stuttgart unterwegs waren.

Schindler schaute sich nur kurz um und konzentrierte sich auf seine rasende Flucht. Jetzt bloß nicht nachlassen. Er hatte sie abgehängt. Er passierte die Eishalle, raste durch den Tunnel, wurde vom Blitzer nach der Ausfahrt erfasst. Noch neunhundert Meter, dann links ab auf die Bahn nach Stuttgart.

Weit riss er seine Augen auf. Eine rot-weiße Absperrung versperrte ihm die Zufahrt. Zwei Polizisten mit gezückten Pistolen standen daneben.

Sollte hier alles zu Ende sein? Die Entscheidung fiel in Sekundenbruchteilen. Boris Schindler schloss für einen kurzen Moment die Augen, dann trat er das Gaspedal durch. Es krachte und splitterte, als er die Abschrankung durchbrach. Holzteile flogen links und rechts an seinem Wagen vorbei. Die beiden Beamten konnten sich gerade noch mit einem Sprung zur Seite retten. Sekunden später standen sie wieder auf ihren Füßen, feuerten hinter dem Fliehenden her. Doch ihre Geschosse gingen ins Leere. Boris Schindler war ihnen entkommen.

Die Stuttgarter Polizei hatte, von den Reutlinger Kollegen in Kenntnis gesetzt, die Zufahrt zum Flughafen Stuttgart-Echterdingen gesperrt, indem sie zwei Fahrzeuge in die Ausfahrt gestellt hatte. Boris Schindler schoss mit knapp 200 km/h daran vorbei. In seinem Gehirn arbeitete es fieberhaft. Wenn sie hier dichtgemacht haben, dann werden sie wahrscheinlich auch alle Auffahrten auf die Autobahnen versperren. So ähnlich musste es einem gejagten Tier bei einer Treibjagd ergehen: Gehetzt! Verfolgt! Von allen Seiten in die Enge getrieben! Am Schluss erlegt! Irgendjemand würde den finalen Schuss abgeben. Er aber wollte leben. Frei sein. Er hatte nur seine Schwester geschützt. Sie würden ihn nicht kriegen. Er würde ihren Fallen entkommen.

Mit rasender Geschwindigkeit näherte er sich der Oberen Weinsteige. Das Nadelöhr nach Stuttgart. Er musste vorher raus. Irgendwie weg. Da sah er es auf der rechten Seite: *1,5 km. Park and Ride! Mit der Bahn in die Stadt. In zehn Minuten in die Innenstadt! Parkschein = Fahrschein.*

Das Parkhaus an der Albstraße in Degerloch. Das war seine Rettung. Er drosselte das Tempo. Er hörte zwar die Martinshörner hinter sich, aber den oder die dazugehörigen Streifenwagen konnte er im Rückspiegel nicht ausmachen. Er bog nach rechts ab und zog ein Ticket. Bloß nicht auffallen. In der hintersten Ecke der Garage fand er einen freien Platz. Er stellte das inzwischen an allen Seiten ramponierte Auto ab. Zog sich den schwarzen Mantel, den er noch von der Beerdigung trug, aus, griff zur grauen Lederjacke auf dem Rücksitz. Er nahm die Baskenmütze vom Beifahrersitz, setzte sie sich auf und zog sie tief in die Stirn.

Als er auf den Bahnsteig zum U-Bahnhof kam, sah er draußen zwei Streifenwagen mit Blaulichtern, die sich durch die drei Autoschlangen Richtung Weinsteige und Degerloch ihren Weg bahnten. Sie hatten seine Spur verloren. Erleichterung machte sich in ihm breit. Abgeschüttelt! Sollten sie doch ganz Stuttgart absperren. Er war weg. Noch fünfzehn Minuten, dann ab in einen Zug und weit weg. Wenn er Glück hatte, bekam er eine Verbindung nach Frankreich.

Er griff eine »Bild«-Zeitung, die irgendeiner der Fahrgäste auf dem Sitz hatte liegen lassen. Er verschanzte sich dahinter. Breitete beide Seiten aus, sodass man sein Gesicht nicht mehr erkennen konnte. Er nahm nicht wahr, was auf den Seiten stand. Nervös blickte er aus dem Fenster der Bahn und immer wieder auf die Haltestellenanzeige. Bopser, Charlottenplatz. Es konnte nicht mehr lange dauern, dann war er am Hauptbahnhof. Er stand auf, um keine Zeit zu verlieren.

»Nächste Station Hauptbahnhof. Ausstieg in Fahrtrichtung rechts«, erklang kurze Zeit später die Stimme aus den Lautsprechern.

Jetzt zügig, aber trotzdem ruhig zum Bahnhof.

In der Eingangshalle des großen Kopfbahnhofs, der zurzeit die größten Umbaumaßnahmen seiner Geschichte erlebte, suchten seine Augen die riesige Anzeigentafel ab.

Er überflog die Ankündigungen. Beachtete nicht die Regionalzüge nach Tübingen, Reutlingen, Vaihingen/Enz, Sigmaringen oder Aulendorf.

Fernzüge. Er brauchte einen Fernzug: Hamburg, Berlin, Köln, Paris. Am besten über die Grenze. Da! Jetzt erblickte er es: TGV, Paris. Abfahrt: 16.09 Uhr, Gleis 7.

Er lenkte seine Schritte Richtung Fahrkartenautomat. Zog sich ein Ticket und begab sich auf den langen Gang, der die Eingangshalle mit den Gleisen verband. Außer den üblichen Bahnpolizisten konnte er keine Streifenbeamten ausfindig machen. Das Tor in die Freiheit stand sperrangelweit offen. Er reihte sich in den Strom der Reisenden ein. Noch drei Minuten bis zur Abfahrt. Ganz am Ende des Gleises sah er eine größere Ansammlung von Menschen vor dem Zug stehen. Wahrscheinlich ließen sie zunächst noch andere Passagiere aussteigen. Er ging auf den Wagen mit der Nummer 23 zu. Drückte auf den Türöffner. Nichts bewegte sich. Die Tür blieb verschlossen. Er ging weiter zur nächsten Tür. Nichts.

Seine Blicke hasteten von links nach rechts. In seinem Magen krampfte sich alles zusammen. Er spürte, wie sein Atem schneller wurde. Er lief zur nächsten Tür. Verzweifeltes Drücken. Nichts tat sich. Die Türen blieben versperrt.

»Aufgrund eines Defekts an der Schließanlage des TGV nach Paris verzögert sich die Abfahrt. Wir bitten um Entschuldigung. Wir bemühen uns um eine rasche Behebung.

Wir werden Sie rechtzeitig über die neuen Abfahrtszeiten informieren. Bitte lesen Sie auch die Infos auf den Anzeigetafeln an Gleis sieben.«

Was nun? In Boris Schindlers Kopf flogen die Gedanken hin und her. Anderer Zug? Flix-Bus? Er musste fort von hier!

Hastig drehte er sich um. Am Anfang des Bahnsteigs 7 kamen ihm vier Polizisten entgegen. In ihrer Mitte ein etwa 50-jähriger Mann in einem dunkelblauen Mantel. Schritt für Schritt näherten sie sich ihm. Alle hatten sie ihre Dienstwaffen gezogen. Schindlers Blicke huschten auf die linke Seite. Auf dem Nachbargleis stand ein leerer Zug, der wohl erst später abfuhr. Boris Schindler sah eine Lücke, die zwischen zwei Waggons war. Da durch! Dann war er weg. Seine Hände tasteten nach hinten in seinen Gürtel, wo er seinen eigenen Revolver stecken hatte.

»Schindler, bleiben Sie stehen! Die Sache ist aussichtslos für Sie!«, drang die Stimme von Karl Walter, dem Leiter der Stuttgarter Mordkommission, an sein Ohr.

»Ihr kriegt mich nicht! Ihr nicht.« Boris Schindler zog seine Waffe und richtete sie auf die Beamten.

»Herr Schindler, es ist vorbei!«, wiederholte Karl Walter.

Boris Schindler, in Panik geraten, gab einen Schuss in Richtung der Beamten ab. Hinter sich hörte er die Entsetzensschreie der übrigen Zugpassagiere, die ebenfalls mit dem TGV nach Paris wollten. Ein wildes Stimmengewirr hallte durch den Bahnhof. Menschen warfen sich auf den Boden, suchten hinter ihren Koffern Schutz, legten sich unter Bänke oder Tafeln.

Boris Schindler sprang hinter ein Häuschen auf dem Bahnsteig. Noch vier Schritte. Noch zwei große Sprünge, dann würde er zwischen den zwei Eisenbahnwaggons verschwunden sein. Seine rechte Hand, in der sich sein Revolver befand, kam deutlich hinter dem Informationsbüro hervor. Zwei Schüsse zerrissen das panische Geschrei auf

Bahnsteig 7. Boris Schindler setzte zum Sprung an. Wenige Sekunden trennten ihn von seinem vermeintlich schmalen Fluchtweg, als drei weitere Schüsse den Bahnsteig endgültig in eine Schützenhalle verwandelten.

Boris Schindler schrie auf. Sein Revolver rutschte über den Bahnsteig unter den dort wartenden Zug und landete auf den Gleisen. Schindler hielt sich das linke Knie mit beiden Händen. Mit vom Schmerz verzerrtem Gesicht musste er mit ansehen, wie die Beamten auf ihn zukamen. Aus! Ende! Vorbei!

»Festnahme!«, hörte er die Stimme von Karl Walter. Dann spürte er, wie sich die kalten Handschellen hinter seinem Rücken schlossen.

»Herr Schindler! Ich nehme Sie fest wegen des dringenden Verdachts, Helmut Eberle ermordet zu haben. Ein Rot-Kreuz-Wagen ist unterwegs.«

KAPITEL 35

Freitag, 16. 2. 2018, 10 Uhr

Robert Becker und Marion Schmidt betraten das Olgahospital in Stuttgart, wohin man Boris Schindler nach seiner Festnahme im Stuttgarter Hauptbahnhof gebracht hatte. Zwei der drei Schüsse, die auf ihn von den Polizisten abgefeuert worden waren, hatten sein Knie getroffen und die Kniescheibe zerschmettert.

Sie verlangten zunächst den behandelnden Arzt, der ihn operiert hatte, und erkundigten sich nach Details.

Bei der einen Verletzung handelte es sich um einen Steckschuss, die andere Kugel hatte das Knie glatt durchschlagen.

Boris Schindler würde wohl nie wieder problemlos und mit runden Bewegungen gehen, geschweige denn laufen können. Aber das war bei seinem eingeschränkten Bewegungsradius, den er für den größten Rest seines Lebens haben würde, das geringste Problem. Die Operation war gut verlaufen und Boris Schindler würde bald wieder vernehmungsfähig sein.

Robert und Marion gingen auf die Station drei, wo der gefasste Mörder in einem Zimmer am Anfang des Ganges untergebracht war. Vor dem Raum mit der Nummer 301 saß ein Polizist aus dem Team von Karl Walter als Sicherung vor der Tür.

Nachdem sich die beiden Reutlinger noch einmal mit Namen und Ausweis kurz vorgestellt hatten, betraten sie das Zimmer. Zehn Minuten hatte ihnen der Arzt zugebilligt. Morgen, übermorgen oder aber spätestens in drei Tagen würde es schon viel besser aussehen. Dann konnte er eventuell schon nach Reutlingen überführt werden. Boris Schindler lag bleich in seinem Bett. Die Augen geschlossen, die Wangen eingefallen.

»Können Sie mich verstehen, Herr Schindler?«, setzte Robert an. »Sie befinden sich im Krankenhaus.«

Der 1,90 Meter große Hüne wandte sein Gesicht in Richtung der gerade gehörten Stimme. Die Augen ließ er geschlossen.

»Herr Schindler, Sie befinden sich im Olgahospital in Stuttgart. Sie wurden heute erfolgreich operiert. Die Kugel ist aus Ihrem Knie entfernt worden. In zwei, drei Tagen werden wir Sie nach Reutlingen überführen und dort vernehmen. Sie haben einen Menschen eiskalt ermordet. Herr Schindler, es sieht überhaupt nicht gut für Sie aus«, sprach Marion zu ihm.

Sie wusste nicht genau, ob ihre Aussagen sein Innerstes erreichten und von ihm verstanden wurden. Doch sein leises Stammeln »Elvira! Elvira!«, zeigte den beiden, dass er in Gedanken bei seiner Schwester war.

»Herr Schindler, wenn alles normal verläuft, dann haben wir bald Zeit genug für ausführliche Verhöre. Haben Sie mich verstanden?«

»Elvira! Eberle, du Schwein!«, seine Stimme brach ab.

Der behandelnde Arzt kam ins Zimmer.

»Frau Schmidt, Herr Becker, Sie sehen, dass es dem Patienten noch nicht wieder gut geht. Ein Verhör macht überhaupt keinen Sinn. Ich lasse es Sie wissen, wenn es geht. Und jetzt verlassen Sie bitte das Zimmer.«

Er wies mit seiner linken Hand Richtung Tür. Robert und Marion sahen ein, dass es sinnlos war, Boris Schindler zu vernehmen. Aus ihm war heute mit Sicherheit noch nichts herauszuholen.

In der Gewissheit, den Fall gelöst zu haben und kurz vor der endgültigen Aufklärung zu stehen, fuhren sie nach Reutlingen zurück.

KAPITEL 36

Dienstag, 20. 2. 2018, 10 Uhr

Der Aufenthalt von Boris Schindler im Olgahospital hatte sich etwas verzögert. Nun aber saß der Täter in der Justizvollzugsanstalt Rottenburg ein. Zwar war er noch lange nicht wieder zu einhundert Prozent gehfähig, weshalb man ihm ein paar Unterarmgehstützen mitgegeben hatte, Fragen und Ausführungen konnte er allerdings wieder in vollem Umfang verfolgen. Gesprochen hatte er seit seiner Operation jedoch nicht mehr. Er war in ein tiefes Loch des Schweigens verfallen.

Robert Becker und Marion Schmidt fuhren vor der JVA vor, ließen ihre Dienstwaffen und Ausweise an der Pforte zurück und betraten den Vernehmungsraum. Boris Schindler saß bereits auf dem braunen Holzstuhl, der nur mit einer dünnen Polsterung überzogen war. Sein verletztes Bein hatte er auf einem weiteren Stuhl gelagert. Die Krücken lehnten am Tisch. Er blickte kurz auf, als die beiden Reutlinger Kommissare eintraten, dann senkte sich sein Blick wieder.

Marion hatte den Eindruck, dass ihnen hier ein vollkommen gebrochener Mensch gegenübersaß.

Robert Becker legte den dunkelroten Ösenhefter auf den Tisch und blickte den Inhaftierten durchdringend an.

»Herr Schindler, ich lese Ihnen kurz Ihre Daten vor: Boris Schindler, geboren am 27. 6. 1964 in Balingen, jetzt wohnhaft in Sonnenbühl-Undingen, derzeit tätig als Koch in der ›Albsonne‹ in Undingen. Stimmt das? Oder haben Sie dem noch etwas hinzuzufügen?«

Boris Schindler schüttelte unmerklich den Kopf.

»Was ja? Nein? Stimmt alles so?«, wollte Robert wissen.

Ein gebrochenes »Ja« kam kaum vernehmbar zwischen den Lippen des Kochs hervor.

»Herr Schindler, ich kann Ihnen mitteilen, dass die Beweise und Indizien gegen Sie erdrückend sind, sodass Sie keine Chance haben, da unbeschadet herauszukommen. Die Kette an Beweisen ist lückenlos. Sie können sich ab jetzt nur noch dadurch helfen, dass Sie mit uns kooperieren und vor allen Dingen kommunizieren.«

Boris Schindlers Kopf blieb gesenkt. Robert nickte Marion zu.

Aus einem mitgebrachten Korb legte sie einen sehr großen Korkenzieher, der einen Rebholzgriff hatte, auf den Tisch. Daneben platzierte sie den Gipsabdruck eines Schuhs, den die Kriminaltechnik an der Klimastation genommen hatte. Jetzt konnten sie ihn zuordnen, denn als Nächstes hatte Marion ein paar Winterstiefel aus ihrem Korb geholt und diesen ebenfalls auf den Tisch gestellt.

»Herr Schindler, dieses Paar Winterstiefel haben wir bei Ihnen in der Albsonne sichergestellt. Es ist eindeutig unserem bisher noch nicht zugeordneten letzten Fußabdruck an der Station zuzuordnen. Herr Klotz hat bestätigt, dass Ihnen die Schuhe gehören. Es spricht alles gegen Sie. Sie sind überführt.« Marion blickte Schindler eindringlich an.

»Das zum Fall Eberle«, führte Robert die bis dahin äußerst einseitige Kommunikation fort.

Boris Schindler blickte kurz auf. Er wusste, dass er verloren hatte. Doch noch machte er keine Anstalten zu reden.

Marion schaltete sich nun ein.

»Herr Schindler, was hat bei Ihnen das Fass zum Überlaufen gebracht? Warum hatten Sie einen so unbändigen Hass auf Herrn Eberle? Ist es wegen Ihrer Schwester Elvira, für die Sie immer der große Bruder, der Beschützer waren? Hat sie

Ihnen erzählt, was für ein Verhältnis sie zu Helmut Eberle gehabt hat? War es so oder nicht?«

»Dieser Mistkerl! Diese Drecksau! Er hat alles kaputt gemacht! Er hat sich an meine Schwester herangemacht. Sie ist ihm im Laufe der Zeit immer mehr verfallen. Ich habe gemerkt, wie sie sich von ihrem Thomas entfernt hat. Ich wollte nicht, dass er alles zerstört, was Elvira und ihr Mann sich im Laufe der Jahre aufgebaut hatten.«

Langsam öffnete sich Boris Schindler. Ein innerer Film lief vor seinen Augen ab und ließ die vergangene Zeit noch einmal Revue passieren.

»Sie hat mir erzählt, dass sie mit Helmut Eberle auf Naturerkundigungen gewesen sei und was für ein toller Mensch er ist. Zunächst war ich noch etwas zurückhaltend. Sie ist schließlich erwachsen. Aber dann habe ich sie gewarnt. Ihr gesagt, dass hinter dieser so heilen schönen Fassade ein in Wahrheit großer Betrüger und Schaumschläger steckt. Meine Rezepte wollte er auch unter seinem Namen veröffentlichen und die Kältepole der Alb in den höchsten Tönen preisen. Dann wären noch weniger Leute in unser Lokal gekommen. Ich wollte doch …«

»Herr Schindler, auf Ihre letzten Punkte kommen wir nachher noch zu sprechen. Jetzt unterhalten wir uns hier zunächst über das Verhältnis Ihrer Schwester zu Helmut Eberle«, griff Robert wieder in das Gespräch ein.

»Das Verhältnis zwischen den beiden ist in ein Fahrwasser gekommen, das Sie als gefährlich für Ihre Schwester gehalten haben. Stimmt das, Herr Schindler?«

»Elvira hat mir erzählt, dass er drogensüchtig ist. Und dass sie diese Sucht nicht ertrage, daran drohe, kaputt zu gehen. Später hat sie mir erzählt, was er mit ihr gemacht hat und dass sie nun das Verhältnis beendet habe, aus dem Haus geflohen sei. Ich wollte gleich hin und ihn zur Rede stellen. Ja, ich hätte ihn wahrscheinlich krankenhausreif geschlagen.

Ich hatte eine solche Wut und einen solchen Hass auf ihn. Das war wie in einem Vulkan, der kurz vor dem Ausbruch steht.«

»Ihre Schwester hat sie davon aber dann abgehalten, nehme ich an?«, fragte Marion.

»Ja, sie hat mir hoch und heilig versichert, dass jetzt Schluss sei und ich solle es doch auf sich bewenden lassen. Aber dann ging ihre Ehe kaputt. Thomas konnte nicht damit leben, dass Elvira fremdgegangen war. Von der Abtreibung hat er zum Glück nie etwas erfahren. Sie hat ihren Job aufgegeben und ist nach Augsburg gezogen. Wir haben immer so viel zusammen gemacht, und jetzt waren wir sehr weit entfernt.«

»Und darunter haben Sie immens gelitten, Herr Schindler?«, ermunterte Marion ihn zu weiteren Aussagen.

»Ja, der Eberle hatte nicht nur meine Schwester, deren Ehe, er hatte darüber hinaus angefangen, mich zu zerstören. Und ich stand da mit meiner Wut und meinem Hass, den ich nicht rauslassen konnte.«

»Herr Schindler, Sie haben sich über einen langen Zeitraum zurückhalten können. Wie ist es überhaupt zum Eklat an der Klimastation gekommen? Da muss doch etwas Weiteres vorgefallen sein Was ist an dem Nachmittag oder Abend passiert?«, wollte Robert wissen.

Marion schaute ihren Kollegen an.

»An dem Nachmittag kam der Eberle bei uns im Restaurant vorbei. Ich wollte ihn mir da schon vorknöpfen, aber es waren zu viele Leute im Lokal. Und dann hat er mir vorgeschwärmt, dass heute eine dieser tollen Strahlungsnächte kommen würde und dass er diesen in seinem neuen Buch ein extra dickes Kapitel widmen wollte. Er war so überzeugt von sich und brüstete sich damit, dass es bestimmt ein Bestseller werden würde. Vor meinem geistigen Auge sah ich die Besucher in unserem Lokal schon schmelzen wie Schnee in der Frühlingssonne. Ich wollte doch mit meiner Kochkunst die ›Albsonne‹ zu einem kulinarischen Anziehungspunkt auf der Alb machen.«

»Und das Ziel sahen Sie nun ebenfalls gefährdet?« Marion blickte ihn fragend an.

Boris Schindler nickte. »Meine Wut auf ihn wuchs. Er sah immer nur sich und er ging über Leichen, ohne nach links und rechts zu schauen. Ich habe noch nie so einen extremen Egoisten erlebt. Elvira und ihre Ehe hatte er schon auf dem Gewissen. Jetzt schien ich auch noch dran zu kommen.«

»Herr Schindler, Sie haben von Ihren Rezepten gesprochen, die Ihnen Herr Eberle gestohlen hat. Was hat es denn nun damit auf sich?«, fragte ihn Marion.

»Er hatte mich schon einmal gebeten, dass ich ihm ein paar meiner Rezepte gebe, was ich auch gemacht habe. Aber dann kam er an diesem Nachmittag und verkündete, dass ich stolz sein könne, dass bestimmt acht von meinen zehn Rezepten im Buch erscheinen würden. Allerdings sollte mein Name damit nicht in Verbindung gebracht werden, das heißt, überhaupt nicht in dem Buch erscheinen. Auf diese Weise wäre es ein Buch gewesen, das ihn als Allrounder herausgestellt hätte: exzellenter Naturforscher, Wetterexperte, Sternekoch. Besser ging es gar nicht mehr!«

»Und dann ist Ihnen der Kragen geplatzt?«, wollte Becker wissen.

»Ich hätte ihn am liebsten gewürgt. Aber da waren zu viele Gäste im Lokal und ich habe mich noch mal zusammenreißen können. Anschließend ist er gegangen und hat mir nur noch mit einem fiesen und widerlichen Lächeln gesagt, dass er jetzt direkt zur Station gehen würde. Und mit den Rezepten soll ich es nicht so tragisch nehmen. So wäre eben das Verlagswesen. Ich könne ja ein eigenes Albkochbuch herausgeben. Da war es bei mir vorbei. Ich hätte ihn wegen Elvira schon in die Mangel genommen, aber sie hat mich zurückgehalten. Ich habe mich, wie schon gesagt, gefühlt wie ein Vulkan oder wie ein Schnellkochtopf, der unter Volldampf steht. Zehn Minuten später hatten alle bezahlt. Da habe ich, ohne zu überlegen, den übergroßen Korkenzieher gegriffen, den wir eigentlich nur als Anschauungs- und Werbestück haben, und bin hinter ihm her. Habe mir wegen der Kälte die Sturmmaske übergezogen und bin zur Klimastation. Und da ist es passiert. Ich glaube nicht, dass er mich erkannt hat.«

»Sie haben dreimal mit dem Korkenzieher auf Helmut Eberle eingestochen?«, fragte Robert.

»Kann sein. Weiß ich nicht mehr. Ich habe nicht mitgezählt. Ich war einfach nur in Rage.«

»Und dann sind Sie weggelaufen?«

»Plötzlich kam ein Jogger von unten. Und von seitlich rechts näherte sich ebenfalls noch jemand in Richtung Klimastation. Da hatte ich nichts anderes mehr im Kopf als bloß weg.«

Marion griff zum Korkenzieher und hielt ihn hoch. »War es dieser Korkenzieher? Unsere Kriminaltechniker haben ihn in einem gelben Sack im Abfall bei der ›Albsonne‹ gefunden. Fein säuberlich alle Spuren abgewischt.«

Schindler blickte kurz auf und nickte.

»Der passt genau mit unserem Obduktionsbericht überein. Und Herr Schindler, sind das Ihre Stiefel?«, wollte Robert von ihm wissen.

Wieder nickte Schindler.

»Damit hätten wir den Fall Eberle abgeschlossen. Seien Sie froh, Herr Schindler, dass Sie es herausgelassen haben. Möchten Sie etwas trinken?«

»Einen Kaffee! Wenn das gehen würde?« Marion schaute den Vollzugsbeamten an, der alles, an der Wand stehend, mit angehört hatte.

»Könnten Sie für uns alle eine Kanne Kaffee besorgen? Bringen Sie sich doch ebenfalls eine Tasse mit!«

Der Angesprochene nickte, setzte aber noch zu einer Frage an: »Soll ich nicht hierbleiben wegen Fluchtgefahr?«

Marion und Robert schauten auf Schindlers hochgelegtes Bein und die Krücken.

»Ich glaube, das ist heute kein so großes Problem«, gab ihm Robert zur Antwort.

Der Beamte ging aus dem Zimmer und kam ein paar Minuten später mit einer Kanne Kaffee zurück. Mit zitternder Hand führte Schindler die Tasse zum Mund und blickte Marion an.

Diese erwiderte seinen Blick.

»Herr Schindler. Es ist im Protokoll festgehalten, dass Sie gestanden haben! Das kann Ihnen vor Gericht ein paar Pluspunkte einbringen.«

»Und jetzt?«

»Herr Schindler, das werden die Richter entscheiden, aber Sie sind jetzt vierundfünfzig Jahre alt. Sie haben noch, wenn Sie einigermaßen fit und gesund bleiben, eine längere Lebenszeit vor sich. Wenn Sie Glück haben, bekommen Sie vielleicht irgendwann noch mal eine Chance. Trinken Sie einen weiteren Kaffee?«

Boris Schindler ließ sich erneut einschenken. Zehn Minuten später verließ er, in sich zusammengesunken, an seinen Krücken den Vernehmungsraum, begleitet von dem Vollzugsbeamten, der die ganze Zeit zugehört hatte.

Als Robert wieder in sein Büro zurückkam, schellte das Telefon.

»Karl Walter. Hallo Herr Becker! Ich habe eine weitere gute Nachricht. Wir haben den Mörder von Herrn Kraftzig. Die französischen Kollegen haben ihn an der Grenze zu Spanien festgenommen. Ein Auftragskiller, der europaweit wegen mehrerer Morde gesucht wird. Ein ganz kalter Hund. Zum Glück haben wir seit 1999 das gemeinsame Deutsch-

Französische Institut, seit 2002 ist es ja in Kehl. Bei zwei Morden in Frankreich ist die gleiche Pistole verwendet worden wie jetzt beim Kraftzig. Das hat ein Abgleich der Hülsen ergeben, die wir beim Bundeskriminalamt in Berlin haben machen lassen. Eindeutig die gleiche Waffe. Hätte er den Kraftzig mit dessen eigener Waffe erschossen, wären wir ihm wahrscheinlich nicht so schnell auf die Schliche gekommen. Manchmal liegt die Lösung eben in den kleinen Dingen. Ich halte Sie auf dem Laufenden, ob und wann er nach Stuttgart überstellt wird.«

»Vielen Dank, Herr Walter. Das ist wirklich eine super gute Zusammenarbeit zwischen uns. Noch eine kurze Rückfrage. Wie viel Fälle bearbeiten die da in Kehl eigentlich im Jahr?«

»Sie werden es nicht glauben Herr Becker. Das sind rund 18 000 Sachverhalte im Jahr.«

»Ist ja enorm. Dann hoffen wir, dass wir das eine oder andere Auto ebenfalls zurückbekommen.«

»Da stehen die Chancen auch nicht schlecht. Wir haben sein Handy sichergestellt. Kurz vor dem Mord in Stuttgart hat er noch eine SMS erhalten. Vielleicht steht die mit der Autohehlerbande in Verbindung. Aber das müssen wir noch abwarten. Wie gesagt, die Chancen stehen nicht schlecht.«

»So können wir gerne fortfahren. Wir hören und sehen uns demnächst. Herzlichen Dank.«

»Danke auch, Herr Becker.«

Robert Becker lehnte sich entspannt zurück. Den Fall hatten sie schneller gelöst als zuvor gedacht.

KAPITEL 37

Donnerstag, 22. 2. 2018, 18.30 Uhr

Robert Becker kam mit seinem schwarzen Passat pünktlich um 18.30 Uhr bei Christina Bauknecht in der Hindenburgstraße in Reutlingen vorgefahren. Freudig begrüßte sie ihn an der Tür.

»Guten Abend, Herr Kollege. Pünktlich und zuverlässig, wie man es von Ihnen gewohnt ist.«

»Eine so nette, charmante, gut aussehende Dame lasse ich nicht gerne warten. Ich wünsche Ihnen auch einen guten Abend und freue mich, dass wir heute unabhängig aller Pflichten miteinander ausgehen können. Doch eines muss ich Ihnen noch sagen. Wir haben jetzt auch die Autohehlerbande festnehmen können. Der Mörder von Kraftzig hat ja am Mordtag kurz vor der Tat noch eine SMS erhalten. Durch die Zusammenarbeit mit Interpol haben wir das zurückverfolgen können. Und dadurch sind wir auf die Bande gestoßen. In Polen haben wir sie dann geschnappt. So, das war es jetzt aber an dienstlichen Dingen.«

»Tolle Arbeit, Herr Becker. Ich habe ja gleich gemerkt, dass Sie ein sehr guter Polizist sind. Wo geht es denn hin?«

»Lassen Sie sich überraschen!«

Zwanzig Minuten später parkte Robert vor dem »Culinarium« in Betzingen. Der Restaurantbesitzer, der früher einmal sehr erfolgreich den »Ochsen« in Trochtelfingen geleitet und geführt hatte, begrüßte sie an diesem Abend höchstpersönlich.

Genießen Sie die Vielfalt unseres breiten kulinarischen Angebotes hoch über den Dächern von Reutlingen, lautete es in der Werbung des »Culinarium«.

»Ja, die Werbung hat mich angesprochen: hoch über den Dächern. Da dachte ich mir, das hört sich doch viel besser an als: tief unten mitten unter Leichen.«

»Herr Becker, Sie sind äußerst kreativ. Können Sie eigentlich aus allem so viel machen? Auf einen solchen Spruch muss man erst einmal kommen.«

»Sie machen es mir ziemlich leicht, Frau Bauknecht. Aber ich bin auch froh, dass wir den Fall jetzt gelöst haben.«

Er bestellte zwei Gläser Champagner als Aperitif und ließ sich von der Bedienung einen riesigen Strauß Blumen bringen, den er am Nachmittag bereits hier deponiert hatte.

»Frau Kollegin, bevor wir die Speisekarte durchgehen, möchte ich mich noch einmal ganz herzlich bei Ihnen für Ihre hervorragende Leistung bedanken. Sie haben die entscheidenden Hinweise gegeben und die entsprechenden Ergebnisse geliefert, die schließlich zur Überführung von Boris Schindler geführt haben. Dafür als kleinen Dank diesen bescheidenen Strauß.«

»Aber, Herr Becker, das ist doch mein Job.«

»Ich weiß. Im Schwabenland fällt es schwer, sich mal positiv auszudrücken. Ich möchte es aber trotzdem tun, weil mir das sehr am Herzen liegt.«

»Dann bedanke ich mich ganz herzlich. Auf weitere gute Zusammenarbeit.«

Christina Bauknecht und Robert Becker stießen nochmals mit ihren Champagnergläsern an.

»Übrigens, ich heiße Robert. Ich bin der Ältere und wir sollten, wenn es Ihnen recht ist, zum ›Du‹ übergehen.«

»Christina. Sehr gerne Robert. Ich habe schon gemerkt, dass das Klima in Ihrem, entschuldige, deinem Team mehr als gut ist. Ich freue mich auf die Zeit mit dir und in deiner Truppe.«

Den Rest des Abends verbrachten sie bei einem köstlichen Menü. Robert hatte sich schon lange nicht mehr so gelöst und wohlgefühlt wie in diesen Stunden.

SCHLUSS

2 Monate später

Die Sonne stand strahlend über der Achalmstadt, als Robert und Marion sich auf den Weg zur Alb machten.

Sie hatten eine Einladung zum fünfzigsten Geburtstag eines Kollegen erhalten, den er in der Gaststätte neben dem Schloss Lichtenstein feierte.

»Und nun Robert? Ist es immer noch so schlimm hier oben auf die Alb zu fahren?«, fragte ihn Marion, als sie die Honauer Steige hochfuhren.

Robert blickte aus dem Seitenfenster auf das imposante Schloss. Er ließ sich nichts anmerken und gab keine Antwort.

Als sie zwanzig Minuten später beim Sektempfang im Hof des schönen Restaurants standen und die herrliche Frühlingsluft genossen, fragte ihn Marion mit einem Lächeln: »Was hältst du davon, wenn wir demnächst mal einen Betriebsausflug nach Engstingen unternehmen? Der hiesige Wetterfrosch Rampf macht hier auch Klimaführungen. Dann wirst du dein Albtrauma vielleicht los. Hier scheint häufiger die Sonne, als du denkst.«

Robert schaute sie an: »Aber nur, wenn das Wetter so ist wie heute!«

DANKE

Mein Dank gilt meiner Familie für die tatkräftige Unterstützung am PC, die mentale Hilfe und das Korrekturlesen.

Vielen Dank auch meinen Engstinger Freunden, welche mir durch wertvolle Gespräche sehr viel Hintergrundwissen vermittelt haben. Ein besonderer Dank gilt Martin Staneker, welcher mir tiefere Einblicke in die Polizeiarbeit verschaffte. Durch Klimaführungen und Gespräche mit dem Engstinger Klimaexperten Roland Hummel konnte ich mein Wissen über die Wetterphänomene auf der Alb vertiefen.

Vielen Dank auch an Tanja Schubert für das Übersetzen mancher Dialoge ins Schwäbische.

Als gebürtiger Westfale und Albliebhaber verstehe ich zwar fast alles, aber an der schwäbischen Aussprache hapert es auch nach so vielen Jahren immer noch.

Herzlichen Dank auch für das finale Korrekturlesen meiner Freunde. Am Schluss sieht man selbst viele der kleinen Tipp- und Rechtschreibfehler gar nicht mehr.

Mein Dank gilt auch dem Lektor dieses Buches: Bernd Storz. Seine Hinweise und Anregungen konnte ich äußerst Gewinn bringend annehmen, verarbeiten und dadurch den Text an vielen Stellen vertiefen, abrunden und lebendiger gestalten.

Viel Unterstützung erfuhr ich durch meine Romanschreibgruppe, die »Romanticker« aus Reutlingen: Janine Hugot, Kirsten Levene, Christa Schmieg. Mit ihnen zusammen macht das Schreiben sehr viel Freude und animiert zu weiteren Taten.

Dr. Martin Sowa

wurde 1954 in Hagen/Hohenlimburg (Nordrhein-Westfalen) geboren. Nach Abitur und Bundeswehr studierte er in Reutlingen an der damaligen Pädagogischen Hochschule Sonderpädagogik. Nach Lehrtätigkeit an der Körperbehindertenschule in Stuttgart-Vaihingen, heute Margarete-Steiff-Schule, war er 23 Jahre als Dozent am Fachseminar für Sonderpädagogik in Reutlingen tätig. 1979 gründete er die Behindertensportabteilung der TSG Reutlingen, heute TSG Reutlingen Inklusiv, mit fast 600 Mitgliedern die größte ihrer Art in Deutschland.

Martin Sowa fungiert nach wie vor als Abteilungsleiter. Von 1991 bis 1993 promovierte er an der Pädagogischen Hochschule Ludwigsburg. Nach sechs Jahren Konrektortätigkeit an einer Sonderschule in Sigmaringen, heute SBBZ, war er vier Jahre als Referent für Inklusionssport beim Landesbehindertenbeauftragten von Baden-Württemberg, Gerd Weimer, in Stuttgart tätig.

Martin Sowa veröffentlichte zehn Bücher und weit über 100 Fachartikel zur Thematik Behinderten-Inklusionssport, Motopädagogik und bewegte Schule.

Über Schreibkurse bei der Stadtbibliothek und der VHS Reutlingen kam er zum Schreiben außerfachlicher Literatur. Das monatliche Treffen bei der Gruppe SIC (»Schreiben im Café«) motivierte ihn zu seinem Romandebüt.

Dieser Kriminalroman spielt an realen Schauplätzen.
Alle Personen und Handlungen sind frei erfunden.
Sollten sich dennoch Ähnlichkeiten mit lebenden oder
verstorbenen Personen ergeben, so sind diese rein zufällig
und nicht beabsichtigt.

Postfach 16 42 · 72706 Reutlingen

Titelbild: Jürgen Meyer
Gestaltung: PMP Agentur für Kommunikation, Reutlingen
Lektorat: Bernd Storz
Korrektorat: Sabine Tochtermann
Satz: Uhl + Massopust, Aalen
Druck und Bindung: CPI books GmbH, Leck
Printed in Germany
ISBN 978-3-96555-027-8